커피점 탈레랑의
사건 수첩 6

커피잔에
가득한 사랑

COFFEE TEN TAREERAN NO JIKENBO 6
by Takuma Okazaki

Copyright© 2019 Takuma Okazaki
Original Japanese edition published by TAKARAJIMASHA, Inc.
Korean translation rights arranged with TAKARAJIMASHA, Inc.
Through JM Contents Agency Co., Korea.
Korean translation rights © 2025 O'FAN HOUSE

오카자키 다쿠마 지음

양윤옥 옮김

커피점 탈레랑의 사건 수첩 6

커피잔에 가득한 사랑

차례

프롤로그 009

제1장 깨진 커피잔의 수수께끼 015
제2장 그림자를 따라서 077
제3장 부재의 아침 167
제4장 모든 것이 밝혀지고 215
제5장 커피잔 가득한 사랑 263

에필로그 307
옮긴이의 말 311

일러두기

— 본문의 괄호 안 문장은 옮긴이 주입니다.
— 본문의 볼드 서체는 원서에서 방점으로 강조된 부분입니다.
— 인명과 지명을 비롯한 고유명사의 외래어 표기는 국립국어원 외래어표기법에
　따랐으며, 관례로 굳어진 것은 예외로 두었습니다. 특히 커피에 관한 용어는
　익숙한 입말을 살리기도 했습니다.

눈을 감아요, 손을 잡아줘요, 내 사랑.
내 심장이 뛰는 게 느껴져요?
알겠어요?
당신도 똑같이 느껴요?
나, 그저 꿈을 꾸는 건가요?
이게 영원히 꺼지지 않는 불꽃인가요?

뱅글스, 〈이터널 플레임〉

프롤로그

어느 노인의 여생

툇마루에 부드러운 가을 햇살이 쏟아진다.
그는 등의자에 앉아 잠자듯이 눈을 감고 있었다. 저 멀리 호수에서 불어오는 바람의 차가움이 상쾌하다. 정원 끝 산울타리 근처에서 부스럭부스럭 소리를 내는 건 참새일까. 느긋하게 몸도 마음도 풀어지는 시간이다. 이렇게 나만의 '성城'에서 홀로 조용히 생애를 마치는 것도 나쁘지 않다는 생각이 저절로 들었다.
두 달 전, 어쩐지 몸이 무지근한 날이 이어져서 시내 종합병원에 나가 검진을 받았다. 나이 들어 쇠한 몸에 자주 있는 일이라 그리 심각하게 생각하지 않았는데, 예상외로 검사를 몇 가지나 받으라고 하더니 결과는 나중에 알려주겠다고 했다. 여우에 홀린 듯한 심정으로 그날은 집에 돌아왔다.

일주일 뒤, 병원에서 전화가 왔다. 가족을 데리고 검사 결과를 들으러 와달라는 연락이었다. 가족은 없다고 대답한 그 시점에 뭔가 안 좋은 모양이라는 예감은 있었다. 진료실에서 의사가 일러준 병명은 귀에 익숙지 않았다. 혈액암의 일종으로, 앞으로 3년일 것이라고 했다.

신기하게도 죽는 건 두렵지 않았다. 그런가, 나는 죽는가, 하고 온화한 기분으로 받아들일 수 있었다. 60년 넘게 살았겠다, 결국 결혼은 안 했지만 그만큼 나 좋을 대로 지내왔다. 그리 크지는 않아도 고향 땅에 나만의 '성'도 지었다. 게다가 내가 죽더라도 작품은 이 세상에 남겨질 것이다.

이만하면 충분하잖아. 만만세, 괜찮은 인생이야. 이미 여한이라고는 아무것도 없다. 여한이라고는······.

산울타리 쪽에서 다시 부스럭거리는 소리가 났다. 참새가 아닌 것 같네, 라고 생각하자마자 제법 큰 생물의 기척이 분명하게 느껴져서 그는 눈을 떴다.

"저기요."

그곳에 서 있는 것은 얼핏 보기에도 초등학생이나 중학생쯤 되는 여자아이였다.

둥근 칼라가 달린 흰 블라우스에 청색 멜빵 치마를 입었다. 오른팔에 초록 줄이 그어진 것은 산울타리 틈새를 빠져나올 때 풀물이 들었기 때문일 것이다. 어깨에 걸친 가방에서 삐죽 내보이는 게 스케치북이라는 것을 그의 눈은 놓치지 않았다.

"마음대로 들어와서 죄송해요."

웅얼웅얼 말하더니 여자애는 입을 다물어버렸다. 폭 숙인 얼굴이 갸름한 갈색 쿠페 빵 같아서 귀여웠다.

자기 얼굴이 험상궂어서 번번이 상대를 움츠러들게 한다는 것을 그는 자각하고 있었다. 샐샐 웃기까지는 못하지만 그래도 애써 목소리에 따스함을 담아 그는 말했다.

"얘야, 무슨 일이지? 여기는 내 집이야."

여자애는 얼굴을 들고 정원 한쪽 구석을 가리켰다.

"저 꽃이 예뻐서 스케치 좀 하려고 했어요."

그곳에는 그가 정성껏 손질해 준 베고니아가 작은 꽃을 달고 있었다. 산울타리 넘어 바깥길에서도 담홍색 꽃잎이 눈에 띈 모양이다.

"그림 그리는 거, 좋아해?"

"선생님이 스케치 숙제를 내주셔서요. 뭐 그릴까, 찾다가 여기로 들어와 버렸어요. 남의 집인 줄도 모르고."

그는 손을 내밀어 마루를 가리켰다.

"그래, 마음껏 그려도 돼. 여기 앉아라."

"고맙습니다, 할아버지."

여자애는 꾸벅 인사를 하고 그가 가리킨 곳에 자리를 잡았다. 아이가 가방에서 꺼낸 길쭉한 필통 안에는 색연필이 빼곡히 들어 있었다.

그렇게 여자애는 그림을 그리기 시작했다. 색연필 구르는 소리만 들리는 가운데, 그는 의자에 앉아 눈을 감았다 떴다 하고 때로는 끄덕끄덕 졸기도 했다. 올해 들어온 여름 선물 중에 캔 과일주스가 있었던 게 퍼뜩 생각났다. 얼음을 넣은 유리잔에 따라서 내줬더니 여자애는 꽃처럼 환하게 웃으며 기뻐했다.

한 시간쯤 지났는데도 여자애는 마음먹은 대로 그림이 그려지지 않은 눈치였다. 몇 번이나 새로 넘긴 스케치북에 왼손으로 잡은 핑크색 색연필로 선을 긋고는 끙끙거리고 있었다.

그는 등의자에서 일어나 여자애 옆에 앉았다.

"잠깐 줘볼래?"

스케치북의 새 페이지에 베고니아를 쓱쓱 그려나갔다. 십여 분 만에 간단한 소묘가 완성되었다.

스케치북을 돌려주자 여자애는 입을 헤벌리고 골똘히 그림을 들여다보았다.

"할아버지, 엄청 잘 그렸어요. 와아, 진짜 멋있다."

왠지 아이를 속인 기분이 들어서 그는 쓴웃음을 지었다.

"나는 말이지, 그림이 특기야. 어때, 숙제에 도움이 됐어?"

"네, 고맙습니다."

그렇게 여자애는 그의 소묘를 흉내 내 드디어 마음에 드는 그림을 그린 모양이다. 등의자로 돌아간 그에게 스케치북을 보여주며 머뭇거리는 기색으로 물었다.

"이거, 어때요?"

"잘 그렸네. 너만 할 때의 나보다 더 잘했어."

"진짜요? 후유, 다행이다."

헤헤헤 웃는 아이를 보며 그는 자신에게 손녀가 있다면 이 정도 나이일까, 하는 생각을 했다.

"할아버지, 이제 가볼게요. 고맙습니다."

스케치북을 가방에 챙겨 넣고 예의 바르게 인사하는 아이에게 문득 깨닫고 보니 그는 이렇게 말하고 있었다.

"언제든지 또 오너라."

말을 한 다음에야 후회했다. 여자애는 숙제 때문에 스케치 소재를 찾고 있었을 뿐이다. 알지도 못하는 노인을 또 보고 싶어 할 리 없다. 왜 나 혼자 공연히 들떠 있나.

여자애는 한순간 무슨 말인지 알아듣지 못한 듯 어리둥절한 뒤에 힘차게 대답했다.

"네에!"

그는 의자 등받이에 몸을 맡기고 다시 눈을 감았다. 멀어져 가는 발소리가 귀를 간질였다.

이제 남은 건 죽음을 기다리는 일뿐이다. 새삼 새로운 만남 따위, 기대하지 않는다.

여자애는 힘차게 대답했지만 아마 두 번 다시 볼 일은 없을 것이다. 그래도 상관없다. 마음이 누그러드는 시간이 아주 잠깐 찾아와 준 것만으로도 감사하다.

게다가 여자애는 어딘지 모르게 닮아 있었다. 그 무렵의 그녀와…….

그는 고개를 저었다. 이제 여한이라고는 아무것도 없다.

목숨이 겨울로 향하는 이 계절에 베고니아 꽃처럼 소소한 색감을 더해준 오늘 일을 분명 잊지 못할 거라고 그는 생각했다. 소녀의 웃음이 눈부신 빛을 비춘 것처럼 불쑥 떠오른 먼 기억을 다시 가슴속에 가만히 간직하면서.

그때 부드럽게 끝나는가 싶었던 인생이 오랜만에 태엽을 감아준 추시계처럼 다시 움직이기 시작한 것을, 그는 아직 알 도리가 없었다.

제1장 수수께끼 깨진 커피잔의

1

일반적으로 인간에게는 예지력이라는 게 없다.

굳이 '일반적으로'라는 말을 붙인 것은, 어쩌면 이 세상에는 예지능력을 가진 사람이 있을지도 모른다는 가능성을 전제로 한 것이다. 전혀 없다고 단정하는 것은 악마의 증명이다. 그래도 현재 지구에 사는 인구가 가령 70억이라면 그중 69억 9천 999만 9천 900명 정도는 예지능력이 없을 테니까 '일반적으로'라고 해도 틀림은 없을 것이다.

이를테면 자연계에서는 동물들이 재해를 예상하고 미리 대이동을 했다는 얘기가 이따금 들려온다. 야생의 생물은 어쩌면 예지에 준하는 능력이 있을지도 모른다. 하지만 인간에 한해서 말하자면, 거의 4반세기를 살아온 나는 지금까지 예지능력을 가진 사람이라고는 한 명도 본 적이 없다. 한 명도에는 물론 나 자신도 포함된다.

한 소설가가 SNS에 이런 글을 올렸다.

'데뷔가 결정되기 전, 나는 어차피 소설가가 될 수 없다고 생각했다. 데뷔가 정해진 뒤에도 어차피 책은 팔리지 않는다고 생각했다. 하지만 그런 예상이 모두 빗나가고 나는 지금도 소설가로서 먹고살고 있다. 인생은 예상대로 흘러가지 않는다. 예상해 봤자 쓸데없다.'

인간에게는 예지능력이 없으므로 예상이라는 건 맞지

않는다. 말을 바꾸면, 모든 일은 항상 예상치 못한 방향에서 우리에게 덮쳐든다. 지난 3년여 동안 나도 다양한 사건이며 소동에 휘말리는 가운데 그 사실을 통감해 왔다. 그리고 오늘도 역시 예상조차 못 한 하루가 되었다.

교토의 벚꽃 개화 선언과 함께 철학의 길이며 가모가와 강변을 산책하려는 꽃구경 손님들이 길거리에 넘쳐나는 3월 말일의 일이었다. 나는 어느 커피점 카운터 자리에 앉아 뜨거운 커피를 마시고 있었다.

오래전 최상의 커피를 찾아 수많은 커피점이며 카페를 헤매고 다니던 내가 그 종착점으로 삼은 곳, 바로 커피점 탈레랑이었다. 교토시 나카교구 니조 길과 도미노코지 길의 교차점 옆에 자리 잡고, 커피에 관한 명언—좋은 커피란 악마처럼 검고, 지옥처럼 뜨겁고, 천사처럼 순수하고, 그리고 사랑처럼 달콤하다—을 남긴 프랑스 대정치가의 이름을 얹은 이곳의 커피에 나는 매료되어 버렸다. 이렇게 뻔질나게 들락거리는 것도 당연한 귀결이다. 세월도 빠르지, 처음 왔을 때로부터 이제 몇 달이면 만 3년이 된다. 중학교나 고등학교라면 졸업해 버릴 정도의 시간을 함께해 왔지만, 물론 이 공간이 학교가 아니라서 다행이라고 생각한다.

맛있는 커피, 재즈가 흐르는 레트로 분위기의 마음 편한 실내, 하지만 이 커피점의 매력은 그런 것만이 아니다. 커피를 내려주는 바리스타 기리마 미호시 씨도 더할 수 없이 매력적인 여성인 것이다.

자그마하고 애교 있는 얼굴에 검은 보브 커트 머리가 트레이드 마크다. 가게에서는 항상 흰 셔츠에 검은색 바지, 남색 앞치마 차림이다. 실제 나이―나보다 한 살 많다―보다 어려 보이고 아주 느긋한 듯한 그녀지만, 실제로는 잘 벼려진 나이프처럼 예리한 두뇌를 저 두개골 속에 감춰놓고, 뭔가 이상한 일을 맞닥뜨리면 일도양단하듯이 수수께끼를 해명해 낸다.

그런 미호시 씨와 함께 온갖 다양한 사건을 조우하고 극복하며 우리는 관계를 심화해 왔다. 현재로서는 아직 '연인 미만'인지도 모르지만, 최소한 '친구 이상'이라는 것에 나는 물론 그녀도 이의는 없다⋯⋯ 라고 생각한다. 분명. 아마도. 아, 그랬으면 좋겠다⋯⋯.

자아, 이 커피점 탈레랑, 상주하는 사람이 기리마 미호시 씨만은 아니다. 미호시 씨의 친척이자 사장 겸 요리를 담당하는 모카와 마타지 씨. 은빛 수염을 기른 용모 자체는 아주 카리스마 있어 보이는데 5년 전 아내와 사별한 뒤로 틈만 나면 젊은 여자를 상대로 수작을 걸기에 바쁜 경박하기 짝이 없는 영감님이다. 항상 쓰고 다니는 니트 모자가 썩 잘 어울리는데, 실은 헤싱헤싱한 머리를 감추기 위한 것이다.

주로 낮잠과 손님 힐링을 담당하는 샤를은 수컷 샴고양이로, 예전에 한 사건을 계기로 이 가게에서 기르게 되었다. 귀엽기는 하지만 매우 거만해서 때때로 나를 얕잡아 보는 느낌이 드는데 이건 단순히 나만의 피해망상인지도 모른다. 아무튼 그 두 사람과 한 마리에 의해 커피점 탈레랑은 돌아가고 있다.

슬슬 해가 저물 무렵, 네 개의 테이블 자리는 반절이 찼고 카운터 앞에도 나를 포함해 세 명의 손님이 앉아 있어서 제법 붐비는 편이었다. 모카와 영감님은 테이블 자리에서 세 명 일행인 젊은 여자 손님들과 수다 삼매경에 빠졌고, 샤를은 카운터 자리 의자 위에서 몸을 둥글게 말고 잠이 들었다. 미호시 씨는 클래식한 핸드밀로 드르르륵 커피 원두를 갈고, 단골손님인 나는 커피를 마신다. 오늘도 평소와 다름없는 온화한 하루가 되겠구나. 나는 그렇게 생각했다. 하지만 언제라도 예상은 맞아떨어지지 않는 것이다.

"그래서 내가 죄다 차에 태우고 힘껏 내달렸구먼. 그랬더니만 우지교 위에서…… 어어억!"

작년 여름에 벌어진 사건에 대한 무용담을 쾌조로 풀어놓던―아주 마음에 든 에피소드였는지, 똑같은 얘기를 나는 수없이 들었다―모카와 씨가 돌연 괴상한 신음을 올리는 바람에 나는 등 뒤 테이블 자리를 돌아보았다.

모카와 씨가 가슴을 부여잡고 있었다. 그 모습을 아까부터 그의 얘기에 빠져 있던 여성들이 어리둥절한 기색으로 바라보았다.

"모카와 씨, 무슨 일이에요!"

나는 순간적으로 자리에서 일어나 그에게 달려갔다. 그는 고통스러운 듯 눈을 희번덕거리고 있었다. 그러자 카운터 쪽에서 목소리가 날아왔다.

"으이구, 아저씨, 또 아픈 척해서 손님들 놀리려고?"

미호시 씨였다. 그 말투에는 걱정이라고는 털끝만큼도 없고, 손 밑의 핸드밀을 향한 시선조차 이쪽으로 돌리지 않았다.

"아오야마 씨, 속지 마세요. 그거, 연기예요. 만우절이 되면 해마다 하시거든요."

그녀는 나를 '아오야마 씨'라고 부른다. 아주 잠시간 스스럼없이 이름을 부른 적도 있지만, 아무래도 익숙하지 않았는지 금세 원래대로 돌아왔다.

"하지만 만우절은 내일이잖아요."

내가 지적하자 미호시 씨는 그제야 이쪽을 보았다.

"아저씨가 날짜를 착각하셨나? 덜렁이 산타클로스도 아니고, 대체 왜 저러시는지."

"이거, 진짜로 연기예요? 몹시 힘들어 보이시는데?"

나는 모카와 씨의 어깨를 받쳐주며 말했다. 그는 연거푸 크어어억 목을 울리고 있었다.

미호시 씨가 손을 씻고 카운터에서 나와 이쪽으로 다가왔다. 그러고는 모카와 씨의 눈을 들여다보고 얼굴 앞에서 손을 휘휘 흔들고 심장에 손을 대보기도 했다.

"……."

오 초쯤의 침묵. 그리고 미호시 씨는 부르짖었다.

"어떡해, 아저씨 돌아가시려나 봐요!"

나는 즉시 구급차를 불렀고 미호시 씨는 바닥에 눕힌 모카와 씨의 귓가에 대고 "아저씨, 정신 차려요!"라고 계속 외쳤다. 손님들은 자리를 피해주기로 해서 미호시 씨를 대신해 내가 계산대를 맡았다.

잠시 뒤 사이렌 소리와 함께 구급차가 도착하고 구급대원이 모카와 씨를 들것에 태웠다. 쌍둥이처럼 나란한 두 채의 가옥 사이 터널을 통과해야만 탈레랑에 드나들 수 있기 때문에 구급대원들은 들것이 가까스로 지나가는 것에 안도하는 기색이었다.

구급차에는 미호시 씨가 보호자로서 동승했다.

"미호시 씨, 어쨌든 마음 단단히 먹어요. 나도 병원으로 뒤따라갈게요."

그녀가 구급차에 탈 때, 나는 그렇게 알렸다. 긴장한 얼굴로 고개를 끄덕이는 것과 구급차 뒷문이 닫히는 게 거의 동시였다. 다시 사이렌을 울리며 구급차는 순식간에 멀어져 갔다.

그리고 나 혼자 우두커니 도미노코지 길에 남았다. 사이렌이 시끄러웠던 반동으로 정적이 실제보다 더 짙게 느껴졌다.

모카와 영감님, 돌아가시는 건가. 방정맞은 상상이었지만 저절로 그런 생각이 들었다. 새삼 공포감이 몰려와서 심장 근처에 떨림을 느꼈다.

구급대원이 알려준 이송지는 히가시오지 길에 있는 대학병원이었다. 친족도 아닌 내가 서둘러 가봤자 별 도움도 안 될 것 같아 택시 대신 도보로 가기로 했다. 20여 분 만에 도착해 간호사에게 사정을 얘기하고 대기실 의자에 앉아 있으려니 한 시간쯤 지나 드디어 미호시 씨가 병원 안쪽에서 나타났다.

"모카와 씨는, 어떻습니까?"

"좀 안정됐어요. 구급차에 실려올 때부터 발작은 가라앉았고, 지금은 검사를 받는 중이에요."

생명에는 지장이 없을 것 같다는 말에 우선 가슴을 쓸어내렸다.

미호시 씨가 옆자리에 앉았다. 지친 모습이었다.

"병명은?"

"아마 협심증일 거래요. 몇 단계의 검사를 거쳐야 하니까 정식 진단이 나오는 건 내일 이후가 될 것 같아요."

미호시 씨는 한숨을 내쉬며 양손으로 자신의 뺨을 감쌌다.

"아저씨가 나이치고는 건강한 편이라 웬만해서는 병원에 갈 생각을 안 한다니까요. 마지막으로 건강검진 받은 게 벌써 4년 전이었나?"

"그건 안 되죠. 4년이나 지났으면 당연히 몸 상태도 달라지셨을 텐데."

"이럴 줄 알았으면 내가 억지로라도 병원에 데려올걸. 부인상도 겪었는데……."

부인이라는 건 영감님의 아내, 모카와 지에 씨 얘기다. 커피점 탈레랑은 그 일대 토지 소유주 집안의 지에 씨가 커피를 좋아하다 못해 아예 가게를 개업한 거라고 들었다. 미호시는 전문대학 입학과 함께 고향을 떠나 교토에서 살기 시작했고, 친척인 지에 씨와 모카와 씨 부부가 꾸려가는 탈레랑에서 알바를 시작했다. 하지만 채 2년이 안 되어 지에 부인은 병환으로 세상을 떠나고 말았다. 병을 발견했을 때는 이미 늦어서 제대로 손쓸 새도 없이 돌아가셨다고 한다. 그 지에 부인의 유지遺旨에 따라 미호시 씨는 지금도 탈레랑에서 부인에게 직접 전수받은 방식으로 커피를 내리고 있다.

고개를 떨군 미호시 씨의 어깨에 나는 손을 얹었다.

"미호시 씨가 자책할 일이 아니에요."

"……."

"모카와 씨는 살아나셨어요. 미호시 씨가 가게를 이어받은 덕분에 아무도 없이 혼자 쓰러지는 일은 없었잖아요. 그건 정말 중요한 역할이에요."

미호시 씨는 얼굴을 들었다. 미약하나마 미소를 띠고 있었다.

"오늘 아오야마 씨가 곁에 있어서 다행이었어요."

내 말에 그리 쉽게 동의할 수는 없으나 그래도 감사하다, 라는 마음이 담긴 한마디였다.

"일부러 병원까지 와주셨는데 미안하네요. 아저씨 면회는 안 될 것 같고, 오늘은 그만 돌아가셔도 돼요."

"내가 대신 해줄 일은 없어요?"

"괜찮아요. 입원에 필요한 건 나 혼자 준비할 수 있고, 아저씨 가족에게도 이미 연락했어요."

"가족? 아, 아드님이 있다고 했지요?"

내가 아는 모카와 영감님은 속물적이면서도 어딘가 세속을 초월한 듯한 구석이 있었다. 그래서 깜빡 잊곤 하지만, 그도 긴 인생 속에서 남들 비슷하게 가정을 꾸려왔고 따로 독립한 외아들도 있다. 미호시 씨에게는 종숙부에 해당한다. 참고로, 나는 한 번도 만난 적이 없다.

"하마마쓰에서 살고 있으니까 마음먹으면 곧바로 오실 수 있어요. 일단 아저씨는 안정됐다고 연락했더니 지금 당장 일을 뺄 수 없어서 내일 새벽에 출발하겠다고 하네요. 내가 옆에 있으니 무리하지 않아도 된다고 전했어요."

하마마쓰 역에서 교토 역까지는 빠른 신칸센으로 한 시간쯤 걸린다. 부자 관계가 나빠지지 않은 한, 이미 어머니와도 사별한 아들이 아버지의 급한 병환 소식에 뛰어오기를 망설일 만큼 먼 거리는 아니다. 그렇다면 일을 뺄 수 없다는 말도 거짓은 아닐 것이다.

"어쨌든 내일은 오실 거예요. 입원 수속 등은 그다음에 해도 돼요. 아오야마 씨에게 더 이상 폐를 끼칠 수도 없고."

그렇게 미안해할 거 없는데, 라고 생각했지만 내가 있으면 오히려 신경이 쓰일지도 모른다. 그래서 일단 조용히 물러나기로 했다.

"무슨 일 있으면 언제든 연락해요. 나도 모카와 씨 얼굴 보기 전에는 마음이 안 놓일 것 같으니까. 내일 오전에 또 올게요."

"알겠습니다. 걱정해 줘서 고마워요."

예의 바르게 머리를 숙이는 미호시 씨에게 손을 흔들고 나는 대학병원을 뒤로했다. 그날은 흥분과 충격에서 벗어나지 못해 밤새 얕은 잠만 거듭했다.

2

다음 날 오전 10시, 미호시 씨가 있는 것을 확인하고 다시 대학병원에 갔다. 만우절의 하늘을 보니 지금 상황에서는 어이없을 만큼 맑고 화창한 날씨였다.

입원 환자의 면회 시간은 오후부터였지만, 접수처에 '가족의 호출을 받았다'고 설명했더니 들어가게 해주었다. 알려준 병실은 금세 찾았다. 좌우로 침대 두 개씩, 모두 합해 네

개가 나란히 놓였고, 모카와 씨는 오른편 안쪽 침대였다. 미호시 씨가 그 옆의 스툴에 앉아 있었다.

"아이구, 못 죽으셨네."

병문안 과자를 내밀며 나는 일부러 짓궂은 농담을 던졌다. 평소와 달리 벗겨진 머리를 그대로 드러낸 모카와 씨가 흥 콧방귀를 뀌며 응수했다.

"누가 아니래. 내친김에 마누라나 만나려고 했더니만."

부인 지에 씨 얘기다. 기대했던 것보다는 약한 대답이었다. 태도에도 어딘가 움츠러든 기운이 느껴졌다.

"어제 의사와 상담해서 일주일 뒤, 4월 7일에 관동맥 우회술을 받기로 결정했어요."

미호시 씨가 발한 단어는 삼엄한 여운을 띤 것처럼 들렸다.

"수, 수술을?"

"네, 역시 협심증이어서 협착이 생긴 관동맥에 수술로 우회로를 만든대요."

"어려운 수술이에요?"

"나는 뭔지 잘 모르지만, 그리 드문 수술은 아닌가 봐요. 천황도 몇 년 전에 관동맥 우회술을 받았다고 하더라고요."

유명인의 성공 사례 한 가지만으로도 마음이 한결 든든했다. 그 무렵의 천황에 비하면 현재 모카와 영감님이 더 젊으니까, 수술의 부담 역시 조금은 덜할 터였다.

"모카와 씨는 날마다 일을 하셔서 나이에 비해 체력도 강하니까 괜찮을 거예요. 무사히 수술이 끝나면 이제 곧 가게에 나오실 수 있어요."

나는 애써 환한 목소리로 말했지만, 모카와 씨는 여전히 어두운 얼굴을 하고 있었다.

"글쎄, 그럴까. 심장 같은 데를 건드리면 보통은 죽는 거 아녀? 나는 이제 더 못 살 것 같다야."

그런 말을 꿍얼거리고 있다. 아무래도 수술에 대한 공포심 때문에 비관적이 된 모양이다.

어떤 식으로 응해야 할지 난감했지만, 미호시 씨는 뜻밖에도 모카와 씨를 진심으로 걱정하고 있었다.

"그런 말 하지 마. 아저씨가 죽어버리면 나는 어떡해……."

"그래도 이번만큼은 참말로 틀렸는지도 모르겄다."

"힘을 내셔야죠. 아저씨가 수술받고 건강해지기만 하면 내가 뭐든 다 들어줄 테니까."

그렇게 말하는 미호시 씨의 눈가에 눈물이 또르르 굴러서 나는 말문이 막혔다. 미호시 씨, 이건 너무 순진한 거 아닙니까. 훨씬 더 야무진 사람인 줄 알았는데.

그런데도 모카와 씨는 여전히 풀 죽은 기색이었지만 잠시 침묵한 끝에 입을 열었다.

"그러면 젊고 예쁜 아이를 좀 데려와 줄래? 전에 우리 가게에 왔던 네 친구 있잖어. 그 미녀 아가씨와 신나게 얘기하다 보면 기운이 날 거 같은데……."

"안 돼, 그건."

눈가를 훔치며 미호시 씨는 딱 잘라 거절했다.

"왜 안 돼? 뭐든 다 들어준다고 했잖어."

"안 된다면 안 되는 줄 아세요. 예쁜 여자를 데려오면 심박수가 올라가서 심장에 부담이 된다니까? 다른 걸로 해요."

진심으로 딱해하면서도 정확히 선은 긋고 있다. 역시 야무지다. 나는 안심했다.

모카와 영감님은 노골적으로 부루퉁한 척했지만, 그것도 짧은 시간이었다. 맑게 갠 창밖을 바라보며 불쑥 중얼거렸다.

"저승에 갈지도 모르니까 마누라 만날 마음의 준비를 해야겠네."

"그렇게 오래 함께 살았던 부인을 만나는 데도 마음의 준비가 필요해요?"

저승에 갈지도 모른다는 건 더 이상 부정하지 않는 미호시 씨였다.

"5년 만이잖어. 오래 함께 살았으니 더욱더 마음의 준비가 필요한 거여."

그건 그럴지도 모른다. 원래 어쩌다 한 번씩 만나는 사람과의 재회와 예전에 날마다 함께 지내던 사람과의 재회는 그 무게가 다르다.

모카와 씨는 얼굴을 이쪽으로 돌리더니 그때까지보다 명

료한 말투로 이렇게 고했다.

"마누라 얘기인데, 실은 아직도 마음에 걸리는 일이 있어. 그 사람이 갑자기 병이 나고 그 길로 세상을 떠나버리는 바람에 미처 확인을 못 하고 말았구먼."

"마음에 걸리는 일이라니?"

"우리 가게 찬장 속에 깨진 커피잔이 있는 거, 너도 알지?"

"접착제로 수리한 그 커피잔?"

미호시 씨가 말했다. 단골손님인 나도 처음 듣는 사실이었다.

"그 잔에 관해 내가 한 번도 얘기한 적이 없지?"

"내가 몇 번이나 버려도 되냐고 물어봤잖아요, 어차피 쓸 수도 없는 거라서."

"그때마다 안 된다고 했지, 마누라가 따로 챙겨둔 잔이었으니까."

"지에 씨가 수리하신 거였어요?"

모카와 씨가 고개를 저었다.

"아니여, 왜냐면 내가 깨뜨렸거든. 찬장에서 꺼내다 놓쳐서 떨어뜨렸어. 그랬더니만 마누라가 엄청 화를 내더라고. 왜 좀 조심하지 않았느냐면서 어찌나 나무라던지. 그래서 나도 커피잔 하나 깨먹었다고 뭘 그리 화를 내냐고 대꾸하고, 한참 말다툼을 했구먼. 그랬더니만 마누라가 가게를 뛰쳐나가더니 그 길로 일주일씩이나 안 들어오더라고."

"그런 별것도 아닌 싸움으로 일주일씩이나?"

미호시 씨의 눈이 둥그레졌다. 나는 지에 부인의 성격이나 인품에 대해 잘 알지 못하지만, 적어도 미호시 씨가 보기에는 그런 사소한 일로 격앙할 만한 여성은 아니었던 것이리라.

"그거, 언제쯤 있었던 일이에요?"

"네가 우리 가게에서 일 시작하기 조금 전이었어."

"내가 교토에 왔던 게 7년 전 4월이니까……."

"응, 그럼 그해 1월이구먼. 틀림없어."

그렇다면 미호시 씨가 부인의 가출 소동을 알지 못했던 것도 당연하다.

7년 전이라면 바로 얼마 전은 아니지만 그렇다고 아주 옛날인 것도 아니다. 지에 부인은 분명 자신의 휴대전화도 갖고 있었을 것이다.

"그런데도 일주일 동안 도무지 연락이 안 되더라고. 그 사람이 교토 여자라서 어디 먼 친정집에 갈 일도 없고. 그때 어디서 뭘 했는지, 나는 지금도 전혀 모르는구먼."

"그럼 그동안에 탈레랑은?"

"물론 임시 휴업이었지. 나는 커피를 못 내리잖아."

아내가 뛰쳐나간 당초에 모카와 씨는 금세 돌아올 거라고 태평하게 내다봤다. 하지만 가출이 길어지자 아무래도 진지하게 사과해야 하는가 하고 고심하게 되었다.

"근데 한 번 깨진 잔을 되돌릴 수도 없잖아. 사과 말고는 달리 할 것도 없고, 그나마 성의라도 보여주자고 생각했어. 그래서 내버리지 않고 챙겨둔 커피잔 조각을 퍼즐처럼 조합해서 내가 직접 접착제로 붙였구먼. 시간이 엄청나게 걸렸지만, 그럭저럭 원래 형태까지 고쳐놓았지."

"그럼 그건 아저씨가 수리하셨구나. 그래봤자 다시 쓸 수 있는 것도 아닌데."

"야야, 그건 네가 말 안 해도 알아. 그래도 반성한다는 뜻을 보여줄 방법이 달리 생각이 안 나더라고."

이해할 만했다. 내가 만일 모카와 영감님 입장이었다면 똑같이 했을지도 모른다.

"그러다가 딱 일주일 만에 드디어 마누라가 집에 돌아왔어. 부루퉁하니 입을 꾹 다물고 있길래 내가 수리한 커피잔을 내밀면서 참말로 미안하다고 사과했지. 그랬더니만 마누라가 갑자기 눈물을 뚝뚝 흘리더라니까."

지에 씨 쪽이 오히려 바닥에 무릎을 꿇을 기세로 사과하기 시작했다.

―여보, 미안해, 느닷없이 뛰쳐나가고, 참말로 미안해. 일주일씩이나 집에도 안 들어오고, 미안해…….

"그러니 나는 대체 뭐가 뭔지 영문을 모르겠더라고. 사실대로 말하면, 마누라가 쪼끔 무서워지기까지 하더라니까. 그럴 거 없다고 달래서 그 자리는 얼렁뚱땅 넘어갔지. 마누라도 잔을 찬장에 챙겨 넣고 그 뒤로는 가출 얘기는 일절 꺼내지 않았어. 나도 괜히 건드렸다가 마누라가 또 이상해지는 거 아닌가 싶어서 결국 아무것도 물어보지 못했구먼."

그리고 그뿐, 아내는 완전히 원래대로 돌아온 것처럼 보였다. 일주일의 가출 이전과 전혀 다를 것 없는 날들이 이어졌다.

"그런데 마누라가 평소와 똑같아질수록 그때 그렇게 눈에 쌍심지를 켰던 건 대체 뭐였나 하고 마음에 걸렸구먼. 역시 이상하잖어, 내가 커피잔 하나 깼다고 그렇게 미친 듯이 화를 내고, 게다가 일주일씩이나 가출하다니."

"그렇게 궁금했으면 그때 마음먹고 물어보셨으면 좋았잖아요."

"나도 몇 번이나 물어보려고 했지. 그런데 그 얼마 뒤부터 미호시가 우리 가게에서 일하게 되면서 유야무야 넘어가 버렸어. 미호시하고 얽힌 일만 해도 이래저래 많았잖어."

미호시 씨는 입을 다물었다. 그 '이래저래'에 대해서는 나도 대략 파악하고 있다.

"그러고는 문득 보니까 2년이 지나고 마누라는 저승으로 떠나버렸어. 직접 물어볼 기회가 영원히 사라진 거여……."

"저승에서 지에 씨에게 직접 물어보시면 되죠."

쌀쌀맞기 짝이 없다. 미호시 씨, 그건 죽으라는 말과 똑같잖아요.

"경솔하게 캐물을 일이 아니라니까? 건드려서는 안 될

그런 일이면 어쩌란 말이여. 나는 저승에서까지 마누라하고 싸우고 싶지는 않아."

고집스럽게 거부하는 영감님을 보며 미호시 씨는 손을 허리에 척 짚었다.

"한마디로, 지에 씨가 일주일이나 가출하지 않으면 안 될 만큼 격노한 이유를 나한테 알아달라는 거죠?"

"그렇지, 그렇지. 미호시, 네가 뭐든 다 들어준다고 했잖어."

침대 위에서 모카와 영감님은 부탁한다기보다 미호시 씨가 그 청을 들어주는 게 당연하다는 듯한 태도였다.

아무리 그래도 이미 세상 떠난 분이 예전에 격노했던 이유를 밝힌다는 게 과연 가능할까. 하지만 내 걱정과는 반대로 미호시 씨의 대답에는 망설임이 없었다.

"좋아요, 수술 전까지 내가 반드시 알아낼 테니까."

그렇게만 된다면 자신도 이의 없이 수술을 받겠노라고 모카와 씨는 홈런 타자와 약속하는 소년처럼 말 잘 듣는 모습을 보였다.

3

병원을 나와 탈레랑으로 가는 길에 미호시 씨가 내게 물었다.

"아오야마 씨를 이런 일에 끌어들여도 될까요? 시간, 괜찮겠어요?"

눈에 익은 탈레랑 유니폼이 아니라 오늘은 사복을 입고 있다. 청 재킷에 검은색 긴 치마, 하이컷 스니커즈 차림이 그녀의 근저에 있는 활달함을 잘 드러내 준다는 생각이 들었다.

"상관없어요. 지금까지도 매번 그랬던 것처럼 휴가에 관해서라면 자유로운 편이니까. 그보다 이제 조사에 전념해야겠네요. 모카와 씨는 저대로 혼자 놔둬도 문제없을까요?"

"아까 아침에 아들 게이치 씨가 도착해서 입원 수속 등을 하셨어요. 그러니까 이제 내가 나설 일은 딱히 없어요."

어머니 '지에千惠'의 한 글자를 따서 '게이치惠一けいち'라고 한다고 알려주었다.

"하마마쓰에서 사신다고 했지요? 태어난 곳은 물론 교토일 텐데, 하시는 일 때문에 그쪽으로?"

"게이치 씨네 집이 하마나코호수 근처라서 하마마쓰 시내에서도 한참 들어가는 시골인데…… 라고 하면 현지 분들이 나무라시겠네. 아무튼 그쪽에 화과자 노포가 있는데 거기서 일하고 있어요."

"그럼 화과자 직인이군요."

"커피점을 운영하는 부모님, 특히 애플파이를 잘하는 아저씨를 보고 자라서 그런지 그쪽으로 관심이 있었어요. 처음에는 교토에서 화과자를 배우다가 나중에 귤을 활용한 화과자를 연구하게 되었대요. 하마마쓰의 그 집 근처가 귤의 명산지거든요."

그래서 귤을 활용하는 화과자 가게에 제자로 들어갔다는 얘기다. 참으로 다양한 인생이 있다.

"평소에도 친척 모임 등에서 게이치 씨를 자주 만났던 모양이죠?"

"아뇨, 거의 못 만났어요. 왜냐하면 그쪽 가족이 교토에 오는 설날이나 추석에는 나도 고향에 갈 때가 대부분이라 서로 길이 엇갈려요. 아까 병원에서 만난 게, 지에 씨 장례식 때 보고 이번이 처음이니까 5년 만이네요."

"시시콜콜 캐묻는 것 같지만, 지에 씨의 제사 때는?"

"그건 아무래도 주말에 치르게 되니까 모카와 아저씨만 참석하고 나는 탈레랑 영업을 맡았어요."

하긴 그럴 것이다. 아무래도 산 사람의 생활을 우선시하고, 관혼상제가 아닌 한 따로 떨어져 사는 친척 간에 얼굴 마주할 기회라고는 거의 없는 것이다.

이야기를 주고받으며 걷다 보니 탈레랑에 도착했다. 문을 열고 들어서자, 샤를이 야옹 울면서 다리에 엉겨들었다. 나는 그의 턱을 쓰다듬어주었다.

"배가 고픈가?"

"내가 오늘 아침에 밥과 물은 챙겨줬어요. 가게가 쉬는 날이라 적적했던 모양이네요."

"그러고 보니 가게 영업은 어떻게 하지요?"

"아저씨 수술 끝날 때까지는 쉬려고요. 이따가 출입문에 공지문을 붙여야겠네요."

우리가 우선 탈레랑으로 온 목적은 명확하다. 미호시 씨는 카운터 안으로 들어가 찬장에서 커피잔 한 개를 신중한 손놀림으로 꺼내왔다.

평소에 탈레랑에서는 백자 커피잔을 사용한다. 하지만 미호시 씨가 손에 든 그것은 윗부분이 넓고 손잡이는 가늘고, 흰색 바탕에 파란 선으로 사라사 같은 식물무늬가 그려진 고급스러운 잔이었다. 다만 살짝 일그러져 있어서 파편을 접착제로 붙였다는 게 한눈에 드러났다.

미호시 씨가 카운터에 내려놓은 잔을 찬찬히 살펴보면서 나는 말했다.

"전에는 이런 커피잔도 썼군요."

"흰색 잔을 쓰게 된 것은 지에 씨가 돌아가신 뒤부터예요. 내가 강력히 주장해서 에스프레소 머신을 도입했을 때, 커피잔을 새로 마련할 필요가 있었고, 기왕이면 통일감을 주자고 얘기가 되어서……. 게다가 손님에 따라 잔을 다르게 골라주는 지에 씨의 센스까지는 내가 도저히 따라 할 수 없겠더라고요."

달랑 혼자서 탈레랑을 개업하고—모카와 씨를 데릴사위로 맞아들인 건 그 한참 뒤의 일이다—이상적이라고 할 커피를 내리고, 또한 미호시 씨 인생의 한 시기를 확실하게 뒷

받침해 준 모카와 지에 부인에 대해 미호시 씨는 외경의 마음을 품고 있었다. 커피잔 선택하는 것 하나만 봐도 도저히 당해낼 수 없다고 미리 포기한 모양이다.

고급스러운 잔이었지만 그 가격 때문에 크게 다툴 만한 부부였던 것으로는 생각되지 않았다. 그래도 혹시나 해서 물어보았다.

"이 커피잔, 다시 구하기 어려울 만큼 희귀하거나 값비싼 거예요?"

"나도 아저씨한테 그렇게 물어본 적이 있어요. 그래서 버리면 안 되는 거냐고."

모카와 씨는 명확하게 부정했다고 한다.

―그야 싸구려 물건은 아니지만, 저기 저 백화점에서 산 기성품이여.

"내가 다시 물어봤죠. 그러면 뭔가 기념이나 특별한 추억이 담긴 물건이냐고요."

―아녀, 깨지기 전까지는 평범한 커피잔이었어. 딱히 특별한 것도 없었구먼. 깨져버리고 보니 도저히 버리지 못하게 됐지만.

"미호시 씨, 어떻게 그런 대답을 듣고 그냥 물러섰지요?"

"수수께끼 같아서 더 궁금해지죠? 하지만 아저씨가 왠지 말을 빙빙 돌리는 눈치여서 호박에 침 주기라고 할까, 자꾸 캐물어 봤자 소용이 없겠다 싶었어요."

그때는 모카와 씨도 고인의 마음속을 파헤쳐 볼 생각 따위는 없었는지도 모른다. 죽음이 코앞에 닥쳐온 것을 느끼고 드디어 억눌러 왔던 욕구가 모습을 드러냈을 것이다.

"커피잔 자체로 지에 씨가 그토록 화를 낼 이유가 없다고 한다면…… 모카와 씨가 그 무렵에 커피점 영업 쪽에서 연거푸 실수했던 건 아닐까요? 그렇게 차곡차곡 쌓인 분노가 커피잔을 깨뜨린 것으로 마침내 폭발해 버렸다든가?"

예전에 모카와 씨가 테이블 위에 비치한 설탕 그릇에 관해 중대한 실수를 했던 것을 나는 알고 있다. 그 밖에도 자꾸만 실수를 범했다고 해도 전혀 뜻밖의 얘기는 아닐 것이다.

하지만 미호시 씨는 동의하지 않았다.

"7년 전이면 아저씨가 여기서 일 시작하고 상당한 세월이 지났을 때였어요. 실수를 하더라도 그렇게 거슬릴 정도는 아니었을 거고, 혹시 그런 것 때문이었다면 아저씨가 짐작을 못 하실 리가 없어요."

모카와 씨는 단순히 커피잔 하나 깼다고 아내가 격노했다면서 의아해했다. 뭔가 실수를 연발했다면 지에 씨는 당연히 그걸 지적했을 것이고, 그렇다면 모카와 씨도 부인이 분노한 이유를 지금까지 의문으로 품고 있지는 않을 것이다.

"실수가 아니더라도 다른 일로 지에 씨가 화가 났던 건 아닐까요? 여자 손님에게 자꾸 말을 걸었다든가."

"아저씨가 여자 손님에게 자꾸 말을 걸게 된 것은 지에 씨가 돌아가신 뒤부터예요. 그전에는 그야말로 기가 센 교토 마누라에게 쩔쩔매는 데릴사위 느낌이어서 고개도 제대로 못 들 정도였어요."

그랬기 때문에 갑자기 눈물을 글썽이며 사과하는 아내를 보고 '무서웠다'고 했는지도 모른다. 그런 역학 관계였다면 애초에 아내 쪽이 분노를 꾹꾹 누르며 참고 사는 일도 없었을 것이다.

지에 부인이 분노한 이유에 대해 내 머릿속에 우선 당장 떠오르는 것들은 모두 말해보았다. 가능성을 삭제해 나가는 데는 도움이 됐는지도 모르지만, 결국 정답에는 이르지 못했다. 미호시 씨는 미간에 힘을 주고 커피잔을 골똘히 바라보고 있었다. 그녀의 사색에 방해는 하지 말자고 나는 카운터 앞에 앉아 얌전히 기다렸다.

무위의 시간이 십 분쯤 흘렀을까.

딸랑 종소리와 함께 탈레랑의 문이 열렸다.

나와 미호시 씨는 동시에 돌아보았다. 열린 문 너머에 바깥의 빛을 등지듯이 웬 여자애가 서 있었다.

고등학생인 것 같다. 회색 파카에 반바지와 백팩을 멘 차림새에서는 발랄한 인상이 느껴졌다. 양 갈래로 딴 머리에 남색 니트 모자를 눌러쓰고 있었다.

"죄송합니다, 오늘 쉬는 날이에요."

미호시 씨가 순간적으로 미소를 지으며 알려 주었다. 그런데 여자애는 돌아가려 하지 않았다.

"저기, 나는……."

그 말만 하고는 어물어물했다. 애니메이션 목소리라고 하던가, 낭랑하고 여린 음성이었다.

"우리 가게에 뭔가 볼일이 있어요?"

당황하면서도 미호시 씨가 물었다. 여자애는 안으로 들어와 문을 닫더니 결심한 듯한 기색으로 이름을 밝혔다.

"나, 오하라, 모카와 오하라야."

미호시 씨의 눈이 휘둥그레졌다.

"어머, 너, 오하라였어?"

"미호시 씨, 누구신지……."

나는 소개를 청했다. 미호시 씨는 여자애 쪽으로 손을 향하면서 말했다.

"이름은 작을 소小에 들판 원原을 쓰는 오하라小原, 게이치 아저씨의 딸이자 모카와 씨의 손녀예요."

"아, 이 학생이?"

나도 모르게 찬찬히 쳐다보고 말았다. 고양이를 연상시키는 얼굴 모습은 할아버지 모카와 씨와는 전혀 닮지 않았다. 오히려 미호시 씨가 더 닮아 보일 정도였다.

"오랜만이야, 미호시 언니."

긴장했는지 어색하게 굳어 있던 오하라의 표정이 그제야 누그러들었다. 미호시 씨도 환하게 웃는 얼굴이 되었다.

"놀랄 만큼 훌쩍 커서 전혀 못 알아봤네. 장례식장에서 마지막으로 만났을 때는 아직 초등학생이었잖아."

아버지 게이치와 마찬가지로 딸 오하라와도 5년 만의 재회인 모양이다.

"오하라, 올해 몇 살이지?"

"열여섯 살. 올봄에 고등학교 2학년으로 올라갔어."

"그래, 정말 어른스러워졌구나."

열한 살에서 열여섯 살까지의 5년 동안이라면 부쩍 성장했을 것이다. 더구나 오하라는 지금 연하게 화장한 얼굴이다. 이름을 밝힐 때까지 미호시 씨가 알아보지 못한 것도 무리는 아니었다.

"오하라, 꽤 특이한 이름이군요."

본인에게는 실례인지도 모르지만, 나는 옆에서 말을 끼웠다. 미호시 씨가 설명해 주었다.

"아들 부부의 부탁으로 할머니인 지에 씨께서 이름을 지어줬대요. 근데 영화 〈바람과 함께 사라지다〉를 너무 좋아해서 그렇게 지었다지 뭐예요."

스칼렛 오하라에서 따온 것인가. 하지만 지에 부인은 귀여운 손녀에게 그런 이름을 지어줄 것 같은 분은 아니었는데……. 어쩌면 다부지게 살아주었으면 하는 바람이었는지도 모른다.

그런 대화를 건성으로 흘려들으면서 오하라는 이쪽으로

다가오더니 나를 보며 말했다.

"미호시 언니, 이분은? 언니 남자 친구?"

"아니, 전혀 아냐, 아오야마 씨는 그냥 단골손님."

미호시 씨, 그렇게 즉답할 건 없잖아요. 물론 그게 사실이지만, 실은 넌지시 나를 비난하는 말이기도 했다.

오하라는 납득했는지 안 했는지 모를 얼굴을 하고 있었다. 더 이상 캐묻지 못하게 하려는지 미호시 씨가 다시 그녀에게 질문을 던졌다.

"오늘은 어떻게 여기에 왔어?"

"할아버지 병문안하려고. 봄방학이라서 시간도 있고."

"근데 아까 아침에 병원에는 왜 안 왔어? 아빠하고 함께 온 거 아니야?"

"나 혼자 왔어. 아빠는 꼭두새벽에 나갔거든. 난 그 시간에는 못 일어나."

웃으면서 혀를 쏙 내민다. 몸짓까지 애니메이션 같은 여학생이다.

"모처럼 교토에 왔는데 병문안만 하고 돌아가기도 아쉬워서 여기저기 구경 좀 하려고. 그래서 우선 할아버지 가게에 와봤어."

"할아버지가 아프셔서 가게는 문을 닫지, 당연히."

"그러네. 뭐, 깊이 생각해 보지도 않았어."

태연히 그런 말을 내뱉는다. 혼자 교토까지 올 정도로 야무지다 했더니만 묘하게 맹한 구석이 있다.

오하라는 내 옆으로 다가와 카운터에 몸을 기댔다. 그리고 문제의 그 커피잔으로 시선을 던졌다.

"이건 뭐야?"

"응, 너희 할아버지가 깨뜨린 커피잔인데……."

미호시 씨는 지금까지의 경위를 오하라에게 설명했다. 한바탕 듣고 나더니 그녀는 작은 소리로 중얼거렸다.

"그랬구나, 할머니가 일주일이나……."

그저 건성으로 응하는 느낌이었다. 조부모의 사랑싸움에 관한 얘기 따위, 손녀 입장에서는 아무 관심도 없는 건가.

"그래서 미호시 언니가 할머니에 관해 조사해 보려는 거야?"

"맞아, 이제 막 시작해서 아직 알아낸 건 별로 없지만."

"흐음……."

오하라가 입을 꾹 다물었기 때문에 미호시 씨가 화제를 바꿨다.

"근데 오하라, 교토에 언제까지 있을 거지?"

"그건 아직 안 정했어. 봄방학이니까 할아버지 수술 끝날 때까지 일주일쯤 교토에서 보내는 것도 괜찮겠다 싶기도 하고."

"그래? 이런 때 이런 얘기를 하는 것도 좀 그렇지만, 교토는 특히 봄에 볼거리가 아주 많아. 넌 잘 데도 있잖아."

모카와 씨의 자택을 가리키는 것이다. 하지만 오하라는 뜻밖의 말을 꺼냈다.

"우선 오늘 밤에는 호텔을 예약했어. 미성년자가 혼자 호텔에 숙박할 때는 보호자의 동의서가 필요하다고 해서 그것도 엄마한테 받아 왔거든."

"할아버지 집이 있는데 왜 호텔에?"

오하라는 창피한 듯 고개를 숙였다.

"아빠하고 둘만 지내는 거, 좀 싫어서."

그런 이유로 따로 호텔을 이용하다니, 나는 내심 놀라웠다. 하지만 미호시 씨는 하긴 그렇다, 라면서 고개를 끄덕였다. 사춘기 여성에게는 드물지 않은 감정인 걸까.

"근데 요즘 시즌에는 호텔비가 꽤 비쌀 텐데? 더구나 내일 이후는 예약을 안 했다면 공실이 나올지 어떨지도 애매하고, 숙박이 가능하더라도 요금이 더 많이 나올지도 몰라. 괜찮겠어?"

"엄마한테 용돈 두둑하게 받아 왔어. 뭐, 돈이 부족하면 포기하고 아빠하고 함께 지내도 되고."

딸에게서 이런 취급을 받는다는 걸 정작 아빠 본인은 알 리가 없다. 같은 남자로서 아직 못 본 오하라의 부친이 딱하게 여겨졌다.

"혼자 호텔에서 자다니, 고등학생인 오하라한테는 첫 경험이겠네."

내 말에 오하라는 킥킥 웃었다.

"그렇죠, 게다가 장장 일주일이에요. 어쩐지 모험하는 느낌이라서 엄청 기대하는 중."

"오하라, 할아버지는 지금 한창 힘드신데 그렇게 신이 나서 좋아하는 건 좀……."

지극히 상식적인 관점에서 나무라는 미호시 씨를 나는 아이, 뭘, 그렇게까지, 하고 만류했다. 어떤 상황이 되었든 귀중한 체험에 적극적으로 뛰어들려고 하는 젊은이에게 찬물을 끼얹을 필요는 없다.

오하라는 웃음을 거두더니 문득 뭔가 생각난 기색으로 입을 열었다.

"아까 할머니가 일주일씩 어딘가로 사라졌다고 했잖아. 혹시 나처럼 호텔에서 지낸 거 아니야?"

"글쎄 그랬을까. 일주일쯤이라면 자기 집에서 재워줄 친구도 있었을 거 같고."

"그런 거라면 할아버지한테 한 번쯤은 연락이 왔겠지. 재워주는 쪽에서 보면 그게 상식이잖아."

고교생이 상식을 언급하는 모습이 적잖이 우스웠지만, 그 말에는 고개가 끄덕여졌다. 설령 지에 부인 쪽에서 말하지 말아 달라고 부탁했더라도, 재워주는 쪽에서는 우리 집에 와 있으니 걱정 말라고 살짝 귀띔해 주는 게 상식이다. 최소한 나중에라도 그런 얘기를 모카와 씨에게 전했을 것이다.

"그럼 혼자 어딘가 여행이라도 떠나셨나……. 어떻게 생각해요, 미호시 씨는?"

돌아보니 그녀는 어느새 핸드밀을 끌어당겨 드르르륵 커피 원두를 갈고 있었다.

"오하라의 의견에도 일리가 있어요. 말을 바꿔보면, 누군가와 같이 지냈더라도 아저씨에게는 결코 알려줄 수 없는 그런 속사정이 있었던 거예요."

"속사정? 하지만 가출의 원인은 커피잔을 깬 것이었어요. 거기에 무슨 속사정이 있지요?"

"나도 아직 모르겠어요. 말씀하신 대로 혼자 여행을 떠났을 가능성도 있고."

원두를 가는 미호시 씨의 손이 쉴 새 없이 움직였다.

"예전에 부인과 함께 일하던 때가 자꾸 떠오르네요. 지에 씨는 그럴 필요가 있을 때는 확실하게 화를 낼 줄 아는 분이었어요. 나도 된통 혼이 난 기억이 있거든요."

탈레랑에서 일을 시작한 무렵, 미호시 씨는 손님과 적극적으로 대화를 나누곤 했다. 언젠가 30대 정도의 남자 손님 두 명이 와서 미호시 씨는 그들과 잡담을 주고받았다. 두 사람이 함께 살고 있다는 얘기를 듣고, 미호시 씨는 웃으면서 말했다고 한다.

"두 분, 정말 좋은 친구시네요. 멋있어요."

그리고 두 사람이 돌아간 뒤, 지에 부인은 미호시 씨를 따로 불렀다. 입을 열자마자 이렇게 나무랐다.

―미호시, 그 두 사람의 손, 제대로 안 봤지?

어리둥절해하는 미호시 씨에게 부인은 알려주었다. 그 두 남자 손님이 왼손 약지에 똑같은 반지를 끼고 있었다는 것을.

―그 두 사람은 친구가 아냐. 함께 살고 있다는 거, 그런 뜻이라고. 미호시가 '좋은 친구'라고 말했을 때, 그 둘의 표정이 미묘해졌던 거, 눈치 못 챘어?

미호시 씨가 무심코 했던 말은, 자신들의 관계에 대한 두 사람의 정의를 부정하는 것이었다. 남자 둘이라는 것만으로 미호시는 일방적으로 친구라고 단정해 버렸다. 거기서 부인은 편견의 징조를 알아본 것이다.

―손님과 대화하는 건 괜찮지만, 그런 실수는 하지 않도록 항상 주의해야 돼.

따끔한 꾸지람에 미호시 씨는 반성했다. 죄송합니다, 하고 사과했더니 지에 부인은 나보다는 그 손님들이 다시 찾아왔을 때 진심으로 사과할 수 있게 마음속에 잘 간직해 두라고 했다.

"그렇게 나도 부인을 화나게 한 적이 있어요."

고인과의 추억을 들려준 뒤 미호시 씨는 말을 이어갔다.

"하지만 그건 화를 내야 할 이유가 있는 경우에만 그렇다는 거예요. 화를 내봤자 별수 없는 일로 화를 낸다거나 상대가 이해하도록 설명하지도 못하면서 화를 내는 부인의 모습을 나는 단 한 번도 본 기억이 없어요. 오히려 평소에는 온후한 분이었죠."

"커피잔을 깨뜨린 것 정도로 부인이 화를 낼 리 없다는 건가요?"

"그렇죠. 게다가 내 생각에는, 뭔가 화를 낼 만한 확실한 이유가 있었다면 아저씨가 이해할 때까지 찬찬히 얘기해 줬을 게 틀림없어요."

존경하는 마음을 품고 있기 때문에 미호시 씨의 지에 부인에 대한 평가는 그럴 것이다. 하지만 나는 미심쩍은 느낌이 들었다. 인간이니까 때로는 기분이 언짢은 날도 있지 않을까.

"하지만 부인이 실제로 무슨 이유인지도 모르게 화를 내고 뛰쳐나갔어요. 그런 일은 있을 수 없다는 주장은 난센스인 거 같은데?"

"조금 전까지 나도 그렇게 생각했어요. 그래서 부인이 화를 낸 이유부터 찾아보려고 했죠. 하지만 우리, 어쩌면 남국에서 유빙流氷을 찾아다니는 꼴이었던 게 아닐까요?"

존재하지도 않는 것을 찾아다닌다, 라는 말을 하려는 모양이다.

"부인의 분노에 이유 따위는 없었다는 얘기예요?"

"오하라와 아오야마 씨가 얘기하는 걸 듣다 보니 퍼뜩 생각났어요. 분명 부인은 그 일주일 동안 자택 이외의 어딘가에서 지냈겠구나, 하고요. 그게 숙박 시설인지 아니면 누군가의 집인지는 모르지만."

"네, 그렇죠."

"그 일주일을 어떻게 보냈는지, 부인은 돌아가실 때까지 아저씨에게 밝히지 않았어요. 이것도 가만히 생각해 보면 정말 묘한 일이에요. 커피잔을 깨뜨렸다고 화가 나서 뛰쳐나갔던 거라면 어디서 뭘 했든 상관없잖아요. 적어도 일부러 감출 필요는 없었어요."

굳이 얘기할 정도의 일도 아니라고 판단했던 게 아닐까 하는 마음도 들었다. 하지만 일주일씩이나 집에 돌아오지 않았으니, 보통은 어디에 갔었는지 해명 정도는 했어야 맞을 터였다.

"그렇다면, 물론 이건 가설에 지나지 않지만, 부인이 그 일주일 동안 아저씨에게는 말하지 못할 어떤 중요한 속사정을 품고 지냈다는 거예요. 그리고 어쩌면 그 속사정 때문에 아저씨에게 그토록 화를 냈던 게 아니겠어요?"

"끄응, 이제 뭐가 뭔지 모르겠네. 부인은 화를 냈던 거예요? 아니면 화를 안 냈던 건가요?"

핸드밀 소리가 가벼워졌다. 미호시 씨는 핸드밀 서랍을 꺼내 갈아낸 원두의 향기를 맡은 뒤에 말했다.

"부인은 **일주일 동안의 가출을 위해 일부러 화난 척했던 것**이 아닐까요?"

4

미호시 씨의 재촉을 받으며 우리는 탈레랑을 나섰다. 어렵게 갈아낸 원두 가루를 쓸 새도 없어서 그녀가 냉장고에 챙겨 넣었다. 커피 원두는 갈자마자 쓰는 게 가장 맛있다는 것은 상식이다. 냉장고에 넣어두면 맛이 떨어지는 건 피할 수 없지만, 손님에게 내놓지 않고 나중에 자신이 마실 때 쓸 생각일 것이다.

열심히 앞장서서 걸어가는 미호시 씨를 나와 오하라는 말없이 따라갔다. 급하게 밖으로 뛰쳐나온 이유를 미호시 씨는 다음과 같이 설명했다.

"그 당시 부인은 아저씨에게 밝힐 수 없는 사정 때문에 한동안 집을 떠날 필요가 있었을 거예요. 그래서 아저씨가 커피잔을 깨뜨렸을 때, 그걸 이용했어요. 일부러 싸움을 걸고 화가 나서 가출한 것처럼 위장했다는 얘기예요."

그렇다면 부인이 분노한 이유 따위를 생각해 봤자 다 쓸모없는 일이다.

"그런 얘기라면 부인이 돌아왔을 때, 아저씨에게 울면서 사과했다는 것도 이해가 되네요."

"네, 아무 잘못도 없는 남편을 속인 셈이니까요."

"문제는 아저씨에게도 밝힐 수 없었던 그 속사정이 대체 무엇이냐, 라는 건데……."

"미호시 언니, 우리 지금 어디 가?"

오하라가 끼어들었다. 미호시 씨는 그야 말할 것도 없다는 듯이 답했다.

"너희 할아버지네 집이지."

"아, 그렇구나. 근데 거긴 왜?"

오하라는 약간 신이 난 기색이었다.

"조금 전의 가설을 세우기 전까지는 가출한 사이에 부인이 어디서 무엇을 했는지는 문제가 아니었어. 부인이 화가 난 이유와 가출한 동안의 행적에는 아무 관련도 없을 테니까."

부인이 분노했다는 것을 전제로 한다면 일주일 동안의 가출은 그 분노의 결과물로 우연히 생겨난 것에 지나지 않는다. 말을 바꾸면, 집을 나간 시점에 이미 분노는 완결된 것이라서 그 뒤 일주일 동안의 행적은 분노의 이유에 어떤 영향도 끼치지 않는다. 기껏해야 화를 삭이는 데 일주일이나 걸렸으니 어지간히 심하게 분노한 모양이라고 짐작해 보는 정도다.

"하지만 부인의 진짜 목적이 일주일간의 가출이었다면 그동안에 무엇을 했는지가 중요한 문제가 돼. 아저씨는 아내가 분노한 진짜 이유를 알려고 했잖아. 무엇 때문에 가출했는지를 밝혀내지 않고서는 아저씨의 의문에 완전한 답이 될 수 없어. 가장 중요한 마지막 화룡점정을 찍을 수 없게 될 거라고."

고등학생이 화룡점정 같은 어려운 사자성어를 이해할지

내심 걱정했는데 오하라는 금세 알아들은 기색이었다. 애니메이션 같은 몸짓이며 태도를 보면 전혀 상상이 안 되지만 의외로 영리한지도 모른다.

"그래서 이제부터 문제의 일주일간 부인의 행적을 조사해볼 생각이야. 그 일주일의 흔적이 남아 있을 만한 것이라면 우선 부인의 유품이겠지. 사진이며 일기 같은 거. 그래서 지금 모카와 아저씨 집에 가서 찾아보려는 거야."

"와아, 그렇구나."

"오하라는 따라오지 않아도 괜찮아. 모처럼 교토에서 즐거운 봄방학을 보내는데 이런 일에 시간을 허비할 거 없어."

미호시 씨는 오하라를 배려하려는 마음에서 한 말일 터였다. 하지만 오하라에게는 다른 뜻으로 들렸는지, 금세 토라진 것처럼 입을 툭 내밀었다.

"지금 나만 따돌리려고? 싫은데? 나도 할머니가 어째서 할아버지를 속였는지 궁금하단 말이야. 조사하는 거, 나도 옆에서 거들 테니까, 응?"

"그럼 그만두고 싶을 때는 언제든지 말해."

모카와 씨의 자택은 탈레랑 뒤편에 자리한 저층 맨션이다. 원래 부인 명의의 건물이었는데 부인이 세상을 떠나고 모카와 씨가 상속을 받으면서 그때까지 살던 단독주택을 정리하고 이쪽으로 이사했다.

―나 혼자 살기에는 그 집은 너무 크더라고.

모카와 씨가 불쑥 흘린 그런 하소연을 들은 적이 있다. 말끝에서 쓸쓸함이 묻어나는 게 느껴졌다. 부인과 오랜 세월 함께 살아온 집에 홀로 남겨진 채 그대로 살아가야 한다는 게 힘들었는지도 모른다.

　맨션에 도착했다. 1층은 전체가 주차장이어서 모카와 씨가 사랑하는 빨간 렉서스가 주차되어 있었다. 입구에 자동 잠금 시설은 없어서 곧장 엘리베이터를 타고 2층으로 올라가자마자 미호시 씨는 복도 맨 앞의 문 앞에서 멈춰 섰다. 그곳이 모카와 씨의 집인 모양이다. 가족이 아닌 나는 처음 방문하는 길이었지만, 물론 미호시 씨와 오하라는 여러 번 드나들었을 터였다.

　"열쇠는 있어요?"

　"어제 아저씨가 나한테 맡기셨어요. 당분간 집에 못 오시니까요."

　대답하면서 미호시 씨는 가방에서 열쇠를 꺼냈다.

　"그렇군요. 하지만 오하라 아버님도 입원 준비 등으로 여기에 들렀을 텐데?"

　"그쪽에는 전부터 복사해 둔 열쇠를 챙겨주셨더라고요. 부자간이니까 다들 그렇게 하죠."

　하긴 그런가. 나도 아직 본가의 복사 열쇠를 갖고 있다.

　미호시 씨가 문을 열었다. 나는 실례합니다, 라고 인사하면서 신발을 벗고 안으로 들어갔다. 대략 둘러보니 방 두 개에 거실과 주방까지, 약 70제곱미터쯤 될 것 같았다. 탁자의 차통이며 냉장고 위의 식빵이 생활감을 그대로 드러내는 게 그야말로 노인 혼자 사는 집의 분위기를 빚어냈다. 하지만 나름 깔끔하게 청소해서인지 너저분한 느낌은 없었다.

오하라가 현관 앞에 그대로 서 있길래 나는 뒤를 돌아보며 말을 건넸다.

"안 들어오고 뭐 해?"

"아빠 없어요?"

"안 계시는데……. 그건 왜?"

오하라는 얼굴에 표가 날만큼 안도하면서 그제야 안으로 들어왔다.

"후유, 다행이다. 여기서 잡히면 당장 하마마쓰로 데려갈 거예요."

함께 지내기는커녕 얼굴 마주치는 것도 싫다는 건가. 절절히 그 부친이 가엾어졌다.

미호시 씨는 곧장 안쪽 방으로 가서 문을 열고 불을 켰다. 나와 오하라도 그 뒤를 따랐다.

서재와 창고의 중간쯤이라는 인상의 방이었다. 벽 쪽에는 책상이며 책장, 서랍장이 나란히 섰고 다양한 것들이 잡다하게 놓여 있었다. 창문이 없는 탓인지 공기가 고여 있는 듯한 느낌이 들었다.

"부인의 유품은 거의 손도 못 대고 모두 다 이 방에 저장했다고 들었어요."

미호시 씨가 양팔을 펼쳐 방 안을 가리키며 말했다.

"전에 살던 단독주택에서 이사할 때, 부인 물건을 제대로 분류할 새도 없이 죄다 이 방에 옮겨놓고 그 뒤로 전혀 정리를 못 한 모양이에요. 부인이 돌아가시고 5년이 지났지만, 어쨌든 너무 급작스러운 일이었으니까요. 아저씨는 아내의 부재를 받아들이는 데 여전히 저항감이 있는 거 같아요."

내가 처음 모카와 씨를 만났을 때는 부인이 세상 떠나고 2년쯤 지난 무렵이었지만, 그에게서 슬픔 같은 건 털끝만큼도 느껴지지 않았다. 인간이란 모두가 아픔을 꼭꼭 감춰둔 채 겉으로는 웃으면서 지내는 존재인 것이다.

"그래서 부인의 유품 속에 아저씨가 알지 못하는 일주일의 흔적이 남아 있을 가능성이 아주 높아요. 허락도 없이 뒤적이는 건 죄송하지만, 산 사람의 마음이 더 중요하니까 저승의 부인이 너그럽게 용서해 주시기를 빌어볼 수밖에 없네요."

미호시 씨는 청 재킷을 벗더니 티셔츠 소매를 둥둥 걷어올리고 책장부터 살펴보기 시작했다. 덩달아 자극을 받은 듯 오하라는 책상을 살펴보았다. 뒤에 남은 나는 소거법에 따라 별수 없이 서랍장 쪽으로 향했다.

서랍에 든 것은 여성용 의류들뿐이었다. 다른 방 한 칸이 침실이니까 모카와 씨의 의류는 모두 그쪽에 수납해 둔 모양이다. 부인의 옷들은 모두 깨끗이 접어 상의, 하의, 양말 등 종류별로 정리되어 있었다. 전에 살던 집에서 서랍을 통째로 옮겨온 것이다. 지금도 문제없이 입을 수 있을 만한 옷들을 살펴보자니 만난 적도 없는 지에 부인이 이미 이 세상에 없다는 사실이 몹시 생경한 일처럼 느껴졌다.

실례를 무릅쓰고 서랍 안의 옷들을 차례차례 꺼내봤지만, 그밖에 다른 건 나오지 않았다. 한 벌씩 들어 올려 옷과 옷 사이도 빠짐없이 살펴봤으나 역시 아무것도 발견되지 않았다.

"여기 있어요!"

갑작스럽게 미호시 씨가 목소리를 높이는 바람에 나는 오하라와 함께 급히 다가갔다.

"일기장이에요. 글씨체를 보면 부인이 쓴 게 틀림없어요."

B5 크기의 흰색 용지를 검은 제본 테이프로 철한, 별다르지 않은 대학노트였다. 상아색 표지가 약간 바랜 것에서 세월의 흐름이 느껴졌다.

"책장에 있었어요?"

"네, 똑같은 노트가 열 권 넘게 꽂혀 있더라고요."

미호시 씨가 노트를 펼쳤다. 날짜와 함께 짧은 문장을 써넣은 게 빼곡히 이어졌다. 대부분이 흘려 쓴 글씨라 얼핏 들여다봐서는 내용을 파악하기 어려웠다.

"문제의 그 일주일 동안의 기록이 있는지, 분담해서 날짜를 확인해 보기로 하죠."

나는 책장에 꽂힌 노트 중 한 권을 빼냈다. 오하라도 뒤따라 다른 노트를 꺼냈다. 미호시 씨는 잽싸게 두 번째 노트를 손에 들고 살펴보더니 이내 안타깝다는 듯 고개를 저었다.

"틀렸어요, 일기의 날짜가 그 일주일은 빠져 있네요. 가출했을 때 일에 대해서는 일기에도 일절 적어두지 않았나 봐요."

그녀가 펼친 페이지를 보니 7년 전 1월의 날짜가 하루씩 순서대로 이어졌다. 하지만 1월 20일 다음에 28일로 건너뛰면서 21일부터 27일에 관한 기록이 없었다. 날짜가 앞뒤로 뒤바뀐 경우가 있는지 살펴봤지만, 앞뒤 페이지를 넘겨봐도 그 일주일에 해당하는 날짜는 눈에 띄지 않았다.

"이 일기장을 가져가지 않아서 기록을 못 했던 것만은 아닌 것 같군요."

내 말에 미호시 씨도 동의했다.

"다른 페이지에는 어디에도 빠진 곳이 없어요. 부인은 꼼꼼한 분이었으니까 어쩌다 그날 안에 일기를 못 썼을 때는 나중에라도 되짚어 가며 채워 넣었을 거예요."

찬찬히 읽어보니 부인의 일기는 길어야 몇 줄 정도로, 중요한 사항만 단적으로 기록해 둔 것이었다. 이런 정도의 기록이라면 나중에 한꺼번에 몰아 쓰더라도 부담이 적다. 일기 내용의 충실함보다 하루도 빠짐없이 쓴다는 것에 중점을 두었던 것이다.

"그런 분이 일주일이나 일기를 쓰지 않았으니까 이건 의도적이었다고 봐야겠죠. 부인은 가출 기간의 일은 기록하지 않기로 마음먹은 거예요."

"역시 그리 쉽게 해결될 리가 없네……."

한숨을 내쉬며 말했지만, 미호시 씨는 이미 기분을 전환한 모양이다.

"예상은 했었어요, 일기장을 찾더라도 중요한 건 나오지 않을 거라고. 한 지붕 아래 같이 사는 아저씨가 그걸 훔쳐보기라도 하면 일부러 화난 척해가며 가출한 의미가 없잖아요."

"그런 면에서 부인은 빈틈이 없었군요."

"하지만 이 공백의 7일간이 부인이 가출한 시기와 일치할 거예요. 날짜를 알아낸 것만으로도 진전이라고 할 수 있는…… 어라?"

1월 28일 이후의 일기를 무심코 훑어보던 미호시 씨가 문득 그 시선을 멈췄다.

"여기 좀 보세요."

그건 부인이 집에 돌아오고 정확히 일주일 뒤라고 생각되는 2월 3일의 일기였다. 단 한 줄뿐이었기 때문에 어렵지 않게 읽혔다.

커피잔은 물에 흘려보냈다.

"이, 이건 모카와 씨가 깨뜨린 그 커피잔과 무관하다고 할 수 없겠는데요?"

"다른 날의 기록을 보면 부인은 단어를 생략하거나 혹은 단어만 나열하는 등, 문장을 지극히 간략하게 줄여서 기록했어요. 그러니까 이 문장은 '커피잔을 깨뜨린 일은 물에 흘려보냈다', 즉 그 일은 이제 용서하고 더 이상 탓하지 않겠다는 뜻이겠지요."

"가출했다가 집에 돌아와 일주일이 지나서야 부인은 드디어 모카와 씨를 용서할 마음이 들었다. 그렇게 해석할 수 있겠군요."

"네⋯⋯. 하지만 그렇다면 좀 이상하네요. 부인은 잔을 깨뜨린 아저씨에게 역시 진짜로 화가 났었다는 얘기잖아요."

즉, 일주일간의 가출을 위해 일부러 화난 척했다는 미호시 씨의 추리는 무너져 버린다.

위화감은 그 밖에도 있었다. 나는 그 점에 대해 지적했다.

"다시 집에 돌아왔을 때, 부인이 울면서 사과했다고 하지 않았던가요? 그런데 일주일이나 지난 뒤에야 그 일을 '물에 흘려보냈다'라는 건 무슨 얘기일까요?"

"그 점도 묘하네요. 다만 부인은 어디까지나 가출했던 것을 사과했을 뿐이고, 그것과 커피잔을 깨뜨린 것을 용서하느냐 마느냐는 다른 문제였다, 라고 생각해 볼 수도 있어요."

그런 경우도 있구나 싶었다. 누군가에게 험담을 듣고 불끈해서 자기도 모르게 주먹을 휘둘렀을 때, 주먹을 휘두른 것은 사과하더라도 그걸로 험담을 들은 것까지 용서해야 할 이유는 없다.

"아무튼 아직은 단정 짓지 않는 게 좋겠어요, 부인이 정말로 화가 났었느냐 아니냐에 대해서."

"그걸 확인하기 위해서라도 역시 가출했을 때 부인의 행적을 알아봐야겠네요. 나는 일기를 좀 더 읽어볼 테니까 아오야마 씨와 오하라는 계속해서 다른 것도 살펴봐 주세요."

"넵, 알겠습니다."

오하라는 책상 쪽으로 돌아갔다. 나는 서랍장은 이미 훑어봤기 때문에 일기장을 모두 꺼내놓은 미호시 씨와 교대해 책장 앞에 섰다. 맨 위 칸부터 차례대로 조사한 미호시 씨의 뒤를 이어 나는 아래쪽 칸부터 점검해 나갔다.

먼지를 둘러쓴 책을 한 권씩 꺼내 뭔가 끼워져 있지 않은지 일일이 책장을 넘겨보았다. 잠시 뒤, 흥미로운 것이 발견되었다.

"이거, 앨범인데요?"

세로가 30센티미터쯤 되는 그 큼직한 책은 책등만 봐서는 알지 못했지만 책장에서 꺼내보니 상자에 든 앨범이었다. 펼쳐보니 그야말로 꼼꼼한 성품의 지에 부인이 편집했다는 게 실감이 날 만큼 사진들이 깔끔하게 정리되었다. 군데군데 하얀 종이에 손수 쓴 글씨로 날짜며 장소에 대한 캡션도 덧붙었다.

사진마다 모카와 씨와 나란히 등장하는 여성을 보고 나는 이분이 지에 부인이구나 하고 이해했다. 자그마한 키에 약간 통통하고, 선해 보이지만 굳은 심지가 느껴지는 얼굴 생김새로, 미호시 씨에게서 자주 들었던 인상 그대로의 여성이었다.

미호시 씨와 오하라도 내 옆으로 다가와 앨범을 들여다보았다. 미호시 씨가 말했다.

"요즘에는 뭐든 디지털이라서 이런 앨범을 볼 기회도 부쩍 줄었어요."

"그렇죠? 하지만 이렇게 앨범을 둘러싸고 앉아서 들여다보니까 어릴 적 향수랄까, 디지털에는 없는 각별한 취향이 느껴지는군요. 이렇게 말하는 나도 요즘에는 앨범을 만들어본 적이 없지만."

"우리는 엄마가 앨범 꾸미기를 좋아해서 요즘에도 하는데? 하긴 거의 다 내 사진이죠."

오하라는 어딘가 의기양양하게 말했다. 얘기를 들어보니 그녀는 외동딸이라고 한다. 부모로서 딸아이의 기록을 최대한 많이 남겨두려는 건 자연스러운 일일 것이다.

"할머니가 이렇게 앨범 만드는 걸 보고 엄마도 따라 하신 모양이지? 이거 봐, 오하라 사진도 있어."

미호시 씨는 앨범에 담긴 사진 중 한 장을 가리켰다. 전통 가옥의 거실인 듯한 공간에 탁자를 중심으로 모카와 씨와 부인, 그리고 아기용 의자에 여자아이까지 모두 둘러앉아 있었다. 여자아이는 왼손에 숟가락을 들고 의자 앞의 그릇에 담긴 비프스튜인지 뭔지를 떠먹느라 입가가 지저분해져 있었다. 사진 아래쪽 캡션에는 날짜 외에 '손녀 오하라와 함께'라고 적혔다.

"지금 오하라의 모습이 있네, 있어."

나는 사진에 눈을 바짝 대며 말했다.

"그래요? 난 어릴 때하고 완전히 달라진 거 같은데."

"눈매가 똑같아. 아니, 그야 본인이니까 당연한가?"

미호시 씨는 아기를 좋아하는지 한 장 한 장 넘길 때마다 귀엽다, 귀엽다, 하고 감탄했다. 한 장씩 넘어갈 때마다 오하라는 쑥쑥 성장해서 조부모와 유원지에 놀러 간 세 살 무렵의 사진, 원복을 입고 문 앞에 서 있는 유치원 입학식 사진, 발표회 무대에서 피아노 앞에 앉은 초등학교 1학년 때의 사진 등이 이어졌다.

나와 미호시 씨는 반쯤은 목적을 잊어버린 채 앨범 사진에 빠져들었다. 한편으로 오하라는 자기 사진은 별반 재미가 없는 기색이었다. 다시 책상 쪽으로 돌아가 뒤져보던 그녀가 느닷없이 큰 목소리를 냈다.

"여기에도 사진이 있어!"

퍼뜩 정신을 차리고 우리는 돌아보았다. 오하라가 책상 서랍에서 꺼낸 것은 한 장의 사진이었다.

"이거 봐, 할머니가 찍혀 있잖아."

오하라가 흔드는 가로로 긴 사진에 우리는 앨범을 내던지고 급히 얼굴을 들이댔다.

어딘가의 바닷가였다. 뒤쪽으로 하얀 파도가 보이고 앞쪽은 모래사장이다. 사진의 오른편에 부인, 즉 모카와 지에가 서 있었다. 약간 두툼한 흰색 코트를 입었고 목에 두른 머플러가 바람에 휘날린다. 한겨울에 찍은 사진이라는 걸 알 수 있었다.

지에의 왼편에는 1미터쯤 거리를 두고 노인 한 명이 서 있다. 깔끔하게 빗어 넘긴 백발 섞인 머리, 각진 윤곽과 가늘게 뜬 눈에서는 나이에 어울리는 엄격함이 느껴졌다. 검은 롱코트 안에 초록빛 스웨터와 회색 바지의 옷차림은 세련되었고, 등을 꼿꼿이 세운 자세는 당당하게 보였다. 키가 크고 체격도 좋다. 걸핏하면 등을 웅크리는 모카와 씨와는 대조적이라고 해야 할까.

사진에는 두 사람뿐이고, 그 둘 다 웃지 않았다. 흐릿한 하늘과 맞물려 어딘지 모르게 쓸쓸한 느낌이 드는 사진이었다.

"이거 봐요, 여기 날짜."

미호시 씨가 사진 오른편 아래쪽을 가리켰다. 오렌지색

숫자로 날짜가 각인되었다. 데이트 기능이라는 걸 사용한 것으로, 옛날 필름 카메라에는 극히 일반적인 기능이었다.

그 날짜를 보고 나도 모르게 부르짖었다.

"7년 전 1월 22일이에요!"

"네, 부인이 가출했을 때 찍은 사진이 틀림없어요."

미호시 씨도 흥분한 기색이었다. 나는 오하라의 어깨를 툭 쳤다.

"아주 잘했어. 큰 공을 세웠어."

"에헤헤, 그런가? 근데 이 할아버지는 누구?"

"나는 알 도리가 없지. 미호시 씨는요?"

"나도 모르겠어요."

미호시 씨는 사진을 뒤집었다. 네 귀퉁이에 양면테이프를 붙였던 듯한 갈색 흔적이 있었다.

"부인이 나도 알지 못하는 남자분과 단둘이 바닷가에서 사진을……."

미호시 씨가 그렇게 중얼거렸을 때, 내 머릿속에 한 가지 상상이 떠오른 건 아마도 당연한 일일 것이다. 하지만 그건 이 일에 관해 제삼자인 내가 가볍게 입 밖에 낼 만한 게 아니었다. 그래서 나는 입을 꾹 다물었다. 그런데 오하라는 그 말을 망설임 없이 내뱉어 버렸다.

"할머니가 바람을 피운 거야?"

그녀의 젊음과 천진함이 스르륵 내뱉게 한 것이다. 손녀인데도 심각함은 전혀 없었다. 오히려 부인과 직접적인 혈연 관계가 아닌 미호시 씨가 깊이 상처 입은 표정을 보였다. 그녀의 응수는 아마도 반사적으로 튀어나왔을 것이다.

"아니, 부인은 그런 사람이 아니야."

하지만 그녀도 이미 알고 있을 게 틀림없다. 지에 부인은 남편 모카와 마타지를 속이고 가출했고, 남편 몰래 다른 남자를 만났다. 그녀는 그런 일을 일기장에도 적지 않았고, 앨범과는 다른 자리에 사진을 감춰두었다……. 그것이 바람을 피웠다고 가정하면 모두 다 딱 맞아떨어진다는 것을.

"오하라, 다른 사진은 없었어?"

미호시 씨의 물음에 오하라는 고개를 저었다.

"서랍 바닥에 이 사진 한 장밖에 없었어."

이 책상 서랍도 모카와 씨는 손대지 않은 채 그대로 옮겨왔을 것이다. 그가 사진을 발견했다면 미호시 씨에게 이번 같은 부탁을 했을 리 없다.

단 한 장의 사진만으로는 불륜인지 아닌지 판별할 수 없다. 미호시 씨의 그 말은 자기 자신에게 들려주는 듯한 것이었다.

"나는 절대 바람피운 게 아니라고 믿고 있어. 설령 아저씨에게 화난 척했던 게 이 사람을 만나기 위해서였다고 해도 거기에는 분명 피치 못할 사정이 있었을 게 틀림없어."

그 표정이 적잖이 사납게 느껴져서 나는 고개를 끄덕이

는 수밖에 없었다.

"그 사정을 명백히 밝혀내기 위해서라도 우선 이 노인분이 누군지 알아봐야겠어요."

"동감입니다. 하지만 어떻게 알아내지요?"

"요즘에는 사진을 업로드 하면 자동으로 얼굴을 인식해 누군지 알려주는 앱이나 SNS 같은 서비스도 있는데……."

"그건 별로 기대할 수 없겠지요? 이 노인의 사진이 인터넷상에 다수 올라와 있지 않는 한 어려워요."

"그밖에 단서가 될 만한 것은 지금으로서는 앨범 사진 정도일까요?"

"앨범에 사진을 넣어둘 정도라면 굳이 모카와 씨 모르게 만나지도 않았겠지요."

"하지만 그것 말고는 아무 정보도 없고……."

우리는 바닥에 내려놓은 사진을 마주하고 팔짱을 낀 채 고민에 빠졌다. 끄으응 신음 소리를 내고 있으려니 다시금 사진을 주시하던 오하라가 생각지 못한 말을 꺼냈다.

"이 할아버지, 아무래도 어디선가 본 것 같은 느낌이 든다고 할까……."

나와 미호시 씨는 시선을 마주치고 뒤를 이어 오하라에게로 얼굴을 바짝 들이댔다.

"어디서 봤는데? 잘 생각해 봐."

"지금 기대할 데는 오하라 밖에 없어."

어른 둘의 추궁에 여고생은 당혹스러운 기색이었다. 압박감 속에서 머리를 부여잡고 필사적으로 기억을 더듬고 있었다.

"으으으…… 하마마쓰에서 봤던 것 같기도 하고……."

"본인을 직접 봤어? 아니면 사진으로?"

"본인이었던 것 같기도 하고…… 아니, 잠깐만, 사진이었나……. 대체 뭐지, 분명 그림과 관계가 있는 거 같은데."

"그림이라고?"

"응, 그림을 잘 그린다거나 그림에 대해 잘 안다거나…… 아마 그런 쪽인 거 같아."

여전히 범위가 너무 넓다. 단순히 그림 그리는 취미를 가진 할아버지일 가능성도 있는 것이다. 하지만 미호시 씨는 일루의 희망을 찾아냈다.

"미술 관계자인지도 모른다는 얘기네? 고마워, 오하라."

"미호시 씨, 뭔가 짚이는 거라도 있어요?"

"아뇨, 하지만 조금 전보다는 훨씬 더 손쓸 방법이 생각났어요."

미호시 씨는 방구석에 놓아둔 자기 숄더 백에서 스마트폰을 꺼냈다. 화면을 터치해 어딘가에 전화를 걸기 시작했다. 설명할 시간도 아까웠는지, 호출 중인 단계에서 스피커 통화로 바꿔주었다.

잠시 뒤 호출음이 끊기고 스피커에서 목소리가 들려왔다.

"응, 언니, 웬일이야?"

"미소라, 지금 통화 괜찮아?"

"괜찮아. 근데 근무 중이니까 되도록 짧게 해줄래?"

통화 상대는 미호시 씨의 여동생 기리마 미소라였다. 그녀가 교토에 놀러 와 한동안 탈레랑에서 아르바이트했던 게 벌써 2년 전 얘기다. 그 이후로 그녀를 만날 기회가 없었기 때문에 나는 그 시원시원한 목소리가 무척 반갑게 느껴졌다.

2년 전에는 아직 대학원생이었던 미소라도 이제는 번듯한 직장인이다. 도쿄의 어느 병원에서 환자의 마음을 치료하는 일에 종사하고 있다고 한다.

근무 중이라는 말에 마음이 급해졌는지 미호시 씨는 즉각 본론에 들어갔다.

"미소라, 친한 후배 중에 미대생이 있었지?"

"응, 언니한테도 몇 번이나 큰 도움을 받은 후배가 있잖아."

후배 미대생이라는 말을 듣고 생각났다. 2년 전에 있었던 일로 미호시 씨가 미소라의 후배를 도와준 적이 있었다. 몇 번이나, 라고 하는 걸 보면 그 밖에도 뭔가 다른 일이 있었던 모양이지만, 나는 그때 일 이외에는 알지 못한다. 여담이지만, 미소라는 미대 출신은 아니고 그 후배와는 같은 동아리에서 만난 사이라고 들었다.

"실은 지금 어느 노인분에 대해 알아보고 있어. 그 사람 사진을 갖고 있는데, 아직 누군지는 모르지만 아마 미술 관련 인사인 거 같아. 그러니까 혹시 이 노인을 아는 사람이 있는지, 미대 다니는 그 후배에게 물어봐 줄 수 있어?"

"뭐야, 그거야 간단한 일이지. 근데 그 노인이 왜?"

짧은 망설임 끝에 미호시 씨는 대답했다.

"아직 확실한 건 말해줄 수 없어. 모두 정리되면 그때 얘기해 줄게."

"알았어. 그러고 보니 모카와 아저씨, 수술받으신다면서? 병문안은 가기 힘들지만, 수술 잘 받으시기를 기도할게."

"그래, 전해줄게."

"나도 모카와 아저씨 신세를 많이 졌잖아. 내가 도와드릴 일이 있으면 언제든 말해줘. 언니도 너무 무리하지 않게 건강에 유의하고."

전화가 끊겼다. 미호시 씨는 즉시 그 사진을 스마트폰으로 촬영해 미소라에게 송신했다. 그러고는 후우, 하고 한숨을 돌렸다.

"이제 답장이 오기만을 기다려야겠네요."

휴식 시간을 갖자는 생각으로 나는 말했다. 미호시 씨는 그런 내 의도를 알았는지 약간 누그러든 얼굴로 제안했다.

"그러면 커피라도 마실까요?"

"이 집에 커피 내리는 도구나 원두가 있어요?"

"아뇨, 아저씨가 내려주는 커피는 맛이 괴상해서 도구가 있어봤자 돼지 목에 진주예요."

너무도 신랄한 평가에 쓴웃음이 나버렸다. 좋은 원두를 쓰는 데다 내리는 방법까지 다 알고 있는데도 맛이 괴상하다니, 모카와 영감님, 의외로 특수한 능력의 소유자인 거 아닌가.

"그럼 탈레랑으로 돌아가야겠네요."

"그러죠, 여기보다 마음 편히 쉴 수 있으니까. 오하라, 너도 괜찮지?"

"나는 좀 더 이 방을 살펴보고 싶은데……."

하지만 따로 움직이면 이 집 열쇠를 어떻게 하느냐는 문제가 발생한다. 미호시 씨가 난처한 기색을 보이자 오하라는 떨떠름해하면서도 그대로 따라주었다.

"알았어, 나도 갈게."

셋이 나란히 모카와 씨 집을 뒤로하고 탈레랑으로 돌아왔다. 카운터 안에서 커피 내릴 준비를 하면서 미호시 씨가 물었다.

"오하라, 커피 마실 수 있니?"

"응, 미호시 언니가 내려준 커피, 마셔보고 싶어."

카운터 앞에 앉은 오하라가 몸을 앞으로 기울이며 말했다. 나도 그 옆에 자리를 잡았다.

미호시 씨는 물을 가스레인지에 올리고 원두를 드르륵 갈아 능숙하게 커피 두 잔을 내렸다. 자기 몫은 아까 냉장고에 넣어둔 원두로 내렸다. 쓸모없이 버려지지 않아서 다행이다.

나는 뜨거운 커피를 한 모금 마셨다. 단단한 향미의 깊은 안쪽에서 은은한 단맛이 느껴지는 게 탈레랑 커피의 특징이다. 향기가 콧속에 퍼져서 행복한 기분에 젖어 들었다.

옆을 돌아보니 오하라는 잔뜩 찡그린 얼굴이었다. 뜨거워서 그러는 건 아닌 것 같다. 미호시 씨가 쓴웃음을 지었다.

"오하라, 무리해서 블랙으로 마시지 않아도 돼. 우유와 설탕, 괜찮으면 넣어봐."

"그래도 우유와 설탕을 넣으면 미호시 언니가 애써 내려준 커피 맛을 잃게 되잖아."

그건 큰 오해다. 미호시 씨가 온화하게 설명했다.

"우리는 블랙커피를 좋아하는 사람이 많지만, 전 세계를 둘러봐도 그런 나라는 오히려 드물어. 해외에서는 설탕이나 크림을 넣어 마시는 게 당연해."

"어머, 그렇구나."

"나도 바리스타라는 이름을 걸고 있는 자로서 해외의 커피 문화는 나름대로 연구해 봤거든. 탈레랑에서 내리는 커피는 블랙으로 마실 때는 물론이고, 우유나 설탕과도 잘 어울리게 특히 신경을 쓰고 있어."

그 말을 듣고 오하라는 안심하고 우유와 설탕을 추가했다. 덕분에 조금 전보다 훨씬 마시기 수월해진 모양이다.

그로부터 한 시간쯤 우리는 이런저런 잡담을 나눴다. 미호시 씨도 카운터에서 나와 가까운 테이블 자리에 앉았다.

5년 전 장례식 때, 할머니를 잃고 눈물이 글썽해진 오하라를 위로해 준 기억을 미호시 씨가 들려주자, 오하라는 고개를 갸우뚱했다.

"내가 그랬나? 난 다 잊어버렸는데."

울었던 게 새삼 창피해져서 시치미를 떼는 것인지도 모른다.

"할아버지도 돌아가시려나……."

오하라의 그 한마디는 무심코 튀어나온 것 같았다. 하지만 미호시 씨는 강한 말투로 단언했다.

"아니, 돌아가시지 않아. 건강해지려고 수술받는 거야."

"그, 그렇지?"

오하라의 대답은 어딘가 남의 일 같은 여운이 있었다. 기본적으로는 발랄한 인상인데도 이럴 때만 감정을 억누르는 모양이다. 아직 어리고 인생 경험이 부족해 어떤 태도를 취해야 할지 갈피를 못 잡는 것인지도 모른다.

테이블 위에 놓여 있던 미호시 씨의 스마트폰이 부르르 진동했다. 그녀는 스마트폰을 집어 들더니 의미심장한 눈빛으로 돌아보았다.

"미소라가 보낸 메시지예요."

그녀가 보여준 화면에 표시된 문장을 들여다보았다.

'후배에게 물어봤더니 금세 알더라고. 가게이 샤토라는 이름의 화가야.'

나도 모르게 주먹을 불끈 쥐었다. 미소라에게 물어본 게 제대로 먹혔다. 이렇게 짧은 시간에 사진 속 인물이 누군지 알아낸 것이다.

"가게이 샤토? 처음 듣는 이름이네요."

내 말에 미호시 씨도 고개를 끄덕였다.

"나도 처음 들었어요. 오하라는?"

"들은 적이 있는 듯 없는 듯? 얼굴이 희미하게 기억날 정도니까 알기는 아는 것 같은데."

'성城'이라는 한자를 쓰면서 '샤토'라고 읽는 걸 보면—'château'는 프랑스어로 성城이라는 뜻이다— 화가로 활동할 때의 아호일 텐데 상당히 임팩트가 강하다. 그래도 오하라가 얼른 알지 못하는 것은 조금 전 장례식 때의 얘기도 그렇고, 매사에 깜빡하는 성격이기 때문일까. 아니면 애초에 자세한 내용까지는 알지 못했던 걸까.

미소라의 메시지는 그다음이 있었다.

'가게이 샤토는 생애의 대부분을 하마마쓰에서 보냈기 때문에 그쪽 지역에서는 상당히 유명한 사람이야. 하마마쓰에 지역 화가의 작품을 모아둔 미술관이 있는데 그곳에 작품이 상설 전시되고 있대.'

"아, 그럼 내가 그 미술관에서 이 사람 사진을 봤구나!"

오하라가 무릎을 치며 말했다. 미술관이라면 화가의 사진을 게시하는 것도 이상하지 않다.

미호시 씨는 스마트폰으로 가게이 샤토를 검색해 보았다. 곧바로 가게이 본인의 이미지가 줄줄이 올라왔다. 오하라가 발견한 사진 속에서 부인과 나란히 서 있던 노인은 역시 가게이 샤토가 틀림없었다.

"성공했네요. 가게이 씨에게 연락만 닿으면 부인과 무슨 일이 있었는지 얘기를 들을 수 있겠지요?"

나는 반색을 하며 말했다. 그런데 미호시 씨가 고개를 가로저었다.

"유감스럽지만, 가게이 샤토 씨는 작년 여름에 돌아가셨다고 나와요."

저절로 하늘을 우러러보며 탄식을 흘렸다. 왜 좀 더 오래 살아주시지 않았느냐고 고인을 원망하고 싶은 심정, 이라는 것도 좀 우습다. 그렇다고 모카와 씨가 좀 더 일찍 쓰러지셨다면, 이라고 생각하는 건 더욱더 이상하다.

문제의 일주일 동안, 지에 부인의 행적을 밝혀낼 유일한 증인일 수도 있었는데. 희망의 실은 우리 손이 닿은 시점에 이미 끊겨 있었다. 망연자실한 심정으로 나는 투덜거렸다.

"이제 어떻게 하지요? 겨우겨우 여기까지 왔는데 앞이 턱 막힌 느낌이에요."

하지만 미호시 씨는 그다지 힘 빠진 기색이 아니었다.

"처음부터 그리 쉽게 밝혀낼 수 있는 일이 아니라고 각오했어요. 그래도 우리는 틀림없이 진상을 향해 다가가고 있잖아요?"

그녀는 커피잔을 두 손으로 감싸고 저녁노을에 물든 창밖으로 시선을 던졌다.

"이제 어떻게 하느냐……. 승산이 있는 건 아니지만, 일단 가보는 수밖에 없겠네요."

"가보다니, 어디에?"

재우쳐 묻는 내 쪽을 돌아보며 미호시 씨는 말했다.

"내일, 하마마쓰에 갑니다."

제2장 그림자를 따라서

1

교토 역에서 신칸센 히카리 호에 승차했다. 마주 앉는 좌석을 확보한 참에 미호시 씨가 사과의 말을 건넸다.

"이런 일에 끌어들여서 미안해요. 아오야마 씨한테까지 수고를 끼칠 일이 아닌데."

"아니, 그건 괜찮아요. 내가 먼저 동행을 청했는데요, 뭘."

4월 2일 아침, 나는 미호시 씨와 함께 하마마쓰를 향해 출발했다. 지에 부인과 문제의 일주일을 함께 보낸 것으로 추정되는 화가 가게이 샤토를 조사해 보기 위한 여정이다.

가게이는 이미 고인이 된 사람이라서 직접 찾아뵙는다는 건 이루어질 수 없는 일이 되고 말았다.

"생애의 대부분을 하마마쓰에서 보냈다니까 그곳에 수많은 흔적이 남겨졌을 거예요. 부인과의 관계에 대해서도 알아낼 수 있겠죠?"

미호시 씨는 인터넷을 검색해 하룻밤 만에 가게이에 관한 정보를 최대한 정리해 왔다고 한다. 동행한다고 해도 역시나 그렇게까지 적극적으로 준비하지 못한 나는 그녀의 성실함에 감탄할 수밖에 없었다.

"생애의 대부분, 이라고 했었죠. 미소라 씨의 메시지에도 똑같은 얘기가 있었지만, 혹시 그가 하마마쓰를 떠나 있던 시기는 없었던가요?"

"가게이 씨는 1960년대 중반부터 후반에 걸쳐 교토 예술 대학에서 회화 공부를 했어요. 그게 하마마쓰를 떠나 있었던 유일한 기간이었대요."

여기에서 교토라는 지명이 나오는 건 우연일 리가 없다.

"그러면 그 무렵에 지에 부인을 만났겠군요."

"그렇겠죠. 부인은 평생 교토를 떠난 적이 없으니까 두 사람이 동시에 교토에 머문 시기가 있었다는 건 확실해요."

"두 사람은 어디서 만났을까요?"

"그건 모르겠어요. 다만 가게이 씨와 부인이 같은 해에 태어났더라고요. 스무 살 전후의 남녀가 일단 만났다면 서로 마음을 여는 데는 그리 오랜 시간이 걸리지 않았겠지요."

지에 부인이 세상을 떠난 것은 5년 전 1월, 만 64세였다. 그리고 가게이는 5년 뒤인 작년 여름, 69세 혹은 70세에 귀적鬼籍에 들었다. 그들이 청춘 시절을 보낸, 지금부터 대략 반세기 전의 교토 풍경은 어땠을까. 전후 시대를 지나 경제의 고도성장으로 온 나라가 들끓던 무렵이다. 부족한 나의 지식과 상상력으로는 그때의 광경을 제대로 머릿속에 그려 볼 수 없었다.

신칸센은 교토 시가지를 벗어나 차창 밖으로 시골 풍경이 펼쳐졌다. 창가 쪽 자리에 앉은 미호시 씨는 팔걸이에 턱을 괴고 깊은 생각에 잠겼다. 나는 3열 좌석의 통로 측 빈자리에 시선을 던지며 말했다.

"결국 오하라는 따라오지 않았네요."

"같이 가자고 권했는데 거절하더라고요. 일단 하마마쓰로 돌아가면 다시 교토에 올 수 없을 거라면서."

그건 그럴지도 모른다. 얘기를 들어보니 오하라의 아버지 게이치는 화과자점 일 때문에 일단 하마마쓰로 돌아갔다고 한다. 부친이 수술을 받을 때쯤에 다시 교토에 오겠지만, 오하라가 그때까지 한시적으로 손에 넣은 자유를 눈을 멀뚱멀뚱 뜨고 내던질 리는 없다.

"오하라와 연락은 돼요?"

"앱 연락처를 교환하자고 제안했는데…… 오하라는 그 앱을 이용하지 않는다네요."

나는 깜짝 놀랐다. 최근에 연락처를 교환할 때 가장 먼저 이름이 거론되는 앱이다. 미호시 씨는 그 밖에도 메시지 송신 발신이 가능한 앱을 몇 개나 물어봤지만 죄다 그런 앱은 이용 안 한다, 라는 대답이었다고 한다. 요즘 세상에 그런 여고생이 있다니.

"별수 없이 전화번호만 교환했어요. 뭐, 전화 통화도 가능하고 문자 메시지도 보낼 수 있으니까, 별문제는 없겠죠."

오하라는 교토 역 인근 호텔에서 숙박 중이고 방 번호도 확인했기 때문에 소재지는 알고 있다고 미호시 씨는 말했다. 완전히 보호자 같은 모습이다.

한 시간여의 이동 시간이 눈 깜짝할 사이에 지나가고 우리를 태운 신칸센은 하마마쓰 역 플랫폼으로 미끄러져 들어갔다. 개표구를 지나 남쪽 출구로 나서자 정면에 수많은 종을 매단 대형 오브제가 나타났다. '카리용'이라는 악기로, 자동으로 곡을 연주할 수 있다고 한다.

주위에 호텔이며 은행, 렌터카, 보험사 빌딩 등이 줄줄이 들어서서 그야말로 지방 도시의 대형 역이라는 느낌의 풍경이 펼쳐졌다. 교토 역 하치조 출구 앞과 어딘지 비슷했지만, 하마마쓰 역이 그쪽보다 약간 아담하다. 그래도 하마마쓰시 인구가 약 80만 명이라고 하니까 상당히 번화한 도시이다.

"나는 하마마쓰, 처음이에요."

주위를 둘러보면서 말했다. 그에 비해 미호시 씨는 초행이 아닌 모양이었다.

"친척이 살고 있으니까 나는 몇 번 왔었죠. 근데 마지막에 왔던 게 벌써 10여 년 전이네요. 그 무렵에 비하면 도심의 인상이 크게 바뀌어버린 느낌이에요."

10년 전이라면 미호시 씨가 아직 중고등학생 때였다. 바뀐 것은 도시 풍경만이 아니라 본인의 시선이나 감성도 그만큼 바뀌었을 것이다.

목적지에 도착하자 미호시 씨는 약간 흥분한 기색이었다. 그 기세를 꺾으려는 건 결코 아니지만, 나는 배꼽 근처를 슬슬 문지르며 말했다.

"흠, 배가 고프군요."

내 나름대로는 아침 일찍부터 서둘렀기 때문에 끼니를 부실하게 때우고 나왔다. 미호시 씨는 나를 돌아보며 푸훗 웃음을 터뜨렸다.

"조금 이르지만 점심부터 먹을까요? 진부한 얘기로, 배가 고파서는 전투를 치를 수 없으니까요."

바짝 당겨진 그녀의 미간을 잠시나마 풀어줄 수 있어서 다행이다.

"좋죠. 하마마쓰라고 하면 장어잖아요. 저기 저 호텔 2층에 유명한 식당이 있다던데."

"아오야마 씨, 그런 것만 미리 알아봤어요?"

미호시 씨가 어이없어하는 바람에 나는 허둥거렸다. 관광하러 온 기분인 건 결코 아니다, 라고 반론을 시도했으나 아, 네에, 네에, 하고 귀담아들어 주지 않았다.

도보로 몇 분 만에 호텔에 도착해 엘리베이터로 2층에 올라갔다. 식당 앞에 접수 전용 터치 패널도 있어서 역시 인기 있는 곳이라는 게 엿보였지만, 11시에 막 개점한 참이라 다행히 대기하는 일 없이 들어갈 수 있었다.

검은 테이블 자리로 안내를 받았다. 식당 안은 청결하고, 내부 장식도 세련되고 기품이 있었다. 메뉴판을 펼쳐보니 우리가 노리던 장어 덮밥 도시락은 장어의 양에 따라 다섯 단계로 나뉘었다. 기왕이면, 하고 장어가 통째로 한 마리씩 들어가는 한가운데의 장어 덮밥 도시락을 주문했다.

우선은 전채로 나온 장어 뼈 튀김부터 맛보았다. '장어본'이라는 상품명으로 하마마쓰 특산품 선물용으로 잘 팔린다고 한다. 적당히 짭짤한 데다 고소해서 자꾸만 집어 먹게 될 만큼 맛있었다.

"그래서 이제부터 어떻게 할까요?"

뽀도독 소리 나게 뼈 튀김을 씹어가며 나는 작전 회의를 시작했다. 미호시 씨의 대답은 마치 대본이라도 있는 것처럼 술술 흘러나왔다.

"우선 가게이 샤토의 그림을 전시한다는 미술관부터 가 볼 생각이에요."

"미소라 씨의 정보에 의하면 지역 화가의 작품들을 모아둔 곳이라고 했지요?"

"하마마쓰 역에서 버스로 십여 분 거리라고 하더라고요. 작품을 전시할 정도니까 가게이 씨에 대해 다양한 것들을 파악하고 있겠죠. 거기서부터 부인과의 연결 고리를 찾아보려고요."

장어 뼈 튀김을 집어 들면서도 미호시 씨의 표정은 우울했다. 지에 부인의 비밀을 파헤치는 일에 망설임이 있는 것이리라. 부인과 가게이 사이에 무슨 일이 있었는가. 그걸 밝혀내는 건 약간 과장하면 판도라의 상자를 열어젖히는 느낌인 것이다.

그런 미호시 씨도 주문한 장어가 나왔을 때는 역시나 웃는 얼굴을 보였다. 살이 두툼하고 부드러워서 입에 넣자 포근포근한 식감이 최고였다.

"우아, 맛있네!"

"이렇게 맛있는 장어는 처음 먹어봤어요."

아무리 감격해도 부족할 만큼 맛있었다. 최근에 장어가 멸종 위기종으로 지정되면서 장어를 먹는 것에 비판의 목소리도 나오고 있다. 먹어도 괜찮으냐는 문제에 대해 전문가에 따라 견해가 갈리는 모양이다. 지금까지 나는 장어를 먹을 기회가 별로 없었고 그리 좋아하는 편도 아니었기 때문에 어딘가 남의 일처럼 무관심했지만, 맛있는 장어를 먹어보고서야 비로소 이 식문화를 미래로 이어가지 않으면 안 되겠다고 느꼈다.

정오를 조금 지난 참에 식당을 나왔다. 그새 자리가 비기를 기다리는 손님들이 몰려서 대기시간을 실시간으로 알려주는 최신 접수 터치 패널이 대활약하고 있었다. 새삼 하마마쓰에서 장어가 사랑받는다는 것을 실감했다.

하마마쓰 역을 지나쳐 북쪽 출구 쪽으로 가면 버스 터미널이다. 미술관으로 향하는 노선의 승차장을 찾아 버스 시간을 확인해 보더니 미호시 씨가 한숨을 내쉬었다.

"한 시간에 한 대뿐이에요. 이전 버스가 방금 떠나서 거의 한 시간을 기다려야겠어요."

"저런, 큰일이네. 먼저 시간부터 확인해 둘 걸 그랬네요."

"깜빡했어요. 아무튼 시간이 아까우니까 다른 방법을 생각해 보죠."

결국 버스로 십 분 거리라면 택시를 타도 비용에 별반 차이가 없다고 판단하고 택시 승차장으로 향했다. 대기 중이던 택시를 잡아타고 목적지를 알리자, 운전기사는 거기라면 훤히 안다는 얼굴로 즉각 차를 출발시켰다.

창밖을 흘러가는 하마마쓰 거리 풍경은 교토에 비하면 여유가 느껴졌다. 새로 조성된 시가지라는 느낌이다. 그런 경치를 내다보는 미호시 씨의 옆얼굴은 역시 우울했다.

―오늘 아오야마 씨가 곁에 있어서 다행이었어요.

이틀 전의 그 말을 곧이곧대로 받아들이고 하마마쓰에까지 터덜터덜 따라왔지만, 어쩌면 오늘은 미호시 씨를 혼자 있게 해주는 게 더 나았을지도 모른다. 이제야 그런 생각이 들었지만 때늦은 일이다. 최소한 그녀를 방해하지는 않도록 하자고 새삼 마음먹었다.

이윽고 멈춰 선 택시에서 내리자 눈앞에 미술관이 있었다. 빌딩 1층에 설치한, 병원 같은 외관의 미술관이었다. 파란 바탕에 흰 글씨로 '히라야마 미술관'이라고 적힌 간판이 걸려 있었다.

"원래는 하마마쓰에서 성공한 사업가 일가가 자신들의 컬렉션을 전시할 목적으로 만들어졌다고 해요. 공익 재단법인으로 인가를 받았고, 최근에는 특히 하마마쓰에 연고가 있는 화가들의 작품 전시에 주력하는 모양이에요."

"오, 그렇군요. 일단 들어가 볼까요."

접수처에서 입장료 500엔을 내고 관내에 들어갔다. 얼핏 보기에도 그리 넓은 편은 아니었다. 평일 오후 시간이라서 우리 외에 다른 관람자는 없었다. 정적이 실내를 가득 채웠다.

그날은 우키요에(에도시대의 목판화로, 자연 풍경, 일상생활 등을 묘사한 풍속화가 많다.) 특별 전시가 열리고 있었다. 장난감 그림 등 관심이 가는 것이 꽤 많았지만 느긋하게 감상할 여유는 없다. 우리는 빠른 걸음으로 전시회 앞을 지나쳤다.

상설 전시 구역에 하마마쓰 출신 화가들의 작품을 모아 둔 코너가 있었다. 형광등 불빛에 비친 무기질적인 분위기의 작은 공간에 모두 여섯 명의 화가 작품이 줄지어 걸렸다.

가게이 샤토의 이름은 곧바로 눈에 띄었다. 벽에 걸린 하얀색 받침대 같은 판에 가로로 이름이 새겨졌고, 그 밑에 간단한 소개문이 붙어 있었다. 생몰 연도, 하마마쓰 시내의 상가 집안의 장남이었다는 것, 학생 시절 교토 예술대학에 다녔고 그 후에는 하마마쓰에서 정력적으로 창작 활동에 힘썼다는 등의 내용이 적혔다. 거기에 화풍에 대한 해설도 이어졌다.

"메이지 시대 일본 회화에서 보이는 낭만주의적 경향에 깊은 영향을 받은 화풍, 이라고 하네요. 나는 미술에 문외한이라서 무슨 얘긴지 잘 모르겠군요."

어설피 아는 척하지 않는 게 나의 장점이라고 자부한다. 미호시 씨는 소개문의 왼편 옆에 걸린 가게이의 유화 쪽에 얼굴을 바짝 대고 들여다보면서 말했다.

"나도 전문적인 건 모르지만…… 이 힘찬 터치와 독특한 색감 등은 아오키 시게루(1882~1911. 근대 서양화가로, 신화와 역사에서 소재를 취해 낭만주의를 대표하는 작품을 남겼다.)와 흡사하네요. 〈바다의 선물〉이라는 그림, 아세요?"

생각나는 게 전혀 없어서 얼른 스마트폰으로 이미지를 검색해 보았다. 가게이의 작품과 비교하니 역시나 유사점이 느껴졌다.

가게이의 작품은 다른 화가들보다 많아서 총 열 점이 전시되었다. 소파에 누운 나부, 먼 곳을 응시하는 하얀 개, 그리고 하마마쓰의 화가답게 하마나코호수 풍경 등, 다양한 주제를 다루고 있었다. 모두 유화였고, 나 개인적으로도 마음에 드는 터치의 그림이었다.

줄줄이 전시된 그림을 차례대로 지나가며 살펴보았다. 마지막 작품에 접어들었을 때, 미호시 씨가 작게 탄성을 올렸다.

"이건……."

똑같은 크기의 그림 두 장이 간격을 두고 나란히 걸렸다. B5 정도 크기의, 세로로 긴 캔버스다.

연작이라는 것을 한눈에 알 수 있었다. 배경은 바닷가, 오른편 그림에는 남성이 왼쪽을 향하고 섰고, 왼편 그림에는 여성이 오른쪽을 향하고 서 있다. 둘 다 상당히 앞쪽에 그려져 있어서 얼굴 윗부분과 무릎 아래쪽이 캔버스 밖으로 나가버렸다. 두 사람은 서로에게 손을 내밀고 있지만 그것도 팔 윗부분에서 캔버스 가장자리에 달하면서 끊겨 있었다.

그림 아래에 제목을 알려주는 판이 붙어 있었다.

연작 〈40년 후〉 (3매의 연작 중 2매)

"연작이라……. 3매 연작이라고 하는데, 나머지 한 장은 어디 있을까요?"

내 질문을 미호시 씨는 그냥 흘려 넘긴 채 답했다.

"여기 왼편 그림의 여성, 지에 부인이에요."

"예?"

"여기 보세요, 오하라가 책상 서랍에서 찾아낸 사진과 옷차림이 똑같아요."

미호시 씨는 지에 부인과 가게이가 찍힌 그 사진을 가져왔다. 가방에서 꺼낸 사진과 가게이의 유작을 비교해 보았다.

"정말이네? 이쪽 편 그림은 부인이고, 오른편 그림은 가게이 씨 본인이에요."

가게이의 그림은 그다지 실사에 가까운 화풍은 아니었다. 옆얼굴 등을 보고 누군지 특정하기는 어려웠다. 하지만 여성의 하얀 코트와 머플러, 남성의 초록빛 스웨터 옷차림은 분명하게 사진 속 두 사람과 똑같았다.

"이 사진은 저 유작을 그릴 때 찍은 거예요. 즉, 부인과 가게이 씨는—가게이 씨가 그 시점에 유작이라고 단정했는지 어떤지는 확실치 않지만—이 유작을 제작하기 위해 만났던 모양이에요."

다시 말해 부인은 바람을 피웠던 게 아니다, 라고 미호시 씨는 강조하고 싶은 것이다. 하지만 유작을 그렸다고 해서 바람을 피우지 않았다고는 할 수 없다. 그건 미호시 씨도 잘 알고 있을 터였다.

"가게이 씨의 그림 제작에 부인이 협력했다……. 어떤 경위로 그렇게 됐을까요?"

"이 연작의 나머지 그림에 두 사람이 손을 맞잡은 모습 등이 그려졌다면 두 사람은 원래부터 깊은 관계였다는 증거가 될지도 모르지만, 직접 본 게 아니니까 아직은 어떤 말도……."

그때, 그림 앞에서 한참이나 생각에 잠긴 우리에게 말을 걸어온 사람이 있었다.

"가게이 샤토의 작품에 관심이 있나요?"

뒤를 돌아보았다. 군청색 치마 정장을 입은 40대 여성이 서 있었다.

"여기 미술관 분이세요?"

미호시 씨가 질문에 질문으로 응했다. 여성은 고개를 끄덕였다.

"열심히 관람하고 계시길래 뭔가 궁금한 점이라도 있나 싶어서 왔어요. 방해가 되었다면 죄송합니다."

"아뇨, 천만에요. 고맙습니다. 이쪽의 유작 말인데요, 왜 한 장이 빠져 있지요?"

여성은 유작으로 시선을 던졌다.

"실은 그림의 소재가 불분명하기 때문이에요. 불완전한 상태로 작품을 전시하면 안 되겠지만, 가게이 씨 유족의 의향에 따라 이렇게 걸어두게 되었답니다."

소재가 불분명하다. 그렇다면 이 두 장을 입수한 경위도 궁금해진다.

우리의 의문에 여성은 앞질러 설명해 주었다.

"가게이 씨는 작년에 돌아가셨고, 그가 소유했던 작품은 모두 친여동생에게 상속되었습니다. 그 여동생분이 저희 미술관에 가게이 씨의 작품을 다수 기증해 주셨어요. 그중에 이 유작도 포함되어 있었지요. 다만 지금처럼 두 장의 형태로 내주셨어요."

"여동생분이 상속을?"

"가게이 씨는 평생 독신이었기 때문에 친자녀가 없었습니다. 부모님께서는 이미 타계하셨고, 형제자매는 여동생 한 분뿐이었어요. 그래서 모든 상속권이 여동생분에게 귀속되었지요."

즉, 가게이의 여동생은 아직 살아 있다는 얘기다.

역시 하마마쓰까지 찾아오기를 잘했다. 가게이의 죽음으로 뚝 끊겼다고 생각했던 인연의 실마리가 이곳에 분명하게 이어져 있었다.

내 옆에서 미호시 씨도 흥분하는 기색이었다. 가슴에 손을 짚고 심호흡하더니 박물관 직원에게 다시 물었다.

"여동생분은 지금 어디에 계시지요?"

"하마마쓰 시내에서 사신다고 들었습니다만."

"무리한 얘기라는 건 잘 알지만, 꼭 부탁드릴게요. 그분을 소개해 주실 수 있을까요?"

그 말에는 직원도 당황한 기색이었다. 하지만 이 기회를 놓칠 수 없다는 듯 미호시 씨는 틈을 두지 않고 다시금 말했다.

"이 유작에 그려진 여성이 저의 친척분이세요. 그래서 이 그림을 그렸을 때의 상황을 자세히 알고 싶은 거예요."

그 말이 효과가 있었다. 여직원은 우선 놀라는 표정을 보이더니 이어서 그 이유를 들려주었다.

"유작에 그려진 이 여성, 모델이 누구인지는 여동생분도 모르셨거든요. 소재를 알 수 없는 또 한 장, 즉 한가운데 그림은 모델이 된 여성이 갖고 있을 거라고 하셨어요."

"안타깝게도 그 친척분은 5년 전에 돌아가셨습니다. 다만 유품 중에 그림이 있다는 얘기는 듣지 못했어요."

어제, 부인의 유품을 넣어둔 방을 한바탕 훑어봤지만 그림이라고는 한 장도 발견되지 않았다. 만일 이만한 크기의 캔버스가 그 방에 있었다면 분명 눈에 띄었을 것이다. 물론 단언할 수는 없지만, 이 그림은 없었을 가능성이 높다.

"그렇군요……. 아무튼 여동생분께 연락은 드리도록 할게요. 그쪽에서도 분명 두 분의 얘기를 듣고 싶어 하실 것 같아요."

잠시 기다려 달라는 말을 남기고 여직원은 총총걸음으로 자리를 떴다. 옆을 보니 미호시 씨는 긍정적인 반응을 예감했기 때문인지 입꼬리가 살짝 올라갔다.

다른 상설 전시를 둘러보며 십오 분쯤 기다렸을 것이다. 자리를 떴을 때와 똑같이 총총걸음으로 돌아온 여직원의 표정은 환했다.

"만나겠다고 하시네요. 지금 집에 계시니까 곧장 가보시면 될 거예요. 여기에 여동생분의 성함과 주소를 적었습니다."

"고맙습니다!"

미호시 씨가 깊숙이 인사를 하고, 반으로 접힌 메모지를 받았다. 펼쳐보니 그곳에는 가게이 샤토의 여동생 이름이 나와 있었다.

'에스미 란'이라는 이름이었다.

2

히라야마 미술관을 뒤로하고, 직원이 알려준 주소에 따라 하마나코호수 쪽으로 향했다.

하마마쓰 역으로 돌아가는 길에는 다행히 버스를 탈 수 있었다. 그대로 JR 도카이도 본선 전차를 타고 신조하라 역에서 내렸다. 안내판에 적힌 대로 걸어가자, JR 역에 인접한 자리에 입구의 낡은 나무 기둥이 눈에 띄는 자그마한 역 건물이 보였다. 덴류하마나코 철도의 신조하라 역이었다.

덴류하마나코 철도는 JR 신조하라 역과 가케가와 역 사이를 하마나코호수의 북측을 지나는 루트로 연결하는 철도 노선이다. 노선도를 보니 정차하는 역이 의외로 많아서 모두 39개나 되었다. 제3섹터(공공 분야(제1섹터)도, 민간 분야(제2섹터)도 아닌 양자가 공동으로 조직한 민관 합동 사업체를 말한다.)에서 운영하고, 전체 노선이 단선으로 달리는 지역 철도선이라고 한다.

이쪽도 낮에는 한 시간에 한 대만 운행하지만, 다행히 십오 분쯤 기다려 승차할 수 있었다. 차량은 1량으로, 우리는 역에서 차표를 샀는데 기차 안에도 버스처럼 정리권(기차역이나 버스 정류장마다 차비가 달라질 경우, 최초 탑승지를 표시하기 위해 발행하는 차표.)을 토해내는 기계며 운임 상자가 설치되었다. 자리가 비어 있어서 우리는 마주 보는 4인용 좌석을 둘이 차지하고 앉았다.

이윽고 기차가 출발했다. 기차라기보다 자동차를 탄 느낌이고, 흔들림이 상당히 심하다. 하마나코호수를 따라 북상한다고 들었기 때문에 멋진 호수 풍경이 펼쳐질 거라고 생각했는데, 눈에 들어오는 것은 키 작은 나무가 늘어선 넓은 밭뿐이었다. 미호시 씨가 귤을 재배하는 농장이라고 알려주었다.

이십여 분을 달려 '밋카비'라는 이름의 역에서 내렸다. 국가 등록 유형문화재로 지정되었다는 역 건물 앞으로 나와 걸음을 옮기자마자 미호시 씨가 불쑥 중얼거렸다.

"아, 반가워라."

"전에 와본 적이 있어요?"

"오하라네 가족이 사는 곳이 이 근처예요."

오하라의 아버지 게이치가 귤을 활용한 화과자점에서 일한다고 했던 게 생각났다. 그때 미호시 씨는 그들이 사는 지역이 귤 명산지라고 했다. 조금 전 기차 안에서 바라본 귤 농장과 저절로 연결되었다.

"그렇군요. 꽤 먼 곳까지 왔다는 느낌이었는데 여기도 하마마쓰 시내인 거네요."

"신조하라 역은 고사이시에 있지만, 여기까지 돌아오면 하마마쓰시 북구에 속하거든요. 물론 에스미 란 씨의 자택 주소도 북구라고 적혀 있어요."

"가게이 씨 여동생 집과 오하라네 집, 양쪽 다 이용하는 역이 똑같아요. 이거, 우연일까요?"

"우연은 아닐걸요. 아오야마 씨는 아까 그 미술관에 가게이 씨의 사진이 없다는 거, 눈치채셨어요?"

듣고 보니 가게이에 대한 소개는 글로 쓴 것뿐이었고 사진은 물론 초상화 같은 건 어디에도 없었다.

"근데 오하라가 어제 이런 말을 했어요."

―그럼 내가 그 미술관에서 이 사람 사진을 봤구나!

"가게이 씨 사진은 없었으니까 그 미술관에서 봤을 리는 없어요. 즉, 오하라의 기억에 착오가 있었다는 뜻이에요."

미호시 씨가 무슨 말을 하려는 것인지 서서히 이해되었다.

"여동생 되시는 분이 이 근처에서 산다면 분명 가게이 씨도 눈에 띄었을 것이다, 그러니까 오하라는 미술관에서 사진을 본 게 아니라 가게이 씨를 직접 봤을 가능성이 있다, 라는 얘기군요."

"이를테면 그때 누군가가 저 사람은 유명한 화가야, 라고 알려줬을 수도 있어요. 그래서 오하라가 가게이 씨를 그림과 연관 지어 기억한 거라면 우리가 오하라의 집 근처까지 오게 된 것도 우연이라고는 할 수 없겠죠."

"정말 그렇군요. 가게이 씨도 하마마쓰에서 살았다고 했는데, 여기 여동생 집에도 자주 드나들었던 걸까요?"

"어쩌면 가게이 씨 본인이 이 근처에서 살았는지도 모르죠. 아, 저기예요, 저 집."

역을 나와 북쪽으로 가다가 자그마한 언덕 위로 올라선 곳에 그 집은 있었다.

산울타리로 둘러싸인 정원을 가진, 검은 기와지붕의 전통 가옥이다. 대문에는 새것인 듯한 '에스미'라는 문패와 함께, 바로 옆에 해묵은 '가게이'의 문패가 나란히 달려 있었다.

"아하, 가게이 씨 집을 여동생분이 상속받아 이사한 모양이에요."

"그렇겠네요. 하지만 여기서 우리끼리 추측할 게 아니라 본인께 직접 확인해 보기로 하죠."

미호시 씨가 인터폰을 눌렀다. 잠시 뒤에 스피커 너머에서 응답이 있었다.

"네에."

이건 분명 가게이의 여동생은 아니다. 그리 나이가 많지 않은 남자 목소리였다.

"기리마 미호시라고 합니다. 조금 전에 히라야마 미술관 담당자의 소개로 에스미 씨를 뵈러 왔습니다."

"네, 잠깐만요."

상대는 미리 알고 있었다는 듯이 통화를 끊었다. 일 분도 안 되어 안쪽 현관 미닫이문이 열렸다.

"이쪽으로 들어오세요."

한 남자가 나와 친절하게 안내해 주었다. 마흔 살 전후일까. 몸집도 얼굴도 전체적으로 둥글둥글해서 무척 선한 느낌이었다. 타이어 회사의 유명한 흰색 캐릭터를 닮았다고 생각했다.

미호시 씨와 함께 안으로 들어갔다. 정원은 정성 들여 가꿔졌고 여러 종류의 꽃이 피었다. 네모필라, 마리골드, 그리고 저쪽의 저건 클레마티스인가.

"죄송합니다, 어머니는 다리가 불편해서 손님맞이도 못 하시네요. 어서 올라오시죠."

남자는 그렇게 말한 뒤에 자신의 이름을 밝혔다.

"나는 에스미 란의 아들 다이라고 합니다."

기꺼이 환영하는 분위기여서 한결 마음이 놓였다.

타일이 깔린 현관 참에서 구두를 벗었다. 다이의 안내를 받아 복도로 들어가자 걸을 때마다 마루가 작게 삐걱거렸다. 다이가 복도 끝의 장지문을 열었다. 그 안은 위패를 모셔둔 방이었다. 세 평 남짓한 공간의 왼편에 금으로 장식한 번듯한 위패 제단이 있고, 방 한복판에는 기다란 옻칠 탁자가 자리를 잡았다. 정면의 장지문과 창문이 활짝 열렸고 그 너머 툇마루의 등의자에 한 여성이 앉아 있었다. 할머니라고 부르기가 망설여지는 나이대다. 가게이의 여동생이라는 정보에 따라 대략 60대 중반일 거라고 짐작했다.

"어머니, 손님이 오셨어요."

다이가 말을 건네자 여성은 등의자에서 일어서려고 했다.

"아니, 그냥 앉아 계셔도 괜찮아요."

미호시 씨가 급히 말했다. 그녀는 다시 엉거주춤 앉더니 의자에서 몸을 돌려 이쪽을 보았다.

"잘 오셨어요. 가게이 죠의 여동생 에스미 란이라고 해요."

그녀는 오빠를 '가게이 죠'라고 했다. 그게 본명인 것이리라.

그 연배의 여성으로 봐서도 자그마한 편이다. 적당히 마른 몸매에, 다리가 불편하다는 말을 듣고 상상했던 것보다는 건강하게 보였다. 비단으로 감싼 듯 부드러운 음색을 갖고 있었다.

"기리마 미호시라고 합니다. 이쪽은 저와 같이 오신……."

미호시 씨의 소개를 이어받아 나는 직접 이름을 밝혔다.

"어머나, 사랑스러운 젊은 분들이네. 부부인가 했어요."

에스미 란이 웃으면서 말하는 바람에 어떻게 반응해야 할지 난감했다.

다이가 나가는 길에 방석 두 개를 챙겨줘서 우리는 감사 인사를 건네고 거기에 정좌했다. 정원이 한눈에 내다보이는, 오늘처럼 맑은 날에는 특히 기분 좋게 느껴지는 방이었다. 에스미 란이 앉은 등의자에서는 저 멀리서 햇빛을 반사하는 호수가 내다보일 터였다.

"오라버니도 여기서 이렇게 몇 시간이고 앉아 있었다고

하네요."

란이 입을 열었다. 미호시가 그 말을 받았다.

"이곳은 화가님이 지으신 집이었군요?"

"그렇답니다. 벌써 지은 지 30년쯤 됐나. 일찍부터 화가로서의 활동이 궤도에 오른 덕분에 고향 땅에 아틀리에를 겸한 단독주택을 짓고, 그 후의 생애는 내내 여기서 보냈지요. 당시부터 결혼할 마음은 없었던 모양이에요."

"그런 얘기는 화가님께 직접 들으셨던가요?"

"아니, 직접 들은 건 아니고요. 하지만 집을 짓는다는 얘기는 전부터 했었지요. 지금 오라버니가 했던 대로 여기 이렇게 앉아 있노라면 그때 어떤 심정이었는지 이해가 돼요. 이 정원은 분명 혼자 살기 위한 것이었구나, 하고."

나로서는 선뜻 받아들이기 어려웠다. 혼자 살기 위한 집, 혼자 살기 위한 정원이라니, 이 집은 대가족도 충분히 살 수 있을 만큼 이렇게 널찍한데.

피를 나눈 형제자매인 만큼 말없이 전해오는 감정이라는 게 있는 걸까.

"이런 걸 여쭤봐도 될지……. 좀 예민한 얘기가 될 것 같은데요."

미호시 씨가 머뭇머뭇 입을 열었다. 란이 빙그레 미소를 지었다.

"말해보세요, 뭐든 괜찮으니까."

"화가님 세대에 평생 독신으로 지내기로 미리 결심하시는 분은 좀 드물지 않은가 싶은데요, 혹시 결혼을 피할 만한 특별한 사정이라도 있었나요? 이를테면, 그러니까, 법적으로 혼인을 인정받을 수 없는 동성인 분을 사랑하셨다든가……."

미호시 씨가 실례인 줄 뻔히 알면서도 그런 질문을 한 의도는 명확했다. 가게이가 만일 이성애자가 아니라면 애초에 모카와 지에와 불륜에 빠질 일도 없는 것이다.

란은 그 말에 고개를 끄덕이지 않았다.

"그건 아니지요, 오라버니가 사귄 여성도 몇몇 있었으니까. 왜 그중에서 선택해 결혼하지 않았는지는 나도 모르겠어요."

"이상한 질문을 드렸네요. 죄송합니다."

미호시 씨가 고개를 숙였다. 다행히 란의 얼굴에 기분이 상한 기색은 없었다.

"작년 여름에 오라버니가 세상을 떠나고 보니, 나 말고는 달리 피붙이가 없어서 결국 내가 이 집을 상속받게 됐지요. 나도 남편과 사별하고 나고야에서 살고 있었는데…… 이참에 고향에 뼈를 묻는 것도 괜찮겠다 싶어서 외아들 다이와 함께 이쪽으로 이사했답니다."

"이 지역에 원래 본가가 있었던가요?"

"그렇지요. 하지만 우리 본가는 상가였으니까 하마마쓰 시내 쪽이었어요. 오라버니는 거기보다 이노하나코호수 같은 지호支湖를 포함해 여기 하마나코호수를 더할 수 없이 사랑했어요. 저만치에 호수가 보이는 곳에 자기만의 집을 짓고, 본가 땅은 부모님이 돌아가신 뒤에 매각했지요."

이 집과 토지를 포함해 가게이에게는 적지 않은 재산이 있었다. 그걸 모두 상속받은 란은 오라버니의 유품을 조금씩 정리하는 일로 하루하루를 보낸다고 했다.

미호시 씨가 다시 머뭇머뭇 물었다.

"실례지만 아드님은 어떤 일을 하시는지……."

에스미 란은 이미 제일선에서 물러났다고 봐도 무방할 것이다. 하지만 아들은 아직 한창 일할 나이다. 어머니와 함께 시골로 옮겨온 그는 어떤 직업을 가졌는지 궁금해질 만도 하다.

"전에는 증권회사에 다녔지요. 그런데 원체 느긋한 성품이라 적성에 맞지 않았던 모양이에요. 이 집으로 이사하자는 얘기가 나왔을 때, 나를 돌봐주겠다면서 회사를 그만뒀어요. 나도 다리가 이렇게 불편하니까 요즘 내 옆에서 유품 정리 등을 거들어주고 있지요. 언제까지나 이렇게 지낼 수야 없겠지만, 당분간은 모아둔 것도 좀 있고, 오라버니에게 상속받은 것까지 포함해 내가 가진 건 어차피 머지않아 모두 저 아이 것이 될 테니까 괜찮아요."

어쩌다 보니 서두가 길어졌다. 본론은 란 쪽에서 먼저 꺼냈다.

"그래서, 오라버니의 유작에 그려진 여성의 친척이시라고요?"

미호시 씨는 고개를 끄덕이며 그 바닷가 사진을 꺼냈다. 란은 사진을 받아 들더니 돋보기를 쓰고 찬찬히 들여다본 뒤에 물었다.

"이 사진을 어디에서?"

"그 여자분이 저의 작은할머니고, 성함은 모카와 지에 씨인데, 돌아가신 뒤에 유품 속에서 이 사진을 찾았습니다."

"그렇군요……."

"어떤 느낌이 드세요, 그 사진을 보고?"

"이 여자분이 모델이라는 점에는 의심의 여지가 없군요."

란은 딱 잘라 말했다. 실물 그림과 비교할 것도 없이 유작은 모두 머릿속에 저장해 둔 모양이다.

"실은 지금 지에 씨의 남편, 즉 저의 작은할아버지가 큰 수술을 앞두고 있어요. 그 작은할아버지가 부탁한 게 있어서 찾아다니던 끝에 작은할머니와 돌아가신 화가 분의 관계를 알아보는 중이에요. 뭐든 아시는 게 있다면 저희에게 말씀해 주실 수 있을까요?"

미호시 씨가 몸을 앞으로 내밀며 말하는 모습은 지나치게 덤비는 것처럼도 보였다. 눈이 피곤했던지 란은 돋보기 아래로 손을 넣어 미간을 문지르고 있었다.

"글쎄…… 어디서부터 얘기해야 좋을지 모르겠네. 이렇

게 갑작스럽게 모델이 밝혀질 줄은 생각도 못 해서……."

"오라버님은 유작의 모델이 누구인지 밝히지 않았나요?"

"그랬지요. 하지만 전혀 언급이 없었던 건 아니고……. 네에, 좋아요, 역시 처음부터 순서대로 얘기하는 게 빠를 것 같군요."

란은 목소리를 약간 높여 아들을 불렀다. 바로 근처에서 기다리고 있었나 싶을 만큼 빠르게 장지문이 열리고 에스미 다이가 모습을 드러냈다.

"그림 좀 가져오너라, 그 습작 그림."

다이가 나가기를 기다려 미호시 씨가 물었다.

"습작이라고요?"

"오라버니의 유작 중에 습작이 있었어요. 하지만 정확히 말하면 습작이라고 해서는 안 될 독립된 작품이겠지요."

다이는 미술관에 전시된 유작 한 장보다 한층 큰 크기의 액자를 껴안고 돌아왔다. 란에게 건네더니 그는 다시 방을 나갔다.

"보세요, 내가 습작이라고 했던 이유를 알겠지요?"

미호시 씨는 대답하는 것도 잊고 그림을 지그시 들여다보았다.

구도가 유작과 매우 흡사하다. 한 장의 그림 속에 바닷가에서 마주한 남녀의 몸 전체가 그려져 있다. 두 사람은 똑같이 손을 내밀어 한 개의 봉 같은 것을 잡고 있었다.

"틀림없네요. 그 유작은 이 그림을 바탕으로 그린 거였어요."

미호시 씨는 한참이나 시간을 들여 이해한 것을 말했다. 그러자 란이 그림에 관해 설명해 주었다.

"이건 오라버니가 아직 20대일 때 그린 거예요. 극히 사적인 작품이었는지 세상에 발표한 적은 없지만 나한테는 보여줬어요, 아주 자랑스러운 듯이."

—란, 이거 봐. 정말 잘 표현했지?

가게이는 그런 식으로 말했다고 한다. 뭔가 깊은 마음이 담긴 그림이었던 것이리라.

사적인 작품이라는 판단에 따라 란은 이 그림만은 히라야마 미술관에 기증하지 않고 남겨두었다. 미호시 씨는 아직도 그림에서 눈을 떼지 못한 채 말했다.

"이 여자분도 저희 작은할머니일까요?"

가게이가 20대 시절을 교토에서 보냈다는 건 분명한 사실이다. 그 무렵에 지에를 만난 것이라면 이 그림의 모델이 지에였다고 해도 이상할 건 없다.

란도 그 생각에 공감을 표했다.

"그렇겠지요. 유작의 제목은 〈40년 후〉였어요. 이 그림을 그리고 40년이 지나 다시 똑같은 구도의 그림을 그렸다는 뜻인 게 틀림없어요. 자기 작품에 자부심이 강한 오라버니가 40년 후에 전혀 다른 사람을 모델로 세워 그림을 그렸을 리는 없어요."

〈40년 후〉라는 것은 40년 전의 기점이 있다는 뜻이다. 이 그림이 그 기점에 해당한다는 건 분명한 것 같았다.

"40년 후……. 그러면 이쪽 그림의 제목은 무엇이었지요?"

미호시 씨의 질문에 란은 막힘없이 즉답했다.

"〈구니우미〉, 즉 〈국생國生〉이었어요."

미호시 씨가 헉하고 숨을 삼켰다.

"〈국생〉이라니, 그게 무슨 뜻이지요?"

제삼자였기 때문에 나는 내내 입을 다물고 있었지만, 여기서는 잠자코 있는 대신에 덥석 되물었다. 미호시 씨는 귀찮은 내색 없이 찬찬히 해설해 주었다.

"《고지키古事記》(나라 시대 초기에 편찬된 일본의 가장 오래된 역사서로 천황가의 신화가 담겨 있다.)에 나오는 국토 탄생 신화예요."

그녀의 말에 따르면 고지키에 다음과 같이 적혀 있다고 한다.

'이자나키와 이자나미 이주二柱 신은 별천신 오주別天神五柱에게서 대지를 만들라는 명을 받고 천소모天沼矛라는 긴 창을 건네받았다. 이자나키와 이자나미는 천부교에 서서 바닷물에 천소모 창을 꽂고 '고오로코오로'하고 휘저었다. 그러자 다시 뽑아 올릴 때 창끝에서 소금이 뚝뚝 떨어져 첫 번째 섬이 되었다. 이것이 '오노고로섬'이다.'

"그렇다면 이 그림은 그 국생의 상황을 재현한 것이군요."

"맞아요. '오노고로섬'은 아와지시마 주변의 누시마, 에시마, 그리고 가공의 섬 등, 여러 가지 설이 있어요. 한편 천부교는 현재의 아마노하시다테(天橋立, 교토 미야즈시에 있는 미야즈만과 아소카이해를 남북으로 가르는 총길이 3.6킬로미터의 긴 모래톱.)라고 하네요."

교토 주민인 나로서는 오랜 옛날의 신화가 갑작스레 친근하게 느껴지는 지명이었다.

"그러면 이 그림은 교토의 아마노하시다테에서 그린 걸까요?"

"그렇게 생각해도 무방하겠죠. 가게이 씨가 당시에 교토에서 살았기 때문에 선정할 수 있었던 주제였다고 생각해요."

"네에, 오라버니라면 분명 아마노하시다테까지 직접 나가서 그렸을 거예요."

란도 보증해 주었다.

나는 교토에서 5년째 살고 있지만 아직 아마노하시다테에는 가본 적이 없다. 그림 속 풍경을 통해 그곳이 아마노하시다테라는 건 알지 못했다. 한편으로, 신화를 의식했다면 다른 것들은 그려넣지 않았어야 하는 거 아닌가, 하는 의문도 들었다. 실제로는 바다 건너 맞은편 해안이 보였더라도 신화에서는 아직 오노고로 섬이 생겨나기 전이니까 다른 육지를 그려 넣으면 오류가 된다.

나는 다시 〈국생〉 그림을 살펴보았다. 두 사람이 함께 잡은 것은 단순한 봉으로 보이는데, 천소모 창이라는 것을 나타내는 끝부분은 바닷속에 잠겨 있다고 해석하면 되는 것인가.

"유작에는 빠져 있던 한가운데 부분이 이 그림에는 분명하게 그려져 있어요. 서로 손을 마주 잡았다고 생각했는데 실제로는 창을 잡고 있었네요. 그렇다면 두 사람의 특별한 관계를 시사하는 건 전혀 아니라는 얘기겠지요?"

고인의 여동생인 란을 배려해 그런 식으로 신중하게 단어를 골랐다. 내가 말하려는 점은 손을 마주 잡은 그림 등에 비하면 이건 두 사람이 불륜을 저질렀다고 생각할 만한 근거가 되기 어렵다는 것이었다.

하지만 미호시 씨는 얼굴을 찡그리며 반론을 펼쳤다.

"천만에요. 이자나키와 이자나미는 그 뒤에 성교를 거듭해 일본 열도를 낳았어요."

"허걱!"

말문이 턱 막혀버렸다.

그런 상황도 《고지키》에 기록되어 있다고 한다. 이자나키와 이자나미는 오노고로섬으로 건너가 천주天柱를 세우고 결혼한다. 이자나키는 이자나미에게 "그대의 몸은 어떻게 되어 있습니까?"라고 물었다. 이자나미는 "성장은 했으나 미처

다 성장하지 못한 부분이 있습니다"라고 대답하였고, 그에 비해 이자나키는 "나는 지나치게 성장한 부분이 있습니다"라고 답한다. 거기서 이자나키가 "나의 지나치게 성장한 부분을 그대의 미처 성장하지 못한 부분에 꽂아 구니우미國生를 합시다"라고 제안한다. 이자나키는 "당신은 천주天柱를 오른편으로 돌고 나는 왼편으로 돌아 서로 만난 곳에서 교합을 합시다"라고 말했다. 이주二柱가 그대로 실행한 결과, 처음에는 실패하면서도 이윽고 몇 개나 되는 섬들을 낳았다.

"그러면 이 〈국생〉 그림은······."

선뜻 입 밖에 내기가 꺼려지는 것을 미호시 씨는 망설임 없이 말했다.

"두 사람이 남녀 관계였다는 것을 직접적으로 표현한 그림이라고 봐야겠죠."

그 발언을 란도 수긍했다.

"오라버니는, 이 그림은 자신과 연인을 함께 그린 작품이라고 했어요. 오라버니가 교토에서 지낼 때 만나서 교제하던 사람인데, 예술대학을 졸업하고 하마마쓰에 돌아올 때 서로 합의해 이별을 선택했다고 하더군요. 지금과는 달리 그때는 장거리 연애라는 게 웬만해서는 어려운 시대였으니까요."

20대 시절에 두 사람은 남녀 관계였다. 그것뿐이라면 아무런 문제도 없다. 가게이와 지에는 예전에 연인 사이였고, 그 후 이별을 거쳐 지에는 모카와와 결혼했다. 인간의 일생을 놓고 보면 극히 자연스러운 일이다.

하지만……. 유작 중 없어진 한가운데 그림에 이 〈국생〉 그림과 똑같은 '천소모 창'이 그려졌다고 한다면 얘기는 달라진다. 〈40년 후〉라는 제목의 그림에 다른 모델을 쓰는 것까지 피했던 화가라면 거기에 거짓을 그려넣지는 않았을 것이다. 두 사람 사이에 모종의 행위가 없고서는 둘이 함께 창을 잡지는 않았을 것이다, 라는 건 충분히 짐작할 수 있다.

"그래도 60대 나이에 육체관계라니, 그건 말이 안 되는 거 같은데……."

믿을 수 없는 기분이 앞서서 나는 그렇게 입 밖에 내고 말았다. 미호시 씨가 즉각 불쾌감을 드러냈다.

"저는 그렇게 생각하지 않아요. 60대에도 즐기시는 분들이 많고, 설령 신체 기능 등의 문제로 직접적인 행위가 어려웠더라도 두 사람에게 그것과 동등한 행위에 이르렀다는 인식이 있었다면 창을 잡는 그림에도 망설임은 없었을 거예요."

"그렇죠, 환갑이 지나서도 서로 사랑할 방법은 얼마든지 있지요."

란은 어린애를 놀리듯이 말했다. 나는 그저 움츠러드는 수밖에 없었다.

하지만 그렇게 되면 점점 더 유작의 한가운데 그림에 무엇이 그려졌는지 궁금해진다. 미술관 여직원은 소재가 불분명하다고 말했었다. 어쩌다 그림이 없어졌는지까지 포함해,

유작이 그려지고 발견된 경위를 밝혀내야 한다.

"란 씨는 그 유작의 한가운데 그림을 보신 적이 있나요?"

미호시 씨가 물었지만, 란은 매우 유감스럽다는 듯이 그 그림은 본 적이 없다고 고개를 저었다.

"유작에 대해 가게이 씨는 생전에 어떤 얘기를 하셨지요? 그리고 어떤 형태로든 기록을 남겨두신 건 없나요?"

"6년 전인가, 오라버니가 내가 살던 나고야에 불쑥 찾아온 적이 있어요."

오누이 사이는 좋았지만, 평소에 자주 왕래하는 일은 없었다. 란은 불쑥 찾아온 오빠의 모습을 보고 깜짝 놀랐다.

"그때 오라버니가 나한테 얘기하더군요. 암이 발견되었고 의사에게서 이미 얼마 남지 않았다는 말을 들었다고."

여동생으로서 란은 큰 충격을 받았다. 그런 그녀를 달래듯이 가게이는 말했다.

"이제 어떤 여한도 없다고 했어요. 어째서냐고 물었더니 이미 유작은 완성했으니까, 라고 했죠."

가게이는 기본적으로 자신의 작품에 대해 많은 말을 하지 않는 사람이었는데 그날은 뭔가 토로하고 싶은 듯한 기색이었다. 린은 그의 바람에 호응했다.

"내가 그건 어떤 작품이냐고 물었어요. 그랬더니 오라버니가 이렇게 대답했어요."

―〈국생〉의 40년 후를 그린 작품이야.

"〈국생〉은 세상에는 발표한 적이 없지만, 나한테는 아주 인상적인 그림이었어요. 그래서 어떻게 〈국생〉의 그다음 편을 그릴 수 있었느냐고 재차 물어봤지요."

―최근에 기적처럼 우연히 그녀의 소식을 듣게 됐어. 신의 선물이라는 생각까지 들더구나. 죽기 전에 다시 한번 당신을 그리고 싶다, 이날 이 장소에서 기다리겠다, 라고 적은 편지를 보냈더니만 그 엉뚱하기 짝이 없는 요구에 그녀가 응해주었어. 그렇게 나는 그녀를 다시 만나고 유작을 완성할 수 있었어.

그렇게 말하는 가게이의 눈동자는 소년처럼 맑았다고 한다.

가게이가 '신의 선물'이라고 표현했던 우연이란 무엇이었을까. 우선 마음에 짚이는 점은 그가 지에의 아들, 즉 게이치의 가족과 같은 역을 이용할 만큼 가까운 곳에서 살고 있었다는 점이다. 모카와 마타지는 데릴사위니까 지에는 젊은 시절에 교토에서 가게이를 만날 때도, 그리고 결혼한 뒤에도 똑같이 모카와 성을 썼다. 그런 희귀한 성씨를 가진 가족에게서 지에와의 연결 고리를 찾아낸다는 건 어렵지 않다.

나는 란의 얘기를 듣고 내가 느낀 것을 입 밖에 내지 않을 만큼의 분별력은 있었다. 하지만 미호시 씨는 내가 차마 말하지 못한 것을 스스럼 말해버렸다.

"그랬다면…… 저희 작은할아버지를 속이고서라도 만나

러 갔겠죠. 부인은 착한 분이었으니까."

여명을 선고받은 옛 연인의 마지막 부탁을 들어주기 위해 지에 부인은 커피잔을 깨뜨린 모카와 씨를 나무라고 격노한 척하며 집을 뛰쳐나와 가게이를 만나러 갔다. 그것만으로도 남편 모카와 씨에 대한 배신행위에 해당할 것이다. 그래도 나는 지에 부인을 비난할 마음은 들지 않았다.

"오라버니는 〈국생〉과 마찬가지로 〈40년 후〉라고 제목을 붙인 그 작품도 죽을 때까지 발표할 마음이 없다고 하더군요. 게다가 더 이상 새 작품을 그릴 계획도 없다고 했어요. 아마 의사가 해준 말을 믿고 죽음을 맞이할 작정이었겠지요."

그런데 예상과는 다르게 가게이는 유작을 완성한 뒤로도 6년이나 살아 있었다. 그동안에 자신보다 먼저 지에가 세상을 떠나버릴 줄은 예상조차 못 했을 게 틀림없다.

"오라버니가 돌아가신 뒤, 나는 이 집으로 거처를 옮기고 유작을 찾아봤지요. 두 장은 금세 찾았어요. 하지만 또 한 장이 눈에 띄지 않더군요. 그림 뒤쪽에 3매 연작이라는 기록이 있었으니까 한가운데 그림이 있었던 건 분명해요. 그런데도 이 집에는 없었어요."

그래서 란은 다른 유작들과 함께 그 작품도 미술관에 기증했던 것이라고 한다.

"어떻게든 한가운데 그림을 찾아야 했어요. 연작이니 세 장의 그림이 함께 있어야 하잖아요. 전시를 해두면 언젠가 한가운데 그림의 행방을 아는 사람이 나타나지 않을까 기대했지요. 오라버니의 유지에 반하는 일이더라도 나는 그렇게 해야 한다고 생각했어요."

하지만 가게이가 세상을 떠나고 반년여가 지난 지금까지 유력한 정보는 들어오지 않았다. 그래서 이번에 모델이 밝혀진 것은 지푸라기에라도 매달리는 심정이던 란에게는 지푸라기가 아니라 뗏목만큼의 부력을 가진 귀중한 정보였다.

"나는 한가운데 그림은 오라버니가 연인이라고 했던 그 여자가 가지고 있을 것이라고 생각했어요. 왜냐하면 유작을 굳이 세 장으로 나눠서 그릴 필요는 없잖아요. 〈국생〉만 봐도 한 장이었으니까요. 분명 오라버니는 처음부터 일부를 다른 사람에게 건네줄 생각으로 유작을 세 장으로 나눴을 거예요. 그렇다면 그 누군가라는 건 자신이 가장 사랑했던 사람이라고 보는 게 맞겠지요. 그런데……."

"저희 작은할머니의 유품에서는 그런 그림을 찾지 못했어요."

뗏목이라도 가라앉을 때는 가라앉는다. 유작을 찾는 일은 다시 출발점으로, 아니, 란에게는 출발점보다 오히려 한참 뒤로 멀어지고 말았다고 느껴졌을 것이다.

"그 유작의 소재에 관해 더 이상 유익한 정보는 드리지 못하게 되었네요. 하지만 저는 지금, 한가운데 그림을 볼 수 있기를 간절히 바라고 있어요. 거기에 무엇이 그려져 있었는지, 꼭 알고 싶어요."

"참으로 미안하지만, 나도 도와줄 방법이 없군요. 나는 그 그림을 본 적이 없고, 오라버니는 거기에 무엇을 그렸는지까지는 말해주지 않았어요."

서로의 목적이 일치하고 양쪽 다 아낌없이 협력할 생각인데도 여기서 한 걸음도 나아갈 수 없다니. 미호시 씨와 란 사이에 어색한 침묵이 흘렀다.

지에의 유품 중에 가게이의 유작은 없었다. 이건 아마도 사실이리라. 하지만 그렇다고 가게이가 지에에게 그림을 건네주지 않았다는 얘기는 아니다. 한가운데 그림에 그려진 것이 천소모 창이었다면 그건 곧 불륜의 증거가 될 수 있다. 남편의 눈에 띌 만한 곳에는 보관하지 않으려는 게 사람 마음일 것이다.

"부인이 그림을 처분했던 건 아닐까요? 모카와 씨의 눈에 띄면 난처할 테니까요."

내가 그렇게 말할 것도 없이 그 가능성에 대해서는 이미 생각해 본 것이리라. 미호시 씨는 동의하지 않을 수 없는 이유를 열거했다.

"부인은 예술의 가치를 이해하는 분이었으니까 섣불리 폐기했을 리는 없어요. 그렇다고 마구잡이로 다른 사람에게 내줬다가는 원작자인 가게이 씨에게 알려질 수도 있겠지요. 죽음을 앞둔 가게이 씨가 깊은 상처를 받을 게 틀림없는 그런 일은 부인이라면 신중하게 피했을 거예요."

"그렇다면…… 부인이 한가운데 그림을 건네받았다는 전제하에서 또 생각해 볼 수 있는 건 뭘까요?"

"결코 사람들 눈에 띄지 않을 만한 곳에 감춰둔다. 제 생각에는 그것밖에 없는 거 같아요."

미호시 씨의 발언은 스스로 희망을 끊어내는 거나 마찬가지였다. 우리는 유작을 찾아볼 수밖에 없는데 그건 우리 눈에 띄지 않을 장소에 있을 것이라고 한다. 무엇보다 지에 부인이 그림을 건네받았다는 것도 확실치 않다. 그야말로 뜬구름을 잡는 듯한 일이다.

우리는 의기소침해서 고개를 떨구었다. 그러자 란이 단번에 고개를 번쩍 들게 할 만한 말을 꺼냈다.

"내가 히라야마 미술관에 유작을 기증할 때, 한가운데 그림을 찾아달라고 요청했어요. 동시에 그 그림을 가져오는 분에게 보상금으로 1천만 엔을 드리겠다고 명언했지요."

"크윽, 그렇게나 많이?"

나는 목소리가 뒤집혀 버렸다. 미호시 씨가 그 즉시 나무랐다.

"아오야마 씨, 실례잖아요."

생각해 보니 내가 화들짝 놀란 것은 가게이의 그림에 1천만 엔의 가치는 없다는 의견을 나타낸 것이나 다름없었다. 창피해하는 나를 보고 란이 쓴웃음을 지었다.

"아니, 그쪽이 잘 봤어요. 오라버니 그림의 시장가치는 그렇게까지는 높지 않아요. 하지만 나한테는 오라버니에게서 상속받은 유산이 있어요. 불완전한 상태가 되어버린 가엾은 오라버니의 그림을 위해 그의 유산을 쓰는 건 당연한 일이에요."

"명언했다, 라고 하셨는데 그런 뜻을 어딘가에 공개하신 건가요?"

"미술관 측에서 주선해 주셔서 작게나마 신문에 기사로 실렸어요. 그 소식이 널리 퍼지면 여기저기서 정보가 들어올 거라고 기대하면서도 너무 시끄러워지면 난감하지 않을까 걱정했는데, 안타깝다고 해야 할까, 다행이라고 해야 할까, 그리 큰 화제는 되지 못했네요."

"하지만 그림을 찾으려고 자세한 상황을 문의하러 온 사람들은 있었겠지요?"

"그야 처음 한동안은 꽤 있었지요. 고등학생에서부터 나와 비슷한 나이대의 할아버지까지 있었어요. 하지만 그쪽이 상상하는 것보다 훨씬 적을 거예요. 열 손가락에 꼽을 정도뿐이었으니까. 그런 이들조차 별다른 소식이 없는 채로 몇 달이 지났네요."

1천만 엔은 큰돈이다. 구체적인 행동에 나설 이유가 되기에 충분한 액수다. 다만 우리처럼 중요한 사실을 쥐고 있어도 그림을 찾아낼 전망이 현재로서는 거의 없는 거나 마찬가지다. 더구나 생면부지의 타인이라면 작은 단서조차 잡지 못했을 것이다.

미호시 씨는 어떤가 하면, 지극히 냉철한 표정이어서 돈에 눈이 어두워지는 기색은 전혀 없었다.

"란 씨는 그전에도 한가운데 그림을 찾기 위해 뭔가 해보셨던가요?"

"보다시피 내가 이렇게 다리가 불편해서 직접 찾아다니지는 못했어요. 게다가 그림의 행방으로 짐작되는 곳이 거의 없더라고요. 실제로는 아들에게 부탁해 고작 몇 군데 알아본 것뿐이에요."

하지만 두 분 덕분에 그림을 찾는 일에 진척이 있을지도 모르겠다고 말하고 미호시 씨에게 미소를 건네는 란의 눈빛에는 큰 기대감이 엿보였다.

보상금이 아니라 모카와 씨를 위해, 혹은 자신의 마음속에 간직한 지에 부인의 인물상을 지키기 위해 미호시 씨가 그림을 찾아내려고 한다는 건 분명하다. 나 역시 지푸라기에라도 매달리는 심정으로 물어보았다.

"혹시 가게이 씨의 유품 중에 그 유작을 제작하던 무렵의 사진 같은 건 없습니까?"

"사진? 구체적으로 어떤 사진을?"

"조금 전에 보여드린 대로 가게이 씨는 작은할머니와 함께 사진을 찍었어요. 작은할아버님의 증언에 의하면, 작은할머니는 7년 전 1월에 정확히 일주일 동안 가출했었고 그 기간에 화가님을 만난 것으로 알고 있습니다. 유작 제작에 동행했던 것이라면 그만한 기간을 같이 보내셨을 테니 그 밖에도 사진이 더 있지 않을까요? 거기에 중요한 단서가 찍혔을 수도 있어요."

그렇군요, 하고 고개를 끄덕인 뒤에 란은 입을 열었다.

"오라버니는 그림 작업에 필요하다면서 사진을 상당히 많이 찍는 편이었어요. 세상을 떠나기까지 일안 리플렉스 필름 카메라를 사용했지요. 디지털카메라는 아무래도 마음에 들지 않았던 모양이에요."

"그럼 데이터가 아니라 필름을 현상한 사진이 이 집 어딘가에 있겠군요?"

"보여드릴까? 나를 따라오세요."

란이 등의자에서 일어나려고 했기 때문에 미호시 씨가 다가가 손을 잡아주었다. 그대로 부축을 받으며 란은 천천히 위패 방을 나와 맞은편 방으로 건너갔다. 나도 그 뒤를 따라갔다.

서재로 쓰이던 방이었다.

안쪽에 갈색빛을 띤 책상이 있고, 스탠드며 서류, 아무것도 넣지 않은 사진 액자가 어지럽게 놓였다. 책장 주위에는 서랍장이 차곡차곡 쌓였고 군데군데 닫기를 잊은 것처럼 서랍이 앞으로 튀어나왔다. 다른 쪽 벽은 전면을 책장으로 채워서 타블로이드판 화집이며 사진집 등, 다양한 서적이 빈틈없이 꽂혀 있었다. 창문은 있지만 두툼한 커튼이 내려져 어슴푸레하고 옅은 먼지가 보였다.

란은 날마다 유품을 정리하며 보낸다고 했지만, 아직은 정리가 그리 진행된 것처럼은 보이지 않았다. 한편으로, 좀 더 어질러졌을 광경도 쉽게 상상할 수 있었다. 한곳에 오래 살다보면, 저절로 소유물은 불어난다. 가게이는 자신이 살아온 삶에 따라붙은 온갖 다양한 것들을 고스란히 이 방에 저장해 온 게 아닐까 하는 마음이 들었다.

"오라버니가 병원에 입원하고 돌아가시기 직전까지 나는 이 방에 한 걸음도 못 들어오게 했답니다. 그만큼 소중한 것들을 가득 챙겨뒀던 것이겠지요. 완성한 그림도 모두 이 방에 보관했었어요. 오라버니가 찍은 사진들은 저쪽 책장에 있을 거예요."

란이 키 높은 목제 선반을 가리켰기 때문에 나는 선뜻 몸을 움직여 그 서랍을 열었다. 그곳에는 사진관의 가게명이 찍힌 포켓 앨범이 대량으로 채워져 있었다.

"아, 반갑네요. 이거, 가게에서 사진을 인화하면 서비스로 주는 앨범이지요?"

그중 한 권을 꺼내 펼쳐보면서 말했다. 포켓 앨범은 대지에 사진을 직접 붙이는 게 아니라 투명 비닐로 된 포켓에 사진을 끼우는 것이다. 내가 지금 손에 든 것은 좌우 양쪽에 사진 네 장이 들어가는 작은 앨범이었다. 예전에 카메라 필름을 사진관에서 인화할 때, 완성된 사진들과 함께 받아오곤 했던 게 기억났다.

"가게이 씨가 직접 인화까지 했던 건 아니었네요."

"오라버니는 화가였지 사진가는 아니었으니까요. 사진을 다룰 때도 찍기를 많이 찍었을 뿐, 정리하는 데는 무관심한 편이었던 거 같아요."

아닌 게 아니라 사진관에서 찾아온 사진을 그대로 포켓 앨범에 척척 끼워 넣고 그걸로 끝, 이라는 느낌이다.

"대충 세어봐도 수백 권은 되겠네요."

나는 그 선반의 다른 서랍도 열어보았다. 모두 합해 열 개의 서랍 대부분에 포켓 앨범이 가득 들어 있었다.

"한가운데 그림을 찾으려고 이 방을 구석구석 찾아봤는데 역시나 그 작은 앨범들은 펼쳐보지 않았네요. 오라버니가 세상 떠나고 아직 반년쯤 된 참이라서 거기까지는 손을 대지 못했어요."

"어쨌든 한 권씩 확인해 볼 수밖에 없겠어요. 부인과 동행했을 때의 사진이 있을지도 모르니까."

란을 부축해 책상 앞 의자에 앉히고 우리는 카펫이 깔린 바닥에 자리를 잡았다. 셋이 각각 나눠서 포켓 앨범을 한 권씩 펼쳐나갔다. 사진은 거리 모습이며 강변, 높은 곳에서의 전망 같은 풍경이 가장 많았고, 이어서 벌레나 고양이, 꽃 등의 접사가 눈에 띄었다. 인물 사진은 거의 없지만 이따금 흔한 기념사진을 넣어둔 것에서 오히려 나는 가게이 샤토라는 화가의 고독을 실감했다.

바로 근처인 듯한 곳에서부터 국내의 유명 관광지, 나아가 해외에 이르기까지 촬영 장소는 다양하다. 프로 사진작가까지는 아니어도 역시나 화가답게 아마추어라기에는 너무도 훌륭한 구도의 사진이 많아서 감상할 맛이 있었다. 어느샌가 나는 목적을 반쯤 잊어버린 채 앨범을 차례차례 펼쳐보는 데 몰두하고 있었다.

"여기 있어요! 부인이 나왔어요!"

그 말에 나는 즉시 손에 든 앨범을 내려놓고 네발걸음으로 미호시 씨에게 다가갔다. 미호시 씨는 란이 볼 수 있게 바닥에 펼친 앨범을 누르고 있었다.

"정말이네? 옷차림은 다르지만, 부인이에요."

일주일이나 동행했다면 당연히 옷은 갈아입었을 것이다. 어쩌면 오하라가 찾은 사진 속의 옷차림은 그림을 위한 의상이었는지도 모른다.

첫 번째 사진에서 부인은 전망대 같은 곳에서 카메라 쪽을 향해 서 있었다. 거기에 길을 걸어가는 부인의 뒷모습이며 바닷가 경치를 찍은 사진 등이 그 앨범에 같이 들어 있었다. 데이트 기능의 날짜를 보니 촬영한 순서대로 넣어둔 모양이다.

바다 가운데 가늘고 길게 뻗어나간 초록빛 길의 사진도 있었다. 가본 적은 없지만 한눈에 아마노하시다테라는 걸 알 수 있었다.

다음 사진은 여관방 안에서 촬영한 것이었다. 지에 부인이 옛 취향의 정원을 마주한 창가 의자에 앉아 밖을 내다보고 있다. 어딘지 요염한 분위기가 감도는 사진이었다. 촬영한 사람의 시선이 그렇게 만들었는지도 모른다.

미호시 씨는 말없이 한 장씩 넘겨나갔다. 몇 장 남지 않은 참에 비닐 포켓 한 군데에 빈자리가 있었다. 오하라가 찾아낸 사진은 원래 이곳에 끼워져 있었던 것인지도 모른다.

그대로 아마노하시다테에서 부인과 함께 보낸 사진만 나올 줄 알았다. 그래서 미호시 씨가 다음 장을 넘겼을 때, 마지막 한 장의 사진을 보고 나는 숨을 멈췄다.

"이건…… 부인의 묘지예요."

미호시 씨가 목멘 소리로 말했다.

단순하게 묘비만을 찍은 사진이었다. 회색 비석에 '모카와 가의 묘'라고 새겨졌고 양옆에 하얀 꽃이 꽂혀 있다. 모카와 지에 씨가 사망했을 때 새로 마련한 묘지가 아니라 선조 대대로 내려온 집안 묘지였다. 날짜를 확인해 보니, 한 장 전의 사진에 찍힌 7년 전의 1월 27일에서 3년여가 지나 있었다.

"가게이 씨가 직접 묘지에 찾아가셨군요. 부인의 죽음을 알고 있었던 거예요."

나는 혼잣말처럼 중얼거렸다. 셔터를 누를 때, 가게이는 어떤 심정이었을까.

"어떻게 부인의 죽음을, 그리고 묘지가 있는 곳을 알았을까요?"

내가 의문을 입에 올렸지만, 미호시 씨는 사진에서 눈을 떼지 않았다.

"그러게요. 다만 부인의 부고는 단골손님들을 통해 SNS 등에 글이 올라왔다고 들었어요. 그런 정보가 가게이 씨의 눈에 띄는 건 그리 어렵지 않았겠지요. 부인은 모카와 집안 묘지로 들어가셨고, 가게이 씨는 오래전에 부인이 해준 얘기로 미리 그 장소를 알았을 수도 있어요."

아니면 좀 더 감상적인 사정이 있었던 건 아닐까. 가게이가 어떻게든 다시 한번 지에를 만나고 싶어서 탈레랑에 찾아갔다든가. 하지만 지금 그런 걸 이러니저러니 추측해 봤자 별 의미도 없다.

미호시 씨는 앨범을 다시 처음부터 펼쳐보며 말했다.

"여태까지 가게이 씨가 인화한 사진들을 기계적으로 앨범에 넣어뒀다고 생각했는데······."

"이 앨범을 봐서는 나름대로 정리를 했던 거 같아요. 아마노하시다테에서의 사진뿐만 아니라 부인과 관련된 마지막 한 장, 묘지 사진을 나중에 추가로 넣었잖아요."

사진은 묘비를 찍어온 것으로 끝이었지만, 앨범은 그다

음에도 빈 포켓이 몇 장이나 남아 있었다. 미호시 씨가 앨범을 덮었을 때, 나는 묘비로 마무리된 그 앨범이 마치 새드 엔딩의 소설처럼 느껴져서 슬픔이 먹먹하게 밀려들었다.

"이거, 제가 잠시 빌려가도 될까요?"

미호시 씨가 앨범을 손에 들고 물었다. 란은 온화한 웃음으로 답했다.

"물론이지요. 아예 친척인 미호시 씨가 간직하는 게 더 나을지도 모르겠네."

커튼 틈새로 비쳐드는 노을빛에 이미 해가 저물었다는 것을 알았다. 우리는 그쯤에서 자리를 뜨기로 했다.

나오시지 않아도 된다고 말씀드렸지만, 란은 아들 다이의 부축을 받으며 현관까지 배웅을 나왔다. 현관문 앞으로 나온 참에 미호시 씨가 돌아보았다.

"한가운데 그림에 대해 알게 되면 즉시 연락드릴게요. 아, 전화번호를······."

그러자 아들 다이가 나서서 번호를 알려줘서 미호시 씨는 스마트폰에 입력했다.

"실례가 많았어요. 고맙습니다."

깊숙이 머리 숙여 에스미 모자에게 감사를 표했다. 대문을 나와 걸음을 옮기면서 나는 말했다.

"교토에 도착하면 완전히 깜깜한 밤이 되겠는데요."

"오늘 일정은 굉장한 강행군이었죠? 저도 피곤하네요."

정말로 피곤한 게 반절, 그리고 나를 배려한 게 반절일 것이다. 이번 일정을 곁에서 도와주는 입장인 내가 먼저 피곤하다고 징징댄다면 자칫 미호시 씨를 나무라는 말이 되고 만다.

"그래도 하마마쓰까지 찾아온 보람이 있었어요. 부인과 가게이 씨의 관계에 대해 정말 많은 걸 알게 되었잖아요."

미호시 씨는 만족감을 내보였다. 두 사람이 20대 때 교토에서 연인 사이였다는 것. 7년 전, 가게이의 요청에 따라 부인은 그를 만나러 갔고 유작의 제작에 협력했다는 것. 가게이는 부인의 죽음을 알았고 성묘까지 했다는 것…….

"하지만 한편으로 수많은 수수께끼가 새롭게 떠올랐어요."

가게이는 어떻게 지에 부인의 소식을 알았는가.

사라진 한가운데 그림은 대체 어디에 있는가.

그 그림에는 무엇이 그려져 있는가.

지에 부인은 가게이와 불륜 관계였던 것인가.

미호시 씨는 저만치 호수를 바라보았다. 저물어가는 햇빛을 받아 반짝이는 윤슬이 환상적이었다.

"내일도 힘든 하루가 되겠네요. 교토에 돌아가면 오늘 밤은 푹 자야겠어요."

"역시 가보려고요?"

"안 갈 수 없잖아요. 현재로서는 달리 손쓸 방법도 없고."

미호시 씨의 대답에 망설임은 없었다.

꼭 같이 가야 할 이유는 없겠지만 기왕 여기까지 왔으니 일련탁생, 이미 올라탄 배다. 나는 단호히 선언했다.

"나도 같이 갑니다, 아마노하시다테."

3

JR 교토 역 31번 플랫폼, 표에 적힌 차량을 향해 걸어갔다. 오하라가 옆에서 경쾌한 목소리를 냈다.

"이 기차, '마이즈루'라고 적혀 있는데? 우린 '하시다테'를 타야 하잖아요."

"그러네, 이 기차가 아닌가? 하지만 시간으로는 지금쯤 플랫폼에 나와 있어야 하는데……."

"특급 하시다테는 마이즈루와 연결해서 운행하고 있어요. 아야베 역에서 연결이 해제됩니다."

마치 기다렸다는 듯이 미호시 씨가 알려주었다. 이윽고 오하라가 "하시다테다!"라고 기차 표시 창을 가리켰고, 우리는 열린 문을 통해 승차해 빈 좌석을 찾았다.

4월 3일, 아마노하시다테에 가기 위해 교토 역을 출발하는 참이었다.

전날 하마마쓰 여정에서 밝혀진 대로 가게이와 지에 부인이 비밀스러운 일주일을 보냈던 곳에 가보려는 것이다. 두 사람이 일주일을 어떻게 함께 보냈고 어떤 관계였는지, 반드시 증언이 나온다는 보증은 없지만, 일단 직접 가보지 않고서는 아무것도 안 된다고 나와 미호시 씨의 견해가 일치했다.

아마노하시다테는 모두가 알다시피 일본 3경 중의 하나로, 동해의 미야즈만 바다를 가로지르는, 길이 약 3.6킬로미터의 모래톱 해변이다. 소나무 숲길이 가장자리에 빙 둘러선 그 전경은 실로 아름다워서 예로부터 사람들에게 사랑을 받아왔다. 전설의 화가 셋슈의 〈아마노하시다테도〉를 비롯해 예술 작품에도 빈번하게 소재가 되었다.

그런 아마노하시다테 옆에 자리한 아마노하시다테 역은 교토 역에서 특급열차로 약 두 시간이 걸린다. 똑같은 교토 지역인데도 소요 시간만 보자면 시즈오카현의 하마마쓰에 가는 것보다 훨씬 더 걸린다. 내가 교토에 살면서도 아마노하시다테에 가본 적이 없었던 것은 시간과 경비가 만만치 않게 들기 때문이었다. 이번에 드디어 아마노하시다테를 찾아가면서 내 마음속에 여행 기분이 전혀 없었다고 한다면 거짓말이 될 것이다. 물론 미호시 씨가 도저히 그런 기분이 아니라는 건 잘 알지만.

그리고 오늘은 미호시 씨와 나, 둘만이 아니다. 기차 안 통로에서 뒤돌아보니 오하라가 니트 모자 아래 삐져나온 갈래머리를 흔들며 통통 튀듯이 따라왔다.

어젯밤 교토에 돌아온 미호시 씨가 전화로, 내일은 아마노하시다테에 갈 예정이라고 알려주자 오하라는 자기도 가겠다고 즉답했다고 한다. 미호시 씨로서는, 놀러 가는 게 아니라고 쏘아붙이고 싶은 기분이었을 것이다. 다만 유명한 경승지를 방문하는 건 여고생에게 좋은 경험이 되리라는 것도 사실이어서 친척이자 연장자로서 그녀의 동행을 허락할 수밖에 없었던 모양이다.

어제 왕복으로 이용한 신칸센에 비하면 하시다테 특급 열차는 덜컹덜컹 흔들리는 느낌이었다. 오전 10시경에 승차했기 때문에 아마노하시다테 역 도착은 12시 반이 된다. 차 안에서는 마주 보는 좌석에 앉아 나는 오하라가 종알종알하는 얘기를 들어주는 역할을 맡게 되었다. 미호시 씨는 도착할 때까지 아무 말 없이 내내 생각에 잠겨 있었다.

아마노하시다테 바로 전 역인 미야즈에서부터 진행 방향이 반대가 되어 당황한 외국인 관광객이 좌석을 돌리는 모습도 보였다. 그로부터 오 분, 우리를 태운 열차는 아마노하시다테 역 플랫폼에 도착했다.

레트로한 분위기의 플랫폼을 빠져나와 역 건물을 뒤로했다. 눈앞의 거리에는 키 낮은 옛날 상점 등이 처마를 맞대고 있어서 온천 가의 풍정이 느껴졌다. 아마노하시다테는 양질의 온천수가 나오는 것으로도 유명하다.

"우선 점심부터 먹을까요?"

미호시 씨가 제안했다. 오하라가 폴짝 뛰며 말했다.

"응, 너무 배고파!"

근처 호텔에는 오베르주(숙박 시설을 겸한 레스토랑.)가 병설되어 있었다. 평일 낮이라 손님이 적어서 창가 좌석으로 안내해 주었다. 정면으로 바다와 아마노하시다테 소나무 숲길이 훤히 보였다. 전망 외에는 아무것도 필요 없다는 듯 실내장식은 아주 간소했다.

"호사스러운 전망이네요."

내 말에 미호시 씨는 처음으로 그 경치를 알아본 것처럼 응했다.

"아, 그러네요."

모처럼 멀리 나왔으니 조금쯤 즐길 여유를 가져도 좋은 거 아닌가. 그렇게 생각했으나 그녀의 진지함에 찬물을 끼얹는 말은 삼가기로 했다.

미호시 씨와 오하라는 파스타 런치, 나는 스테이크 런치를 주문했다. 직원이 가져온 요리를 먹으면서 미호시 씨가 문득 말했다.

"어제 교토에 도착한 뒤에 다시 한번 부인의 유품을 살펴봤어요. 한가운데 그림이 있는지 어떤지 보려고."

"저런, 미리 말했으면 나도 거들었을 텐데."

나는 눈이 둥그레졌다. 오늘 밤은 돌아가서 푹 쉬자, 라고 하지 않았던가.

"아무래도 마음에 걸려서 확인하지 않고서는 잠이 안 올 것 같았어요. 하지만 그런 그림은 나오지 않았어요. 그 방에 없는 게 분명해요."

어제도 얘기했던 대로 지에 부인이 가게이의 그림을 남편 모카와 씨의 눈에 띌 우려가 있는 곳에 보관했을 리는 없다. 어쨌든 이걸로 지에 부인이 그림을 갖고 있지 않았다, 적어도 자신의 집 안에는 두지 않았다, 라는 게 확실해졌다.

"그래서 오늘은 어떻게 조사해 볼 계획이지요?"

"여관 직원들에게 란 씨가 빌려준 사진을 보여주면서 부인과 가게이 씨가 숙박했던 곳을 알아내려고요. 그리고 그 여관에 당시 일을 기억하는 관계자가 있다면 자세한 얘기도 들어봐야죠."

"이 잡듯이 여관마다 알아보고 다니는 건가요? 고생깨나 하겠는데요."

"아니, 꼭 그렇지도 않아요. 이 근처에는 여관이 별로 많지 않고, 모두 가까이에 모여 있거든요."

"각자 나눠서 알아보기로 하죠. 사진을 스마트폰으로 찍어두면 될 텐데……."

협력을 제안하는 나를 제지하고 미호시 씨가 생각지 못한 얘기를 꺼냈다.

"여관에의 탐문은 나 혼자서도 충분해요. 괜찮으시면 아오야마 씨는 오하라를 데리고 이 근처 관광지를 안내해 주세요."

"예? 그래서야 우리가 따라온 의미가 없는데요."

미호시 씨는 미소를 지었다.

"나 혼자 할 수 있는 건 혼자서 해야죠. 혹시라도 무슨 일이 생겼을 때, 곧바로 달려와 줄 사람이 있다는 것만으로도 든든한걸요."

"네에……."

"게다가 오하라는 교토를 마음껏 구경한다는 목적도 있으니까 내가 함께하지 못하는 대신 아오야마 씨가 맡아주시면 큰 도움이 되죠. 아오야마 씨도 아마노하시다테는 처음이라고 했으니까 일석이조네요."

미호시 씨의 말에 거짓은 없었을 것이다. 다만 나와 오하라 앞에서 듣기 좋게 해준 말을 솔직한 방향으로 풀어보자면, 성가신 자들을 떼어놓으려는 의도가 있었을 것이다. 그녀는 나나 오하라에게 신경 쓰는 일 없이 혼자서 탐문에 집중하고 싶었던 것이다.

"알겠습니다. 오하라, 그걸로 괜찮지?"

의사를 확인하자 오하라는 저항하는 일 없이 받아들였다.

"할머니 일은 미호시 언니에게 부탁할게. 근데 뭔가 알아내면 나한테도 꼭 알려줘야 해."

"물론이지. 우선 어느 여관인지 밝혀진 단계에서 곧바로 연락할게."

"응, 그렇다면 좋아. 미호시 언니, 고마워."

오베르주를 나왔다. 바깥은 요즘 계절치고는 따뜻한 편이고, 위를 올려다보니 구름 한 점 없이 맑은 하늘이 펼쳐졌다.

"그럼 나는 이 호텔부터 탐문해 볼게요."

"건투를 빕니다."

오베르주 옆에 자리한 호텔로 들어가는 미호시 씨를 배웅하고, 나는 역쪽으로 걸음을 옮겼다. 오하라가 옆에 나란히 서며 물었다.

"어디로 가요?"

"오하라는 가고 싶은 데가 있어?"

"어젯밤에 갑자기 가기로 정해져서 난 사전 조사를 전혀 못 했는데."

그럴 거라고 생각했다. 나는 검지를 바짝 들었다.

"아마노하시다테에 왔다면 우선 '가랑이 사이 보기'를 해야지."

"가, 가랑이 사이 보기!?"

오하라가 자신의 짧은 타이트스커트 자락을 꽉 잡으며 되물었다. 어이없는 오해를 한 모양이다.

"아니, 네가 상상하는 그런 거 아니야."

"진짜로? 아오야마 씨, 변태인가 했어요."

대체 평소에 나를 어떤 사람으로 본 건가.

"너희 세대는 '가랑이 사이 보기'라는 말은 들어본 적이 없는 모양이지? 뭐, 아무튼 따라와."

"아오야마 씨, 처음 온 것치고는 잘 아시네요?"

실은 어제 주요 장소를 검색해 보고 왔다, 라고 하면 놀러 온 기분인 거냐고 나무랄까.

"저기야, 저기."

건널목을 지나 검은 창고 같은 외관의 건물로 다가갔다. 벽에 '아마노하시다테 뷰랜드 리프트 모노레일 승차장'이라는 간판이 걸려 있었다.

창구에서 입장료를 겸한 왕복 승차권을 샀다. 인당 850엔씩 두 장, 여기서는 오하라의 몫도 내가 냈다. 모노레일과 리프트, 어느 쪽이든 선택할 수 있는데 시간이 마침 맞아서 모노레일부터 타기로 했다.

수십 명의 승객과 함께 직육면체의 상자 두 개를 계단처럼 맞붙인 모양새의 모노레일에 타자 잠시 뒤에 출발했다. 높이 올라갈수록 아래쪽으로 아마노하시다테 전경이 훤히 내려다보였다.

"와아, 예쁘다."

오하라는 창에 달라붙어 벌써부터 탄성을 올렸다.

"이제 훨씬 더 좋은 전망을 보게 될 거야."

이윽고 모노레일은 정상에 도착했다. 내리자마자 아마노하시다테 뷰랜드의 동화 같은 경치가 펼쳐졌다.

아마노하시다테 뷰랜드는 아마노하시다테를 한눈에 내려다볼 수 있는 전망대로 유명한 유원지다. 교토부 미야즈 시에 우뚝 솟은 몬주산文殊山 꼭대기에 자리를 잡고 1970년에 개업해서 반세기 가까운 역사를 자랑한다.

유원지라고 해도 규모는 작아서 오하라 같은 여고생이 좋아할 만한 탈것 등은 별로 없다. 무엇보다 이곳은 아마노하시다테를 관람하기 위한 베스트 스폿인 것이다.

왼편으로 들어가자 석재로 만든 낮은 벤치 같은 받침대 여러 개가 눈에 들어왔다. 그 앞에 '가랑이 사이 보기 받침대'라고 큼직하게 적혀 있다. 먼저 온 사람이 거기서 허리를 반으로 꺾고 가랑이 사이로 뒤쪽을 보고 있었다.

"저게 가랑이 사이 보기?"

"응, 아마노하시다테의 경치는 이렇게 자기 가랑이 사이로 거꾸로 내다보는 게 가장 아름답다는 거야. 위아래가 뒤집혀 바다가 하늘처럼 보이고 아마노하시다테는 날아오르는 용처럼 보인대. 그래서 이쪽 편에서 보는 경치를 '히류칸飛龍觀'이라고 해."

말할 것도 없이 밤새 벼락치기로 주입한 지식이다. 하지만 오하라는 순수하게 감탄해 주었다.

"와아, 나도 잠깐 해봐도 돼요?"

"물론이지. 근데 그 옷차림으로는 좀 힘들지도."

오하라는 망설임 없이 가랑이 사이 보기 받침대에 올라가 허리를 꺾었다. 10대다운 유연함으로 치맛자락 아래로 건너편을 내다보았다.

"어때, 용으로 보여?"

"뭐, 그럭저럭? 별자리보다는 그나마 더 그럴싸하게 보이는 정도."

 험담하면서도 오하라는 한참이나 가랑이 사이 보기를 멈추지 않았다. 더 이상 기다릴 수 없어서 나도 옆에 서서 똑같은 자세를 취했다.

 "오, 보인다, 보인다, 용으로 보여!"

 "아오야마 씨, 너무 쉽게 세뇌당하는 거 아니에요? 사기꾼에게 홀랑 넘어갈 거 같아."

 "……거짓말을 눈치채지 못한다고?"

 "딩동댕!"

 머리에 피가 쏠리지도 않는지 오하라는 한참이나 그 자세를 유지한 채 깔깔거렸다.

 받침대에서 내려온 우리는 유원지 안을 한 바퀴 돌아보기로 했다. 입간판을 보니 용 두 마리의 마스코트 캐릭터가 그려져 있었다. 초록색 수컷 용은 뷰 군, 핑크색 암컷 용은 란 짱이다. 소박한 이름에 웃음이 터졌다. 어제 만난 분도 란 씨였는데, 하고 묘한 일치가 떠올랐다.

 한층 더 높은 곳에서 경치를 볼 수 있는 소형 관람차, 원내를 일주하는 기차도 있고, 안쪽에는 카페가 영업 중이었다. 근처 목장에서 생산한 우유로 만든 소프트아이스크림을 오하라가 먹고 싶다고 해서 샀다. 한 입 먹어보라면서 자신이 먹던 것을 내밀었지만 여고생과 아이스크림을 공유한다는 게 어쩐지 겸연쩍어서 사양했다.

'히류칸 회랑'이라는 이름의, 마치 판화가 M. C. 에셔의 착시 그림처럼 오르락내리락하는 공중회랑은 둘이 걷자 흔들흔들 흔들렸다. 오하라는 태연히 건넜지만 나는 엉거주춤 몸이 저절로 오그라드는 것을 들킬까 봐 진땀이 났다.

어트랙션 쪽은 이용하지 않았기 때문에 한 시간 만에 충분히 돌아볼 수 있었다. 돌아오는 길은 모노레일 시간이 맞지 않아서 기다리지 않고 탈 수 있는 리프트로 내려왔다. 리프트 쪽이 빨라서 눈 깜짝할 사이에 산 밑으로 되돌아왔다.

"미호시 언니 연락, 왔어요?"

오하라의 확인에 나는 고개를 가로저었다.

"아직 안 왔네. 숙박했던 곳을 알아낸다는 게 상당히 어려운지도 모르겠다."

"어쩌죠? 우리, 이렇게 계속 놀아도 돼요?"

손목시계를 보니 오후 3시가 지난 시각이었다. 오늘 안에 돌아가려면 이렇게 태평하게 있을 수는 없다.

"탐문을 방해하면 안 되니까 현재 어떤 상황인지 물어보는 메시지부터 보낼게. 우리는 호출이 떨어지면 즉시 달려갈 수 있게 이 근처를 벗어나지 않도록 해야겠다."

간단히 '숙소, 찾았습니까?'라고 적은 메시지를 보낸 뒤, 나는 오하라를 데리고 걸음을 옮겼다.

곧바로 거리 양쪽에 지역 특산물 가게와 음식점들이 줄지어 선 길에 도착했다. 그 막다른 곳에 있는 게 지온지다. 임

제종 묘심사파의 사찰로, 지혜를 관장하는 문수보살을 본존으로 모셨다고 해서 이 일대를 문수지구라고 하고, 또한 온천 시설이나 지역 명물 떡 등 곳곳에서 '지혜'라는 두 글자를 볼 수 있다.

지역 특산물 가게를 차례차례 구경하며 길을 따라 들어갔다. 이곳, 단고 지역은 '치리멘'이라는 견직물이 유명해서 오하라는 그 천으로 만든 전통 문양의 파우치에 관심을 보였다. 근처에 와이너리도 있어서 레드와 화이트 로제 와인 등 다양한 아마노하시다테산 포도주가 진열되어 있었다. 혹하기는 했으나 지금은 술을 마실 상황이 아니었다.

지온지 절에도 들렀다. 오하라는 요란하게 박수를 치더니 "머리가 좋아지게 해주세요"라고 소리 내어 빌고 있었다. 나는 머리가 좋아지기 위한 첫걸음으로서 "여기는 사찰이니까 손뼉은 치지 말자"라고 가르쳐주었다.

바닷가로 내려가자 금붕어 뜰채처럼 생긴 '지혜의 고리'라는 석등롱이 있었다.

"저 고리를 세 번 건너면 머리가 좋아진다는 속설이 있어."

내가 슬쩍 알려줬더니 오하라는 좋았어, 하고 기합을 넣고는 고리에 손을 짚고 몸을 들어 올리려고 했다.

"아, 잠깐, 잠깐. 진짜로 믿으면 안 되지."

다급하게 뜯어말렸다. 그 고리는 사람 몸이 너끈히 들어갈 만큼 크지만, 오하라의 얼굴이 가까스로 닿을 만큼 높은 곳에 있어서 도저히 건너갈 엄두를 낼 수 없는 것이다.

하지만 젊은 오하라의 사전에 불가능이란 없는 모양이다.

"아니, 세 번 건너라고 말한 건 아오야마 씨잖아요. 음, 난 할 수 있어, 이 정도쯤이야. 난 진심으로 머리가 좋아졌으면 한다고요."

"근데 오하라, 그 차림새로는 좀……."

"엇, 가랑이 사이는 보면 안 돼요!"

쳇, 볼 생각도 안 했어! 아니, 그보다 그 가랑이라는 말 좀 그만해.

"머리만 세 번 넣었다 뺐다 하면 된다니까 그걸로 해. 저기 맞은편에 서봐. 사진 찍어줄 테니까."

그제야 오하라는 포기하고, 고리 양쪽을 잡은 채 머리만 쑤욱 넣었다 뺐다 했다. 나름대로 만족스러웠는지 사진을 찍을 때는 환하게 웃는 얼굴이었다.

호주머니에 넣어둔 내 스마트폰이 진동한 것은 사진을 찍고 오하라의 스마트폰을 돌려주었을 때였다.

"미호시 씨한테서 온 거야."

화면에 표시된 이름을 오하라에게 보여주고 전화를 받았다.

"네에."

"아오야마 씨, 부인과 가게이 씨가 다녀간 숙소를 알아냈어요."

미호시 씨에 의하면, 이미 삼십 분쯤 전에 사진에 나온 여관을 찾아냈다고 한다.

"근데 그때는 이 여관에 7년 전 일에 대해 기억하는 직원이 없었어요."

"아, 그랬군요."

"이제 곧 여관 여주인이 출근하신대요. 숙박했던 고객이라면 모두 기억하는 뛰어난 능력이 있다고 하네요. 그분이 도착하면 자세한 얘기를 물어볼 거예요. 아오야마 씨와 오하라도 그 자리에 동석하시겠어요?"

"물론이죠. 어딘지 알려만 주세요, 곧장 갈 테니까."

미호시 씨에게서 숙소 이름을 듣고 통화를 끝냈다. 검색해 보니 지금 우리가 있는 곳에서 그리 멀지 않은 온천 여관이었다.

"자아, 그렇다면 오하라, 얼른 가볼까."

"드디어 시작이네요."

오하라는 잔뜩 설레는 목소리였다.

"관광은 실컷 한 거지?"

"웬만하면 아마노하시다테도 걸어보고 싶었지만 지금은 할머니 일이 더 중요하잖아요."

깨끗이 단념하는 그 모습이 순수했다. 우리는 지혜의 고리를 뒤로하고 미호시 씨가 있는 여관으로 향했다.

4

'우키하시테이'라는 이름의 그 온천 여관은 전통적인 멋을 간직하면서도 별동을 신축해 새로움을 더한 고급스러운 외관이었다. 바다를 마주 보고 있어서 객실에서는 아마노하시다테가 훤히 내다보일 것 같았다.

현관으로 다가가자 직원이 맞이해 주었다. 손님이 아니라서 죄송해하며 들어갔다. 로비 바로 왼편 소파에 미호시 씨의 모습이 있었다.

"미호시 언니!"

오하라가 운동화 발소리를 내며 그쪽으로 뛰어갔다. 미호시 씨의 표정은 점식 식사 후 헤어질 때에 비해 밝아 보였다. 여관을 알아내고 조금쯤 마음이 편해졌는지도 모른다.

"둘 다 수고 많았어요. 아마노하시다테, 재미있었어?"

"네에, 덕분에."

우리도 소파에 자리를 잡았다. 미호시 씨 옆에 내가, 맞은편에는 오하라가 앉았다.

"이 여관을 알아내기까지 꽤 시간이 걸렸네요. 힘들었지요?"

위로할 생각으로 나는 말했다. 미호시 씨도 피곤함을 살짝 드러내며 답했다.

"사진 한 장만으로는 답해주지 않는 경우가 많았어요. 무슨 목적인지 의심스러웠겠죠. 나는 그냥 사진에 찍힌 곳이 이 여관인지 아닌지만 물어봤는데……. 별수 없이 한 집 한 집 사정을 설명하고 다니느라 예상보다 더 힘이 들었죠."

"저런, 그렇군요……. 아무튼 찾아내서 다행입니다. 그래서 여관 여주인은?"

"이제 곧 도착할 때가 됐는데……."

호랑이도 제 말 하면 온다던가. 여관 안쪽에서 복숭앗빛 기모노를 차려입은 나이 지긋한 여성이 나타났다. 아름다운 얼굴에, 나이에 비해 까만 머리를 단정하게 뒤로 묶고 버선발을 바닥에 스치듯이 조용하게 걸었다. 출입구 마루 끝에서 게다를 신고 내려와 우리에게 다가왔다.

"이 여관 여주인 미우라라고 합니다. 오늘은 저희 여관에 잘 오셨습니다."

여주인은 교토 사투리 억양으로 인사를 건네고 물 흐르는 듯한 동작으로 머리를 숙였다. 우리도 자리에서 일어나 깊숙이 인사했다.

"바쁘실 텐데 시간을 내주셔서 고맙습니다."

미호시 씨가 손을 내밀어 권하자 여주인 미우라는 오하라 옆에 자리를 잡았다.

"우선은 이 사진을 봐주시겠어요?"

미호시 씨가 포켓 앨범을 내밀었다. 미우라는 두세 장 확인해 보더니 곧바로 고개를 끄덕였다.

"네, 틀림없이 저희 여관에서 찍은 사진이군요. 바깥 풍경을 보니 '설화雪花 방'이네요."

미호시 씨와 나는 한순간 시선을 마주쳤다.

"여기 이 사진은 오른편 아래쪽 날짜를 봐도 알 수 있듯이 7년 전 1월에 찍은 것이에요. 여기 보이는 여자분이 저희 작은할머님이자 저쪽 여고생의 친할머님이세요. 남자분은 가게이 샤토 씨라는 화가인데, 두 분 다 이미 고인이 되셨습니다. 미우라 씨는 이 두 분을 보신 적이 있던가요?"

미우라는 앨범 속 사진을 눈앞으로 당겼다 떼었다 한 뒤에 대답했다.

"네, 기억나는군요. 방에 이젤을 세워놓았고, 제가 여쭤보니 화가라고 밝히셨어요. 그런 고객님은 드물어서 또렷이 인상에 남았지요."

미호시 씨가 숨을 헉 삼키는 게 느껴졌다. 여주인의 말에 귀를 기울이던 나도 마음이 급해졌다.

"일주일쯤 저희 여관에서 지내셨으니까요, 내내 같은 방을 쓰셨기 때문에 저는 부부간이라고 생각했는데……."

미우라는 거기서 입을 다물었다. 예민한 화제라는 걸 깨달은 것이다. 하지만 미호시 씨는 망설임 없이 재우쳐 물었다.

"실은 두 분이 어떤 관계였는지 알아보는 중이에요. 미우라 씨께서 보시기에는 어땠습니까?"

"글쎄요, 어땠느냐……. 저희가 부인, 남편, 그런 호칭을 썼는데 두 분 모두 그 말을 정정하시지는 않았어요."

그건 단순히 설명하기가 번거로웠기 때문인지도 모른다. 두 사람이 부부로 여겨지는 것을 기뻐했다든가 하는 사실의 근거가 될 수는 없다.

미호시 씨는 끈기 있게 정보를 끌어내려고 했다.

"그때 두 분이 만난 게 거의 40년 만이었거든요. 부부라기에는 좀 데면데면하다든가, 그런 느낌은 없었나요?"

"네에…… 말을 듣고 보니 식사하실 때도 유난히 말수가 적었어요. 하지만 오랜 세월 함께 살아온 부부일수록 별다른 대화가 없는 건 그리 드문 일도 아니니까요. 딱히 이상하다는 느낌은 없었습니다."

그건 그럴지도 모른다. 무엇보다 서로 데면데면했다면 둘 사이에 아무 일도 없었고, 남 보기에도 친밀했다면 뭔가 있었다, 라는 식의 단순한 일도 아니다.

미호시 씨는 이내 작심한 표정으로 좀 더 깊은 질문을 던졌다.

"두 분의 방에 명백히 서로 사랑한 것으로 보이는 흔적 등은 없었던가요?"

그 말에 미우라는 딱 잘라 대답했다.

"이미 고인이 되신 분들이라도 그런 건 제 입으로 밝힐 수 없습니다."

화가 난 말투라 느꼈는지 미호시 씨는 몸을 옹송그렸다.

"그러시겠죠……. 죄송합니다."

"아니, 원래는 그렇게 말해야 옳겠지만……."

미우라의 목소리가 온화해진 것처럼 들렸다.

"그쪽이 상상하는 그런 거, 전혀 없었어요. 우리는 결국 그 두 분의 관계가 어떤지, 아무것도 알지 못했으니까요."

미호시 씨에 대한 친절이나 동정심에서 나온 대답은 아니었다. 여주인 미우라는 분명 고인을 배려해 이런 때 대답을 안 하는 것이 오히려 모종의 대답으로 들리는 것을 피하려 한 것이다. 오랜 세월 여관업에 종사해온 경험에서 길러진 카리스마가 감지되는 대응이었다.

젊은 혈기에 너무 앞서가다가 혼이 난 미호시 씨는 약간 풀이 죽은 것처럼 보였다. 그래도 연달아 질문을 던졌다.

"이 여관에 머무는 동안에 두 분이 뭘 하셨는지는 말씀해주실 수 있을까요?"

"방에서 그림 작업을 하는 시간이 대부분이었어요. 이따금 외출했다가 한참 지나면 번번이 꽁꽁 얼어서 돌아오곤 하셨지요. 딱 한 번, 두 분이 나란히 아마노하시다테 모래사장에 계시는 모습을 멀리서 본 적이 있네요."

"모래사장에?"

"네, 바다 바로 앞에 서 있는 여자분을 화가께서 바라보고 있더라고요."

그림의 구도라도 검토했던 것일까. 그 광경을 눈으로 찍어둔 뒤, 방에서 홀린 듯 붓을 내달리는 가게이의 모습이 머릿속에 떠올랐다. 나는 그림을 그려본 적이 없어서 제작에 걸리는 시간 같은 건 짐작도 가지 않았지만, 그 정도 크기의 그림을 일주일에 세 장이나 완성해 내려면 그만큼 강한 끈기와 열정을 기울여야 했을 터였다.

"미우라 씨는 가게이 샤토의 그림을 보셨던가요? 완성작이 아니라 작업 중이던 그림이라도요."

미호시 씨는 이 질문에 상당한 기대를 담은 기색이었다. 하지만 미우라의 대답은 그리 탐탁지 않았다.

"아뇨, 거의 아무것도 못 봤어요. 방에서 그림 작업을 하실 때는 행여 방해가 될까봐 출입을 삼갔고, 이불 등을 준비해 드리려고 그 방에 갔을 때는 항상 그림에 흰 천이 씌워져 있어서 직원들은 절대로 손대지 않도록 조심했으니까요."

손님의 물건에 손을 대지 않는 것은 여관 직원이라면 당연한 행동이다. 하지만 우리로서는 매우 중요한 증언을 얻어낼 기회를 잃어버린 셈이었다.

"그러면 여기서 작업한 그림이 그 뒤에 어떻게 됐는지는 아세요? 상당히 부피가 큰 물건이니까 여관을 나갈 때, 운반하기가 꽤 어려웠을 텐데요."

"두 분 다 여행용 캐리어를 쓰셨으니까 그 안에 넣어서 가져갔을 텐데, 확실한 건 잘 모르겠어요."

한가운데 그림의 행방에 대해서는 아무 단서도 없다는

얘기다. 미호시 씨는 더 이상 질문할 게 생각나지 않았는지 그만 입을 다물고 말았다.

여전히 미련이 남은 듯한 미호시 씨의 심정은 이해가 되었다. 하지만 이미 여주인 미우라 씨의 시간을 너무 많이 빼앗았다. 지금 또 다른 질문을 짜내더라도 그게 돌파구가 될 것 같지도 않았다.

이쯤에서 일단 물러나고 다음에 다시 오자고 미호시 씨에게 제언하려고 했다. 그때 옆에서 오하라가 불쑥 입을 열었다.

"저도 한 가지 물어봐도 돼요?"

"네, 어떤 것인지."

이어서 튀어나온 질문에 나는 허를 찔린 기분이었다.

"우리 할머니하고 그 화가, 행복해 보였어요?"

오하라가 무슨 생각으로 그런 질문을 했는지는 알지 못한다. 깊은 의미는 없었는지도 모른다. 그래도 손녀로서 할머니가 그때 행복했는지를 알고 싶어하는 그 마음에 나는 가슴이 뭉클해지는 느낌이었다.

미우라는 잠시 틈을 둔 뒤에 신중하게 되물었다.

"내가 보기에, 라는 걸로 괜찮겠어요?"

"네, 그걸로 괜찮아요."

미우라가 한 차례 헛기침했다. 대답은 너무도 간결했다.

"무척 행복해 보이셨어요."

그 대답 또한 두 사람의 관계성에 대해서는 아무 단서도 안 된다. 그래도 미호시 씨가 약간 상처받은 기색을 내보인 것은 단지 내 생각 탓일까.

"귀중한 말씀, 고맙습니다."

미호시 씨가 건넨 감사 인사에 여주인 미우라는 겸손하게 응했다.

"별 도움이 되어 드리지 못해 죄송합니다."

"마지막으로 한 가지, 무리한 부탁인 줄은 알지만……."

"뭐든 말씀해 주세요."

이어서 튀어나온 미호시 씨의 부탁에 나는 간이 서늘해졌다.

"오늘 밤 여기서 숙박할 수 있을까요? 가능하면 두 분이 머물렀다는 그 '설화 방'에서."

"앗, 미호시 씨, 그래도 돼요? 지금 시간이면 아직 차편이 있는데."

나는 당황했고 오하라도 놀란 눈치였다. 미호시 씨는 복잡한 감정이 담긴 미소를 지었다.

"꼭 그 방에서 보내고 싶어서요. 하룻밤이라도 같은 방에서 지내다 보면 부인의 심정을 조금이나마 알 수 있겠지요."

"운이 좋으시네요. 문수보살님이 인도해 주신 모양이에요."

그렇게 말하더니 미우라는 곧바로 그 말의 진의를 설명해 주었다.

"오늘 우리 여관에 빈방이라고는 딱 하나뿐이었으니까요. 바로 '설화 방'이랍니다."

미호시 씨가 손뼉을 따악 치며 기뻐했다.

"그럼 자고 갈 수 있겠네요?"

"식사는 따로 주문은 못 받고 미리 정해진 것으로 내드릴 텐데, 그래도 괜찮으시다면."

"물론이죠. 갑작스러운 예약인데 밥을 먹게 해주시는 것만으로 감사해요."

"그러시면 저쪽 접수처에서 숙박부를 작성해 주세요. 아, 그리고 몇 분이?"

미우라가 나와 오하라를 돌아보며 말하자 미호시 씨가 급히 나섰다.

"아뇨, 저 혼자만……."

어쩌면 그게 미호시 씨의 바람이었는지도 모른다. 하지만 나는 그녀의 말을 가로막았다.

"나도 머물 겁니다. 그 방, 2인이어도 되잖아요."

"아오야마 씨, 일정 괜찮아요?"

미안하다는 듯이 말하는 미호시 씨에게 나는 빙긋 웃어 보였다.

"부인의 심정을 알고 싶다면 남자도 있는 게 더 낫겠지요? 걱정 말아요, 내 몫의 숙박비는 내가 낼 거니까."

"……고마워요."

미호시 씨가 흐뭇한 표정으로 답해주어서 나는 안도했다. 물론 온천 여관에서 혼자 하룻밤을 보내는 것도 나쁘지 않다. 하지만 지금 미호시 씨를 혼자 둔다면 지나치게 생각에 골몰할 것이다. 내가 곁을 지키면서 요즘 자꾸만 주름이 깊어지는 그녀의 미간을 풀어주고 싶었다.

……거기까지 생각하다가 문득 깨달았다.

아니, 미호시 씨와 이런 식으로 하룻밤을 보내는 거, 처음 아닌가?

헉, 게다가 같은 방에서 단둘이? 그렇다, 미우라 씨는 아까 분명 '빈방은 하나뿐'이라고 했다.

급격하게 뺨이 후끈 달아오르는 것을 자각했다. 생각난 김에 얼른 말했던 것이지만, 사실상 방금 내가 엄청난 제안을 해버린 게 아닐까.

옆자리의 미호시 씨의 안색을 슬쩍 훔쳐봤지만, 동요하는 모습은 보이지 않았다. 최소한 내 인식으로는 몹시 중대한 그 사실을 그녀는 아직 깨닫지 못한 것인가. 아니면 다 알면서도 지금 이렇게 태연한 태도를 보이는 것인가.

혼자서 허둥거리는 나는 돌아볼 것도 없이 미호시 씨는 접수처 쪽으로 이동하려고 했다. 그러자 여기서 또 한 명, 동행이 있다는 게 생각났다.

"그럼 오하라는 역까지 배웅하고 올 테니까……."

내가 그렇게 말하자 오하라는 눈이 둥그레졌다. 그리고

마치 당연한 일이라는 듯이 말했다.

"나도 여기서 잘 건데요?"

놀란 건 나뿐만이 아니었다. 미호시 씨도 당혹스러운 기색이었다.

"오하라, 미안하지만, 네 숙박비까지는 좀 어려워."

"그건 내가 낼 거야. 말했잖아, 돈은 잔뜩 가져왔다고."

오하라는 어깨에 걸고 있던 파우치를 툭툭 치며 말했다.

이거야, 일이 재미없게 흘러가는구나. 아니, 뭐가 어떻게 재미없는지는 모르겠으나 아무튼 재미없다. 나는 오하라를 슬슬 설득해 보려고 했다.

"오하라, 여기는 한 방에 세 명이 들어가는 건 안 될 수도……."

"세 분은 어떤 관계지요?"

여주인 미우라의 물음에 오하라가 즉각 답했다.

"저는 미호시 언니와 친척이고요, 여기 둘이 결혼하면 아오야마 씨와도 친척이 될 거예요."

"잠깐, 잠깐, 왜 마음대로 그런 얘기를……."

"그러시다면 그 방은 세 분이 쓰셔도 됩니다."

미우라가 딱 잘라 말했다. 아이쿠, 분위기 파악 좀 해주세요.

"거봐요, 괜찮죠? 나도 그 방에서 같이 잘래요. 세 명이 힘을 합하면 문수의 지혜가 나온다잖아요. 여기는 문수보살님의 슬하라니까요."

오하라가 태연히 주장했다. 어허, 분위기 파악 좀 하라니까!

"뭐, 오하라가 그렇다면…… 나도 딱히 거절할 이유는 없어."

마침내 미호시 씨가 허락해 주는 바람에 나는 내 눈을 가리고 싶어졌다. 단둘이 보낼 수 있었던 밤은 꿈처럼 사라져 버렸다…….

미호시 씨가 숙박을 위한 수속을 하자, 접수처 직원이 식사는 저녁 7시부터라고 알려주었다. 갑작스러운 숙박이라서 늦은 시간에나 가능한 모양이었다.

미로 같은 복도를 여주인의 안내에 따라 안으로 들어갔다. '설화 방'은 1층 모퉁이에 있었다.

안으로 들어가자마자 한눈에 알았다. 사진에서 본 것과 완전히 똑같다. 입구 앞의 카펫이 깔린 공간에는 부인이 앉았던 의자가 있고, 그 안쪽이 다다미방이었다. 열린 장지문 너머로 아담한 옛날식 정원이 보이고 그 앞에 펼쳐진 것은 바다였다. 바로 저만치에 아마노하시다테의 소나무 숲길이 보였다.

"유카타(간편한 무명 홑옷으로, 목욕탕에 갈 때나 여름철 나들이에 입는다.)와 좌식 의자도 지금 가져 오겠습니다. 잠시만 기다려주세요."

여주인 미우라가 방을 나갔다. 우리는 가방을 내려놓고

탁자 주위에 앉았다.

"갑작스러운 일정이라서 갈아입을 옷도 없는데 어쩌지요?"

내가 말하자 미호시 씨가 입을 열었다.

"아까 접수처에서 물어봤는데 이 근처에는 옷을 파는 가게도 편의점도 없다네요. 전차를 타고 잠깐 나가면 살 수는 있는데……."

"뭐, 그렇게까지 할 건 없지 않을까요? 그냥 하룻밤인데요."

"저도 괜찮아요. 칫솔이며 스킨로션 같은 건 여관에 다 있으니까."

나는 시계를 보았다. 이제 슬슬 오후 5시 반이 된다.

"저녁 식사 때까지 시간이 좀 있군요. 온천에라도 다녀올까요?"

"좋아요. 여기, 미인 온천수래요."

"미인 온천수? 와아, 가요, 가요!"

여주인이 발 빠르게 가져다준 유카타를 들고 우리는 방을 나와 대욕탕으로 향했다. 남녀로 나뉜 입구 앞에 깃발이 세워져 있는데 남탕에는 '이자나키', 여탕에는 '이자나미'라고 적혀 있었다.

온천은 전세라도 낸 것처럼 한산하고 온천수도 매끄러워서 편안히 몸을 담글 수 있었다. 바다가 가깝기 때문인지

물이 짭짤하고 온도도 높은 편이었다. 남자인 나도 지금보다 미인이 된다는 건 그리 나쁘지 않다.

하나밖에 없는 방 열쇠를 내가 갖고 있었기 때문에 목욕탕에서 나오자마자 여성들보다 먼저 방으로 돌아왔다. 그리고 6시 반쯤에 미호시 씨와 오하라가 왔다. 처음 보는 미호시 씨의 유카타 차림이 너무 섹시해서 눈을 어디에 두어야 할지 난감했다. 하지만 그 모습이 눈에 익숙해지기도 전에 저녁 식사 시간이었다.

별동에 자리한 레스토랑의 테이블 자리에 식사가 준비되어 있었다. 식전주가 놓인 마주 보는 자리에 나와 미호시 씨가 앉은 참에 오하라가 찡그린 얼굴로 말했다.

"나, 아오야마 씨 옆자리로 가도 돼?"

오하라의 식사는 미호시 씨 오른편에 준비되어 있었다. 그걸 모두 옮기려면 몹시 번거로워진다.

무엇보다 내 옆자리로 오고 싶다는 그 말에 미호시 씨는 의심스러운 시선이 되었다.

"굳이 왜?"

"나, 왼손잡이란 말이야. 왼쪽이 아니면 식사 중에 팔이 서로 부딪힌다니까."

뭐야, 그런 이유였어? 나도 미호시 씨도 오른손잡이라서 공감하기는 어려웠지만 의외로 꽤 신경이 쓰인다고 한다. 어찌 됐든 우리는 납득하고 오하라의 식사를 옮기는 걸

거들어주었다.

새삼 테이블 위를 살펴보니 생선회, 뱅어 무침 같은 바닷가 마을다운 요리들이 차려졌지만, 메인은 소고기 철판구이였다.

"오늘 식사는 다지마 소고기 가이세키 요리(코스에 따라 만드는 대로 한 가지씩 손님에게 내어놓는 고급 요리.)입니다."

젊은 직원이 설명해 주었다. 나는 문득 마음에 걸린 점을 질문했다.

"다지마 소고기는 효고현의 명물이라고 들었는데, 여기서 가까운 모양이지요?"

"여기 단고 지방은 겨울에는 대게, 여름에는 새조개 등의 해물 요리를 드실 수 있습니다만, 마침 둘 다 제철이 아니라서…… 물론 다지마 소고기도 최고급 요리입니다."

"난 소고기가 더 좋아."

오하라가 그야말로 젊은이다운 말을 해서 분위기가 훈훈해졌다. 애초에 당일 이용이라서 선택권도 없는 처지에 이 자리에서 대게가 더 좋았다느니 뭐니 쓸데없는 말을 한다면 직원도 난처해질 것이다.

식전주는 아마노하시다테산의 달콤한 화이트 와인이었다. 추가로 나는 맥주를, 미호시 씨는 아마노하시다테산 화이트 와인을 주문했다. 오하라는 미성년자라서 진저에일이다.

요리는 하나하나 깊이 연구한 흔적이 엿보여서 섬세하

고 맛있었다. 양식과의 절충을 꾀하려는지 중간에는 냉 감자 수프와 로스트비프 같은 메뉴도 나왔다. 10대에 대한 편견인지도 모르지만, 이거라면 오하라도 반색할 만한 요리들이다.

맛있는 술과 요리에 둘러싸인 채 탐문 조사 중이라는 상황을 잊어버릴 만큼 지복의 한때를 보냈다. 현실로 다시 끌어오듯이 오하라가 입을 연 것은 달궈진 철판 위에서 다지마 소고기가 다 구워지기를 기다리던 때였다.

"할머니도 이런 맛있는 밥 먹었을까?"

"……응, 드셨을 거야."

감상이 얼핏 드러나는 미호시 씨를 배려하는 일도 없어 오하라는 말을 이어갔다.

"그 화가 할아버지하고 함께였겠지? 역시 둘이 바람을 피운 거야."

미호시 씨는 와인 잔을 입에 옮겼다. 자신을 진정시키기 위한 몸짓으로 보였다. 그녀는 화이트 와인을 이미 다 마시고 레드 와인으로 옮겨가 있었다.

"부인의 목적은 어디까지나 그림의 모델이 되는 거였어."

"그래도 같은 방에서 잤잖아."

"일주일씩 방 두 개를 쓰면 비용이 너무 많이 들어. 절약을 위해서였을 수도 있어."

"하지만 가게이 씨는 엄청난 부자였어. 유산을 상속한 여동생이 사라진 그림에 보상금을 1천만 엔이나 주겠다고 할 정도잖아. 할머니 숙박비는 모델을 청한 화가가 내는 게 당연한데 굳이 절약할 필요가 있겠느냐는 말이야, 나는."

하마마쓰에서 에스미 란을 만나 들었던 얘기는 대부분 오하라와도 공유했다. 나로서는 오하라와 미호시 씨의 말은 양쪽 다 일리가 있다고 생각했다.

그보다 전혀 제삼자인 내가 보기에, 오하라는 마치 할머니가 바람피운 것을 적극적으로 긍정하려는 것 같다. 할아버지에 대한 배신행위를 오하라는 별거 아니라고 생각하는 건가. 아직 어려서 일의 중대성을 깨닫지 못하고 연애 드라마라도 즐기는 듯한 기분인지도 모른다.

미호시 씨는 냉철하게 반론을 시도했다.

"그때 이 여관에 빈방이 일주일 동안 한 개밖에 없었을 가능성도 있어. 오늘만 해도 방이 한 개밖에 없었잖아."

"그러면 여관 직원에게 확인해 볼까? 7년 전이면 아직 기록이 남았을 텐데."

"아니, 관두자. 같은 방을 쓴 이유를 알아내 봤자 거기서 실제로 일어난 일까지 알 수 있는 것도 아니고."

그건 그렇다. 불가피하게 한방을 썼는데 결과적으로 불륜이라고 할 행위에 이르고 말았다든가, 가게이가 애초에 그럴 작정으로 같은 방을 예약했는데 부인이 끝내 응하지 않았다든가, 그야말로 다양한 가능성이 있는 것이다.

말씨름하는 두 사람을 보며 나는 어쩐지 주눅이 든 채 홀로 술잔을 기울였다. 오하라는 영 못마땅하다는 얼굴로, 잘 구워진 소고기를 젓가락으로 집었다.

"옛 연인과 같은 방에서 밤을 보냈잖아, 당연히 할 일을 했겠지."

"섣부르게 결론을 내리는 건 좋지 않아. 나는 부인을 믿어."

"미호시 언니, 현실을 직시해야지. 그러다가는 남자 친구도 언니 몰래 바람피울걸?"

오하라는 미호시 씨에게 싸움을 걸듯이 말하더니 갑자기 내 팔을 잡았다.

"엇, 하지 마라."

왠지 나는 빡빡한 교사 같은 말투가 되었다.

"뭐, 어때요? 아오야마 씨, 외모도 나쁘지 않고. 오늘 둘이 돌아다니며 데이트하는 거 같아서 너무 즐거웠는데?"

오하라는 전혀 말을 듣지 않았다. 미호시 씨에게서 날아오는 시선이 마치 철판구이처럼 내 살갗을 지글지글 태우는 것 같아서 무서웠다.

"내 친구 중에 연상의 남자 친구 있는 애들도 많아요."

"안 된다니까. 18세 미만은 안 돼."

"아니, 이게 그런 문제인가요?"

미호시 씨의 목소리가 냉랭했다. 살갗은 지글지글 타고, 귀는 꽁꽁 얼어붙었다.

"미호시 씨, 오해하시면 안 돼요. 나는 오하라, 아무렇게도 생각하지 않는다고요."

"흐잉, 나 상처받았어!"

"왜 변명을 하시죠? 좋으실 대로 하세요, 불륜이 되는 것도 아닌데. 우리, 애초에 사귀는 사이도 아니잖아요."

미호시 씨는 눈을 꾹 감고 레드 와인을 입에 옮겼다. 나도 모르게 입 밖으로 말이 튀어나왔다.

"그러면 지금부터 사귈까요?"

그러자 미호시 씨가 바짝 굳었다. 그 뺨이 순식간에 레드 와인 색깔로 물들었다.

"……."

"미, 미호시 씨?"

와인 잔을 소리 나게 테이블에 탁 내려놓는다. 그리고 레스토랑 안에 쩌르릉 울릴 듯한 목소리로 미호시 씨는 부르짖었다.

"술 취한 분의 고백은 받지 않는 게 제 원칙입니다!"

미호시 씨는 고개를 떨궈버렸다. 오하라가 내 팔을 놓아주었다.

"아니, 지금 이 타이밍에 고백은, 아니죠. 여고생이라도 오케이 하지 않아요."

나는 대체 어떻게 했어야 할까. 문득 깨닫고 보니 철판 위에서 소중한 다지마 소고기가 타들어 가고 있었다.

5

어색한 저녁 식사를 마치고 '설화 방'으로 돌아오자, 이불 세 채가 나란히 깔려 있었다.

"내 천 자로 옹기종기 모여서 자겠네?"

오하라는 그렇게 말하고 즉시 가장 안쪽 이불에 털썩 누워버렸다.

아직 잠을 자기에는 이른 시간이었지만 연일 이어진 일정에 지쳐 있었다. 근처에 가게가 없으니 뭔가 사다가 방에서 2차를 할 마음도 나지 않았다.

이를 닦고 자리에 눕자, 그 즉시 졸음이 몰려왔다. 별 내용도 없는 얘기를 종알종알 떠들어대는 오하라의 목소리를 저 멀리 들으며 나는 밤 10시를 지난 무렵에 깊은 잠에 빠져버렸다.

―꿈을 꾸었던 것 같다.

소나무 숲이 지켜주는 모래사장에 여자가 서 있다. 나는 그녀에게 다가가려고 했지만, 모래에 발목이 잡혀 제대로 나아갈 수 없다. 그러는데 여자 곁에 한 남자가 나타난다. 두 사람은 너무도 친밀하게 어깨를 나란히 하고 멀어져 갔다.

나는 그저 우두커니 서 있었다. 어디에도 가지 않는다고 했잖아. 그녀는 나의 너무도 소중한…….

눈을 뜨자 비가 창유리를 때리는 소리가 방 안을 울렸다.

그리 오랫동안 잠들었던 건 아니라고 감각으로 알았다. 방 안은 어두웠고 베갯머리의 스마트폰을 켜보니 자정을 조금 넘은 시각이었다.

꿈속에 느꼈던 상실감이 누구에게로 향한 것인지는 알고 있었다. 하지만 그 남녀는 어쩌면 지에 부인과 가게이 샤토였을지도 모른다고 생각했다. 두 사람이 친밀하게 걸어가는 모습은 잊기 어려울 만큼 아름다웠다.

바로 곁에 있을 터인 사람의 존재를 확인하려고 나는 몸을 뒤척였다. 그리고 깨달았다.

이불에 불룩함이 없다.

어둠 속에서 윗몸을 일으켰다. 건너편에서는 반듯하게 누운 오하라가 쿨쿨 소리를 내고 있었다. 하지만 가운데 이부자리에 미호시 씨의 모습은 없었다.

잠자리를 빠져나와 욕실이며 화장실을 들여다봤지만 아무도 없었다. 방 한쪽으로 밀어놓은 탁자 위에 있을 터인 열쇠가 보이지 않았다.

그냥 모른 척하고 넘어가도 괜찮았을 것이다. 딱히 걱정이 된 것도 아니다. 하지만 나는 꿈에 이끌려 들듯이 미호시 씨를 찾으러 나가기로 했다.

자동으로 잠기는 문이 아닌데 잠그지 않은 채 나가기가 걱정스러웠지만, 열쇠 없이는 밖에서 문을 잠글 방법이 없었다. 아무 일도 없기를 빌면서 조용히 문을 닫았다.

비가 내렸기 때문에 여관 밖으로 나가지는 않았을 거라고 짐작했다. 대욕탕에 갔는지도 모른다는 가능성도 머릿속을 스쳤다. 하지만 다른 데서 눈에 띄지 않는다면 그때 확인해 보면 된다고 생각했다.

다행히 찾는 데 그리 오래 걸리지는 않았다. 로비로 나간 나는 인접한 라운지의 창문 밖으로 차양 아래 평상에 앉아 있는 유카타 차림의 미호시 씨를 발견했다.

바다 쪽을 향하고 밤하늘에서 떨어지는 빗방울을 바라보고 있었다. 그 옆얼굴이 울적해 보여서 나는 말을 건네기가 망설여졌다.

내 발소리를 들었는지 미호시 씨가 돌아보았다. 놀란 표정을 하고 있었다. 나는 창문을 열고 밖으로 나갔다.

"잠이 안 와요?"

고심 끝에 나온 첫 마디가 그것이었다. 미호시 씨는 다시 앞쪽으로 고개를 돌렸다.

"내가 잠을 깨웠나요?"

"아뇨, 깨고 나서야 자리에 없는 걸 알았어요."

오른편 옆에 앉았다. 낮의 화창한 날씨로는 상상도 못 할 만큼 세찬 빗줄기였다.

"생각할 게 많았던 모양이군요. 잠을 못 잔 게 그것 때문이에요?"

"네, 뭔가 좀 망설임이 생겨서……."

"망설임?"

미호시 씨는 고개를 툭 꺾었다.

"부인이 무덤까지 가져간 비밀을 이제 와서 새삼스럽게 파헤쳐도 되는 건지."

아, 하고 금세 알아들었다. 오하라가 찾아낸 가게이와 부인의 사진을 본 뒤부터 미호시 씨가 줄곧 괴로워하는 것 같았기 때문이다.

"불륜이 얽힌 일이니까 그럴 만도 하지요. 그런 생각이 드는 것도 당연해요."

"나는 오하라처럼 즐길 수가 없어요. 이미 고인이 되어 변명도 할 수 없는 분이 꼭꼭 감춰뒀던 것을 헤집고 다니다니, 너무 악취미잖아요."

"하지만 미호시 씨, 엊그제 '산 사람의 마음이 더 중요하다'고 했었지요? 나는 그게 옳다고 생각해요."

"그때는 아직 사진을 보기 전이었으니까요. 살아 있는 사람에게 비밀이 있어도 괜찮은 것처럼 고인에게도 비밀쯤은 있어도 괜찮잖아요."

그녀의 말을 듣고 있으려니 저절로 이런 질문이 내 입을 뚫고 나왔다.

"미호시 씨에게도 비밀이 있어요?"

그녀는 빙긋이 미소 지었다.

"있죠, 나도 사람인데."

우리가 침묵에 잠긴 뒤의 정적을 빗소리가 채웠다. 나에게도 물론 미호시 씨에게 말하지 못한 비밀이 있다. 그게 파헤쳐지는 건 원치 않기 때문에 나도 그녀의 비밀을 알아낼 생각은 없다.

문득 왼편에서 묵직함과 온기가 느껴졌다.

시선을 돌렸다. 미호시 씨가 내 어깨에 머리를 기대고 있었다.

"만일 아오야마 씨가 내가 알지 못하는 누군가와 결혼하고……."

가느다란 그녀의 목소리에 나는 숨이 멎을 듯한 기분이었다.

그런 슬픈 가정은 하지 말아요. 그렇게 생각하면서도 입이 열리지 않았다. 아까 내 고백을 없었던 일로 해버린 건 미호시 씨잖아요, 라고 항의하고 싶어졌다.

"그렇게 세월이 흘러 한참 나이를 먹고, 내가 병들어 이제 곧 죽을 상황이 되었을 때, 아오야마 씨를 다시 만나고 싶다고 한다면, 그때도 나를 만나주실래요? 만나서 내가 해달라는 대로 모두 다 들어주실래요?"

대답할 수 없었다.

고개를 끄덕인다면 지에의 불륜을 인정한다는 뜻이 된다. 고개를 젓는다면 미호시 씨를 버리는 일이 된다. 그래서 그 물음에는 대답할 수 없었다.

그걸 뻔히 알면서 그녀는 물어본 것이다. 잠시 뒤, 숨을 내쉬는 소리가 왼편 귀에 와 닿았다.

"미안해요, 심술궂은 질문이었네요. 잊어버리세요."

"미호시 씨, 나는……."

무슨 말을 하려고 했는지 나 스스로도 알지 못한다. 어쨌든 미호시 씨가 자리에서 일어섰기 때문에 나는 입을 다물지 않을 수 없었다.

"인제 그만 자야겠어요."

여관 안으로 돌아가는 그녀를 붙잡지도, 그밖에 다른 말을 건네지도 못했다.

뿌리 박힌 것처럼 평상에 눌러앉은 채 나는 그로부터 한 시간쯤이나 빗줄기만 바라보았다. 조금 전의 질문에 어떻게 대답했어야 할까, 하고 생각하면서.

다음 날 아침, 미호시 씨는 사라졌다.

제3장 부재의 아침

1

실내를 비추는 눈부신 아침 햇살에 잠에서 깨어났다.

장지문은 닫혀 있었지만 그래도 확실히 알 수 있었다. 날씨가 맑아졌다. 비구름은 밤사이에 지나가 버린 모양이다.

이불 속에서 멍하니 천장을 바라보며 생각했다. 간밤 평상에 앉아 미호시 씨와 얘기했던 게 정말로 현실이었던가. 세찬 비가 쏟아진 것도 그렇고 대화 내용도 그렇고, 모든 게 꿈속의 일이었던 것 같다. 하지만 방으로 돌아가는 미호시 씨를 배웅하고 한참 동안 나 혼자 보낸 뒤에 이 '설화 방'에 돌아왔을 때, 내 옆의 이부자리에서 자는 미호시 씨의 모습을 분명하게 확인했었다. 어둠 속에 푸르스름하게 떠오른 미호시 씨의 잠든 얼굴은 나의 뇌가 만들어내는 꿈에서는 결코 그려낼 수 없을 만큼 아름다웠다.

고개를 돌려 옆자리로 시선을 옮겼다.

미호시 씨가 잠들었던 가운데 이부자리는 깨끗이 개켜져 있었다.

그 시점에는 별다르게 생각하지 않았다. 아침 목욕이라도 하러 간 모양이라고 생각한 정도였다.

하지만 부스스 몸을 일으켰을 때, 탁자 위에 여관 비치용 편지지 한 장을 방 열쇠로 눌러놓은 게 눈에 들어왔다.

무릎을 밀며 탁자로 다가갔다. 편지지에는 미호시 씨의

필체로 다음과 같이 적혀 있었다.

**아오야마 씨, 오하라, 이번 일에 끌어들여 놓고, 미안합니다.
하지만 이제부터는 나 혼자서 알아보고 싶어요.**

아직 꿈속에 있는 건가. 아니면 잠이 덜 깨서 글씨를 제대로 읽지 못한 것인가. 그런 생각을 하면서 나는 몇 번이나 편지를 다시 읽어보았다. 하지만 그곳에 적힌 문장은 달라지지 않았다.

간밤의 미호시 씨의 모습이 머릿속에 떠올랐다.

─부인이 무덤까지 가져간 비밀을 이제 와서 새삼스럽게 파헤쳐도 되는 건지.

나는 왜 태평하게 잠만 자고 있었을까. 편지를 쓰고 이불을 개키는 미호시 씨의 기척도 알아차리지 못하고.

아직도 자는 중인 오하라 옆으로 다가가 그녀의 어깨를 흔들었다.

"오하라, 일어나."

반응이 없었다. 다시 좀 더 세게 흔들었다.

"일어나라니까. 큰일 났어."

오하라의 미간에 주름이 잡혔다.

"깼어?"

"끄으응, 나, 오하라 아닌데요."

이불을 뒤집어쓰고 다시 자려고 했다. 그 이불을 홱 걷었다.

"지금 장난칠 때가 아니라니까."

"으, 추워."

"됐으니까 얼른 일어나. 미호시 씨가 사라졌어!"

"헉, 사라졌다고요?"

오하라가 벌떡 일어섰다. 유카타는 흐트러지고 머리는 부스스했다.

"이거 봐."

미호시 씨가 써놓고 간 편지를 내밀자, 오하라는 급히 들여다보았다. 그리고 부르짖었다.

"말도 안 돼!"

자다 깨서 그런지 목소리가 컬컬했다.

"이거, 뭔 소리예요? 느닷없이 자기 혼자서 알아보겠다니?"

"그건……."

나는 간밤에 미호시 씨와 나눈 대화 내용을 오하라에게 전했다.

"아마도 미호시 씨는 이제부터 부인에 관한 불미스러운 사실이 밝혀질 경우를 예상하고, 고인의 명예를 지켜주기 위해 혼자서 그걸 짊어지려는 생각일 거야."

"아무리 할머니를 위해서라지만 그런 걸 미호시 언니가

독차지할 권리가 있어요? 나는요, 친손녀라고요."

오하라의 말도 일리가 있었다. 나는 중간에서 어떻게 해야 할지 난감했지만, 우선 오하라를 달랬다.

"아무리 오하라가 미호시 씨를 이해하지 못하겠다고 해도 그녀는 이미 사라져 버렸어. 단 하나의 단서였던 사진도 그녀가 가져갔고. 이제 우리가 할 수 있는 일은 없어."

하지만 오하라는 그 정도로 물러설 만큼 말을 잘 듣는 여고생이 아니었다.

"아오야마 씨, 우리끼리 알아보기로 해요. 어쩌면 어딘가에서 미호시 언니를 따라잡을 수도 있잖아요. 아니, 미호시 언니보다 먼저 진실을 손에 넣을 수도 있어요."

"하지만 미호시 씨가 이번 일에 더 이상 관여하지 말아 줬으면 하는데 내가 그걸 무시할 수는······."

"아니, 그럼 이쪽 지리에 깜깜한 여고생을 혼자 헤매게 할 거예요? 그러다 혹시 내 신상에 무슨 일이라도 생기면 아오야마 씨, 꿈자리가 뒤숭숭할 텐데?"

아무래도 방금 나는 협박을 받은 것 같다. 무슨 이런 고등학생이 다 있는가.

"알았어, 오하라가 속이 후련할 때까지 내가 함께 다닐게."

일단 져주기로 했다. 오하라가 손뼉을 따악 쳤다.

"좋았어, 그렇게 나오셔야지!"

"근데 알아보다니, 오하라는 대체 뭘 알아보고 싶은 거지?"

"없어진 한가운데 그림을 찾아봐야죠. 그것만 발견되면 모든 게 다 밝혀질 거예요."

오하라는 아주 적극적이었다. 역시 보상금 1천만 엔에 눈이 어두워진 것인가.

나는 어떤가 하면, 솔직히 오하라와 둘이 돌아다녀 봤자 새로운 사실을 알아낼 수는 없다고 생각했다. 그냥 어린애의 산책에 따라가는 보호자 노릇이나 하자고 마음먹었다. 나중에 미호시 씨가 나무란다면 그때는 순순히 사과하면 된다.

시각은 8시였다. 세수하고 옷을 갈아입고, 어제 그 레스토랑에서 조식을 먹었다. 생선구이, 냉두부, 계란말이 등등, 고급스러우면서도 담백한 조식이었다.

9시 반쯤 여관을 나왔다. 숙박비는 이미 미호시 씨가 모두 합해 결제했다고 한다. 이건 나중에 각자 계산해서 돌려주지 않으면 안 된다.

"그래서 어디로 가시려고?"

나는 오하라의 지시를 여쭈었다.

"아마노하시다테를 걸어서 건너보기로 하죠. 화가 할아버지와 할머니도 그림을 그리기 위해 여러 번 걸었을 테니까."

별다른 기대는 없었지만, 일단 가보지 않고서는 알 수 없는 게 있을지도 모른다. 우리는 어제도 걸었던 사찰 길을 지나 아마노하시다테로 향했다.

아마노하시다테는 맞은편 해안까지 육지로 이어진 게 아니라 남쪽 끝에는 다리가 걸려 있다. 회선교라는, 배가 지나갈 때는 수평으로 90도 회전하는 희귀한 다리였다. 기왕 온 김에 회전하는 모습도 보고 싶었지만, 근처 관리실 직원 얘기를 들어보니 하루에 두세 번밖에 돌리지 않고 언제 돌릴지도 알지 못한다고 한다. 깨끗이 포기하고 우리는 갈 길을 서둘렀다.

아마노하시다테는 거의 정남북으로 뻗어 있고 동측이 모래사장, 남측이 소나무 숲길로 되어 있다. 회선교를 건너자마자 만나는 동측이 아마노하시다테 해수욕장이다. 우리는 모래사장으로 걸음을 옮겼다.

"바다, 너무 예쁘다!"

오하라의 감상에 나도 동의했다.

"에메랄드 빛에 바닥까지 훤히 보이네. 사진을 찍으면 남쪽 나라라고 해도 다들 믿을 것 같다."

작은 해수욕장이지만 여름에는 사람들로 북적거릴 터였다. 모래사장은 네모나게 잘라낸 것 같고, 맞은편으로도 육지가 보이는 경관이 특이했다.

바닷가를 북쪽으로 걸었다. 모래사장은 반듯한 게 아니라 반원이 여러 개 겹친 듯한 모양이었다. 파도가 들이치는 바다에서 한참 떨어진 모래밭까지 젖어 있어서 간밤의 비가 꿈속의 일이 아니었다는 것을 실감했다.

희미하게 안개 낀 하늘에 바닷바람은 살갗에 차갑게 불어왔다. 이십 분쯤 걸었을 때, 오하라가 문득 발을 멈췄다.

"그 사진, 여기쯤에서 찍은 거 아니에요?"

실제 사진이 없어서 기억에 의지할 수밖에 없지만, 모래사장의 풍경은 어디든 비슷해서 나는 긍정도 부정도 할 수 없었다. 다만 7년 전 풍경과 하나도 달라지지 않은 것 같다는 느낌은 들었다.

"당연한 얘기지만, 두 분 외에 그 사진을 찍어준 사람이 있었겠지?"

나는 내내 마음에 걸렸던 것을 꺼내보았다.

"즉, 두 분에게 동행인이 있었다는 얘기야."

"여관에서는 분명 단둘이 숙박했다고 했는데요?"

"아, 이 근처에 사는 사람이라면 굳이 여관에서 잘 필요는 없어."

"그럼 혹시 현지 가이드?"

"맞아, 그럴 수도 있지. 누구든 그때 동행인이 있었다면 한가운데 그림은 그 사람이 갖고 있을지도 모르겠다."

게다가 동행인이 있었다면 불륜이라는 설은 힘을 잃게 된다. 하지만……

"미호시 언니가 가져온 앨범 속 사진에 그런 사람은 없었고, 가게이 할아버지의 사진에도 없었어요. 그러니까 동행인이 있었다는 건 무리한 얘기인 거 같은데? 아마 그 사진을 찍을 때만 근처를 지나가던 사람에게 부탁했겠죠, 가게이 할아버지가 카메라를 내밀면서."

오하라의 반론이 합당했기 때문에 나는 동행인이 있었을 가능성은 지우기로 했다.

"그러고 보니, 왜 그 사진만 지에 부인이 갖고 있었을까."

오하라는 그게 뭐가 이상하냐는 듯이 대꾸했다.

"기념사진이니까 헤어지기 전에 인화해서 건네준 모양이죠."

"까먹었어? 포켓 앨범에 사진 한 장 분의 빈 곳이 있었어."

거기에 그 사진이 들어 있었던 거라면 일단 가게이가 자택에 가져갔었다는 얘기가 된다.

"거기에는 다른 사진이 들어 있었다…… 라는 가능성도 있잖아요."

오하라는 그렇게 말했지만 귀찮아서 대충 둘러대는 것처럼 들렸다.

"그 앨범에 끼워야 했을 사진이 한 장, 그리고 앨범에서 꺼내간 한 장 분의 빈자리, 그렇다면 사진은 원래 거기에 들어 있었다고 보는 게 자연스럽잖아?"

"그러면 나중에 우편으로라도 보내준 모양이죠. 응, 그거네, 틀림없네."

분명 그것도 맞는 말이다. 그렇다면…….

"두 사람이 이곳을 떠나 헤어진 뒤에도 편지를 주고받

왔다는 건가?"

"뭐, 그렇다고 봐야겠죠."

오하라가 휙휙 내던지듯이 대답하는 게 마음에 걸렸지만, 여기서 나올 수 있는 결론은 그것밖에 없다.

"그래도 영 마음에 걸리는데…… 부인은 모카와 씨를 속이고 가출했고, 돌아온 뒤에도 일기에 단 한 줄도 남기지 않을 만큼 가게이 씨 일을 남편에게 들키지 않도록 조심했어. 그런데 그 뒤에도 가게이 씨와 편지를 주고받았다는 건 좀 이상하잖아."

"가게이 씨가 일방적으로 사진을 보냈을 수도 있죠."

"그렇더라도 이상하다는 얘기야. 사진을 집 안에 간직한 것 자체가 애초에 부자연스러워."

"그런 거, 끙끙 고민해 봤자 쓸데없어요. 실제로 할머니가 사진을 몰래 감춰뒀잖아요."

그야 그렇지만, 하고 입을 다물어버린 나를 보고 오하라는 기세가 오른 모양이다.

"오히려 사진을 몰래 간직했다는 게 바로 불륜의 증거 아니에요? 할머니에게 가게이 씨는 소중한 사람이었고, 그래서 그 사진을 차마 버릴 수 없었던 거예요."

또 불륜, 불륜, 한다. 나는 멈춰 서서 오하라의 눈빛을 보며 그 진의를 확인하려 했다.

"너, 할머니가 실제로 불륜을 저질렀으면 좋겠다고 생각하는 거 같다?"

오하라는 눈을 깜빡거리더니 발밑의 모래를 걷어찼다.

"아니, 그게 아니라…… 난 그냥 사실을 알고 싶은 것뿐이라고요."

"글쎄 그럴까? 손녀라면 일반적으로 할머니가 할아버지를 배신하지 않았기를 바랄 텐데 말이야."

"일반적? 일반적이라는 게 뭔데요? 나는요, 할머니가 불륜을 저질렀어도 그런 걸로 할머니를 싫어하지 않을 자신이 있어요. 할머니가 원하는 대로 살았다면 오히려 그게 더 좋죠."

원하는 대로 살았다? 그 말에 나는 뭔가 석연치 않은 느낌이 들었다.

"오하라, 지금 사귀는 남자 친구 있어?"

맥락 없는 질문으로 들렸던 것이리라. 오하라는 푸홋 웃음을 터뜨렸다.

"아오야마 씨, 요즘에는 그런 질문, 성희롱에 해당하거든요?"

"잘난 척하지 마. 나도 아무 이유 없이 물어본 게 아니니까."

"네네, 나 따위는 아무렇게도 생각하지 않으신다니 어련하시겠어요."

어제 내가 했던 말을 꺼내 비꼬아 준 뒤에 그녀는 대답했다.

"남자 친구 있어요. 우리 반 남학생."

"엇, 있었어?"

"이 대목에서 놀라는 거, 실례 아니에요?"

"아니, 그런 뜻이 아니라……. 남자 친구가 있는데 그러면 안 되잖아, 나한테 슬슬 접근하는 거."

고지식하시기는, 이라고 오하라가 입을 삐죽거렸다. 그리고 불쑥 말했다.

"근데 우리, 잘 안 풀려요."

그 목소리가 무척 쓸쓸한 느낌이었기 때문에 나는 조금 더 이야기를 들어보기로 했다.

"어떻게 안 풀리는데?"

"그 친구, 질투도 심하고 속박도 심하고, 나, 학교에서 엄청 갑갑해요. 항상 그런 일로 싸워서."

고등학교 시절을 돌아보면 오하라의 남자 친구 같은 녀석이 남녀를 불문하고 드물지 않았다.

"그래서 가끔은 그 친구 없는 곳에서 스트레스를 해소하고 싶어요. 바람피우는 것까지는 아니지만, 다른 남자와 얘기하다 보면 너무 즐거운 느낌?"

"스트레스 해소라니……."

"오늘 이것도 스트레스 해소. 아오야마 씨, 나이 차이가 느껴지지 않을 만큼 말하기도 편하고."

여고생의 말에 남자로서 휘청거릴 만큼 나는 유약하지

않다고 자부한다. 다만 오하라가 불륜에 대해 결벽한 가치관을 갖지 못한 이유는 이해가 되었다.

그다음의 한마디는 가볍게 내뱉은 것도, 오하라의 연애를 무시한 것도 아니다. 내 나름의 성의에서 나온 것이었다.

"헤어지는 게 좋아."

하지만 그런 얘기를 귀가 닳도록 들어온 사람처럼 오하라는 피식 웃으며 대답했다.

"그래도 내가 걔를 좋아해요."

"그건 진짜로 좋아하는 게 아니야."

오하라는 화내지 않았다. 앞을 향한 채 걸음을 옮겼다.

"그건 아오야마 씨가 결정할 일이 아니에요."

"네가 원하는 대로 마음껏 살아도 돼. 그런 속 좁은 남자친구 따위에 얽매이지 말고."

오하라가 깔깔깔 웃음을 터뜨렸다.

"아오야마 씨, 아까는 할머니의 불륜을 바라느냐고 나무라더니 이제는 할머니처럼 원하는 대로 살라니, 대체 어느 쪽이에요?"

"그게 아니라…… 나는 그냥 누군가를 사랑한다는 걸 조금 더 진지하게 생각해 봤으면 좋겠다는 얘기야."

나 역시 잘난 척하는 말을 내뱉을 입장이 아니다. 그건 잘 알고 있다. 그래도 오하라는 순순히 대답해 주었다.

"좋아요, 마음에 새겨둘게요."

아마노하시다테를 도보로 다 건너는 데는 한 시간쯤 걸린다. 그대로 왼편으로 바다를 바라보며 걸어가자 '관광선 승선장 이치노미야 역'이라고 적힌 건물이 나타났다. 여기서 배를 타고 아마노하시다테의 남단까지 되돌아갈 수 있는 모양이다.

"이제 어떻게 하지?"

나는 오하라에게 물었다. 그녀는 턱에 손을 짚고 생각에 잠겼다.

"흠, 아마노하시다테에서 알아볼 것은 충분히 다 알아본 거 같고……. 그럼 다시 한번 할머니의 신변을 탐색해 보죠. 그저께 할아버지네 집에 갔을 때는 아직 한가운데 그림을 찾겠다는 목적이 없었잖아요. 그림 자체는 없었다지만, 그밖에 뭔가 못 보고 놓쳤을 수도 있어요."

"그건 그렇다. 좋아, 교토 시내로 돌아가 볼까."

우리는 관광선 표를 사서 배에 올랐다. 갑판에 나가면 갈매기에게 먹이도 줄 수 있는 배였다. 풍광명미한 아마노하시다테의 소나무 숲길을 진행 방향의 왼편으로 바라보며 십이 분쯤 걸려 문수 지구로 돌아왔다. 그리고 아마노하시다테 역에서 다시 차표를 사 하시다테 특급열차를 타고 단고를 뒤로했다.

2

 오후 2시경, 교토 역에 도착했다. 교토 역 옆의 호텔에서 머무는 오하라와 전화번호를 교환하고 일단 헤어졌다. 나도 집에 돌아가 옷을 갈아입는 등 준비를 마쳤다.

 두 시간 뒤에 커피점 탈레랑 정원에서 합류한다는 것은 사전에 상의했다. 내가 먼저 도착했고 오하라도 십여 분이 지나서 모습을 드러냈다.

 "자, 그럼 모카와 씨 댁에 가볼까."

 그렇게 걸음을 떼려는 내 옷소매를 오하라가 붙잡았다.

 "나, 할아버지네 집 열쇠, 없어요."

 "그래? 아버님한테서 받아오면 안 될까?"

 "안 되죠. 미호시 언니한테 얘기 못 들었어요? 아빠는 화과자점 일 때문에 하마마쓰 집에 갔다니까요."

 깜빡했다. 부인의 유품을 다시 조사해 보려고 탈레랑에서 만나기로 약속했는데 정작 그 집 열쇠가 없다니.

 "그러면 별수 없네. 병원에 가서 모카와 씨한테 열쇠를 달라고 해야지."

 "할아버지 열쇠는 지금 미호시 언니가 갖고 있지 않았던가요?"

 "아참, 그렇지. 이거야, 모처럼 합류했는데 어쩔 수 없네."

 내가 냉큼 포기한 것은 오늘의 조사가 내가 주도한 게 아니었기 때문이다. 오하라가 여기서 그만 해산하자고 한다면 연일 강행군으로 지쳐 있던 나로서는 오히려 좋은 일이다.

하지만 내 뜻대로는 되지 않았다. 오하라가 안달복달 방법을 강구해 낸 것이다.

"그러면 할아버지한테 여기 탈레랑 열쇠라도 받아오는 건 어때요?"

"탈레랑 열쇠는 둘이 각자 갖고 있었으니까, 모카와 씨도 있을 것 같긴 한데."

"아오야마 씨, 병원에 가서 좀 가져오세요."

"아니, 왜 내가? 제삼자인데 나한테 내주실 리가 없어. 오하라가 가는 게 낫지."

"난 여기에 딱 한 번 와본 것뿐인데, 열쇠를 맡기겠어요? 단골손님인 아오야마 씨가 그나마 믿음직스럽겠죠."

"끄응." 나는 한껏 양보해서 다시 제안했다. "그러면 둘이 가서 부탁해 볼까?"

"안 돼요. 혼자 가셔서 무릎 꿇고 빌기라도 해서 받아오세요."

이상한 대목에서 고집이 세다. 내가 왜 그렇게까지 해야 한단 말인가.

"글쎄 나한테는 내주지 않으실 거라니까…… 엇?"

탈레랑 창문 너머에서 뭔가가 움직이는 기척을 감지하고 나는 시선을 던졌다.

샤를이었다. 창가에 앉아 마치 자신의 존재를 어필하듯이 열심히 털을 핥고 있었다.

"미호시 씨가 가게에 없으면 샤를은 지금 누가 돌봐주는 거지?"

이건 혼잣말이었는데 오하라가 즉각 반응했다.

"아, 그거네! 미호시 언니가 행방불명이고 그래서 고양이를 돌봐줘야 한다고 말하면 열쇠를 내줄 거예요. 가게 안에 뭐가 어디 있는지도 모르는 나보다 고양이 사료 보관 장소를 훤히 아는 아오야마 씨가 말하는 게 더 자연스럽잖아요."

결국 나는 오하라의 설득에 넘어가고 말았다.

"알았어. 그럼 내가 다녀와야겠네."

"되도록 빨리 와주세요."

어쩐지 석연치 않은 마음으로 오하라의 재촉을 받으며 나는 모카와 씨가 있는 병원을 향해 출발했다. 가는 길에 화과자 가게에 들러 두 번째 병문안 선물도 샀다. 물론 이것도 내 지갑을 털어서 산 것이다.

병원은 마침 면회 시간이어서 순조롭게 모카와 씨의 병실에 들어갈 수 있었다. 3일 만에 보는 모카와 씨는 역시 환자답게 예전의 패기는 찾아볼 수 없었다.

"예쁜 간호사, 있었어요?"

일부러 모카와 씨가 반길 만한 화제를 던져봤지만, 반응은 탐탁지 않았다.

"알 게 뭐야. 일일이 얼굴 보고 미인을 판정하는 것도 다 귀찮어."

정말로 모카와 씨답지 않은 소리를 한다. 깜빡 잊고 사과 필링을 넣지 않은 애플파이 같다.

"실은 오늘 아침에 미호시 씨가 자취를 감춰버렸어요. 모카와 씨의 부탁을 들어드리려고 여기저기 알아보고 다니는 모양인데, 저는 미호시 씨는 어찌 됐든 우선 샤를이 걱정이네요. 괜찮으시면 탈레랑 열쇠, 잠깐 빌려주시겠어요?"

그동안 조사한 내용을 내 판단에 따라 마음대로 얘기할 수도 없어서 그런 식으로 적당히 얼버무렸다. 모카와 씨는 거절할 기운도 없다는 듯이 대충 턱 끝으로 가리켰다.

"열쇠는 저기 서랍에 있으니까, 자네가 꺼내 가."

"고맙습니다, 이렇게 저를 믿고······."

"믿기는 뭘 믿어? 뭔가 없어졌다가는 자네를 범인으로 지목할 거여."

"그, 그런 건가요······."

서랍을 열고 가죽 열쇠지갑을 꺼냈다. 일단 확인은 해봤지만, 역시 집 열쇠는 미호시 씨에게 줬다고 한다.

"그럼 잠시 가져갑니다. 미호시 씨와 합류할 때까지 제가 갖고 있겠지만, 어쨌든 곧 다시 돌려드릴게요."

"언제든 상관없어. 그보다 우리 가게에 여자 데려오면 안 돼."

"그런 것 때문에 제가 일부러 과자까지 들고 병문안을 하겠습니까."

오하라를 데려갈 예정이라는 건 슬쩍 덮어두었다.

"그럼 이만 갈게요. 너무 우울해하지 마시고요, 기운 내세요, 오하라도 걱정하던데."

병실을 나서기 전에 그렇게 인사를 건네자 모카와 씨가 눈을 깜작거렸다.

"오하라도 교토에 와 있어?"

"예? 할아버지 병문안 간다고 했었는데?"

"생 거짓말이구먼. 난 그 아이, 본 적이 없어."

선뜻 믿을 수 없는 말이어서 나는 되물었다.

"모카와 씨, 혹시 깜빡하신 거 아니에요? 아파서 의식이 몽롱했다든가."

"난 의식이 몽롱했던 적이 없어. 오하라는 병문안하러 온 적이 없단 말이여."

모카와 씨의 말이 맞다면 오하라는 어째서 그런 거짓말을 했을까. 거기까지 생각하다가 나는 오하라가 했던 말들을 머릿속에 떠올렸다.

―할아버지 병문안하려고. 봄방학이라서 시간도 있고.

―모처럼 교토에 왔는데 병문안만 하고 돌아가기도 아쉬워서 여기저기 구경 좀 하려고.

남이 한 말을 한 글자 한 구절 틀리지 않고 기억하는 게 특기인 나다. 가만 생각해 보니 오하라는 병문안을 다녀왔다는 말은 한 번도 한 적이 없다. 적어도 거짓말은 하지 않았다.

"아, 죄송합니다, 제 지레짐작이었네요. 오하라가 병문안을 다녀왔다고 한 적은 없었어요."

"그렇다면 됐어. 근데 모처럼 교토에 왔으면서 병문안도 안 오고 뭐 하는 게야, 오하라는?"

그것도 그렇다. 가장 먼저 병원부터 찾아야 했고, 어제오늘은 어찌 됐든 그저께는 시간도 넉넉했을 터였다.

마음에 걸렸지만, 나중에 오하라에게 직접 확인해 보면 된다. 나는 모카와 씨에게 말했다.

"병문안 다녀오라고 제가 얘기할게요."

어쨌든 순조롭게 열쇠를 손에 넣었다. 병원을 나와 서둘러 탈레랑으로 돌아왔다. 계속 그 자리에 있었던 건 아니겠지만, 정원에 오하라의 모습이 있었다. 열쇠지갑을 흔들어 보이자 오하라는 엄지손가락을 치켜들었다.

"나이스! 단골손님이라는 거, 진짜였네요?"

"뭐, 그렇지. 모카와 씨가 전폭적인 신뢰를 보여주셨어."

나는 문에 열쇠를 꽂으며 말했다.

"그보다 오하라가 교토에 와 있는 거 알고 섭섭해하시더라. 왜 아직도 병문안을 안 갔어?"

오하라는 꾸지람을 들은 어린애 같은 얼굴이 되었다.

"교토에 왔더니 이래저래 재미있는 게 많아서. 병문안은 언제든 갈 수 있으니까 자꾸 뒤로 미뤘더니."

"이해가 안 되는 건 아니지만, 그럴 거면 아까 나하고 같이 갔으면 좋았잖아."

"지금 가도 어떤 얼굴을 해야 좋을지 모르겠고. 그냥 할머니 일이 정리된 다음에 갈래요."

역시 이상한 대목에서 고집이 세다. 여고생의 섬세하고 복잡한 심리를 나는 도저히 이해할 수 없을 것 같다.

열쇠는 저항 없이 열리고, 둘이 안으로 들어갔다. 샤를의 밥그릇과 물그릇부터 살펴보니 아직 충분한 양이 들어 있었다.

"엇, 미호시 씨가 한 차례 다녀간 거 같은데?"

"진짜네? 그럼 이 근처에 있는 건가요?"

"우리처럼 부인의 유품을 다시 점검해 볼 생각이었다든가?"

오하라는 열쇠를 가지러 간 나를 기다리는 사이에 모카와 씨의 자택 앞까지 가봤다고 한다.

"벨을 눌러봤는데 반응이 없었어요. 안에 있으면서 없는 척했을 수도 있지만, 전혀 아무 기척도 없었는데?"

"그래? 샤를을 위해 그냥 잠깐 들른 거라면 지금 미호시 씨의 발자취를 더듬는 건 어렵겠다."

우리는 분담해서 탈레랑 가게 안을 조사했다. 휴식을 취하는 안쪽 스태프실, 깨진 커피잔을 넣어둔 찬장까지 샅샅이 들여다보았다. 하지만 전체적으로 커피점 영업에 필요한 것 이외에는 별다른 게 없었다. 지에 부인과 관련된 것도, 더구나 가게이의 유작으로 연결될 만한 것도 눈에 띄지 않았다.

성과가 없는 채 한 시간여가 지나갔다. 이미 주위는 어둑어둑해졌다. 아마노하시다테를 걸어서 건넜고 교토 시내를 오고 가며 쉴 새 없이 움직였던 나는 역시나 지쳐버려서 오하라에게 제안했다.

"잠깐 커피라도 마실까?"

"아오야마 씨, 여기 주방 사용법도 알아요?"

"전에 미호시 씨와 똑같은 맛의 커피를 내리려고 사용해 본 적이 있거든."

그게 한 여성을 위해서였다는 것은 굳이 밝히지 않았다.

오하라를 카운터 자리에 앉히고 나는 커피를 내리기 시작했다. 물을 담은 주전자를 불에 올리고, 구형 호퍼가 딸린 클래식한 핸드밀로 두 잔분의 원두를 갈았다. 냉장고에서 물에 적신 플란넬 천을 꺼내 핸들에 장착하고 서버에 세팅한 다음, 원두를 넣는다. 잠시 뜸을 들였다가 주전자로 뜨거운 물을 천천히 부었다. 복욱한 향기가 가게 안에 피어올랐다.

백자 잔에 커피를 따라 오하라에게 내밀었다. 이번에는 처음부터 우유와 설탕을 타서 마시고 있었다.

"응, 맛있어요!"

나도 맛을 보았다. 미호시 씨가 내려준 커피에 비하면

뭔가 좀 부족한 것처럼 느껴졌지만, 그래도 제법 괜찮게 내려졌다.

"내가 처음 커피를 마셨던 게 중학생 무렵이야. 어떤 사람과의 만남이 계기가 됐지."

무심코 나는 그런 얘기를 시작했다.

"처음에는 그냥 쓰디쓴 한약 같았어. 근데 자꾸 마시다 보니 점점 빠져들더라고. 이제는 블랙으로도 맛을 느끼게 됐어. 지금도 생각난다, 꾹꾹 참으며 억지로 마셨던 아직 어린 시절의 그 마음이."

바로 10여 년 전의 기억일 뿐이다. 그 무렵의 나 자신에 지금의 오하라가 겹쳤다.

"오하라도 분명 지금보다 더 커피가 좋아질 거야. 꼭 그러기를 바라는 마음도 있고. 여기서 마신 커피가 그 계기가 되었으면 좋겠다."

"왜요?"

"오하라의 할머니가 사랑하셨던 맛이니까. 그 맛을 지금도 미호시 씨가 이어가고 있거든."

오하라는 이미 충분히 섞였을 터인 커피를 티스푼으로 다시 저으며 불쑥 중얼거렸다.

"우리 할머니, 가게를 개업할 만큼 커피를 좋아하셨던 거네요."

탈레랑은 커피 전문점을 표방하고 있고, 커피에 얽힌 명언을 남긴 백작의 이름을 얹고 있는 것만 봐도 알 수 있듯이 기본적으로 커피를 강점으로 하는 가게다.

"모카와 씨와 결혼하기 전이었다니까 벌써 반세기 가까운 세월이야, 탈레랑을 개업한 게."

"가게를 개업하게 된 경위를 아오야마 씨도 알아요?"

"질문을 받고보니, 실은 자세한 얘기까지는 들은 적이 없었네? 지에 부인의 집안이 이 일대의 토지를 소유하고 있었고, 그 유산을 바탕으로 개업했다는 것밖에는."

거기서 나는 한 가지 생각이 떠올랐다.

"아, 분명 로스터와는 가게를 개업하기 전부터 알고 지냈다고 했어."

"로스터? 바닷가재 말이에요?"

"그건 로브스터. 로스터는 커피 원두를 볶아주는 곳이야. 탈레랑에서 사용하는 원두는 교토의 기타오지 거리에 있는 로스터에게서 전량 매입하고 있어."

사실을 말하자면, 나는 아직 그곳에 가본 적이 없다. 탈레랑을 제치고 내가 그쪽 로스터의 원두를 사는 건 마술의 트릭을 염탐하는 짓 같아서 꺼림칙했기 때문이다.

"그 로스터 점주가 상당히 나이가 많고, 지에 부인과는 오래전부터 친한 사이였다고 들었어. 탈레랑이 개업하기 전이니까 부인이 스무 살 때쯤부터 알고 지낸 거야."

오하라의 표정이 빛을 받은 듯 환해졌다.

"혹시 그 점주가 가게이 할아버지에 관해서도 알고 있다면……."

"그렇다면 찾아가서 얘기를 들어볼 가치가 있겠지?"

"아오야마 씨, 당장 가봐요. 그 로스터, 몇 시까지 영업해요?"

스마트폰으로 검색해 보았다. 로스터의 공식 홈페이지가 있었고, 그에 따르면 저녁 7시까지 영업한다. 현재 6시를 좀 넘은 시각이다. 기타오지까지 서두르면 영업시간 내에 갈 수 있다.

"꾸물거릴 때가 아니네. 오하라, 커피 다 마셨어?"

"네, 잔은 내가 씻을게요."

우리는 잔이며 서버 등을 씻어두고 플란넬 천은 원래대로 냉장고에 넣어둔 뒤, 급하게 탈레랑을 나섰다. 닫히는 문을 향해 샤를이 잘 다녀오라는 듯 야옹 하고 울었다.

3

시간이 급해서 마루타마치로 나가 택시를 탔다. 기타오지에서 골목으로 잠깐 들어간 곳에 목적지인 로스터가 있었다.

오랜 역사를 가진 가게라고 들었기 때문에 아마도 옛날 동네 상점 같을 거라고 상상했다. 하지만 로스터는 기타오지 지역 분위기에 딱 어울리는, 흰색과 원목색을 바탕으로 한 세련된 건물이었다. 아직 새 건물인 걸 보면 어느 시점에 개축한 게 틀림없다. 그러고 보니 아까 검색했던 홈페이지도 새로웠다.

출입문 유리창에 흰색 페인트로 '네즈 로스터/NEDU ROASTER'라는 가게 이름이 영어와 함께 적혀 있었다. 탈레랑 같은 커피점을 대상으로 한 영업용뿐만 아니라 개인에게도 원두를 판매하는 모양이다. 나는 그 문을 열고 안으로 들어갔다.

가게 내부도 외관과 마찬가지로 환하고 산뜻했다. 우선 눈에 띄는 것은 가게 안쪽에 놓인 거대한 드럼식 배전기였다. 증기기관차처럼 까맣고, 상부에는 생두를 투입하는 호퍼, 중앙에는 커피를 로스팅하는 드럼 부분, 앞쪽에는 로스팅한 원두를 식혀주는 냉각박스가 보였다. 지금 이 시간에는 가동을 멈춘 것 같았다.

다시 그 앞에는 원두를 담은 패키지가 줄지어 진열된 카운터가 있고, 그 옆 둥근 의자에 한 노인이 앉아 있었다. 처음 마주한 그의 이름이 '네즈 센이치'라는 것은 미호시 씨에게서 들어서 이미 알고 있다. 말끔하게 빗어 올린 백발과 올빼미를 연상시키는 용모에 가로줄무늬 폴로셔츠가 잘 어울렸다.

탈레랑 커피의 향미는 예전에는 그와 지에 부인이, 그리고 이제는 그와 미호시 씨가 이인삼각이 되어 유지해 왔다. 미호시 씨는 날마다 커피 맛을 음미하고 네즈에게 세세한 주문을 단다. 네즈는 그 주문에 따라 로스팅 온도나 시간 등을 미세하게 조정해 정확히 응해준다. 그 섬세한 기술은 그야말로 일류급이라고 미호시 씨는 말해왔다. 70대 후반에 접어든 뒤로는 아무래도 혼자 꾸려가기 어려워서 요즘에는 2대의 아들이 물려받아 부친에게 지지 않을 장인의 기술을 발휘하고 있다.

지금, 가게는 점주 네즈 센이치 혼자서 지키고 있는 모양이다. 우리가 들어온 것을 모르지 않을 텐데도 아무 내색 없이 카운터 근처만 응시하고 있었다.

"실례합니다."

말을 건네자 그제야 얼굴을 이쪽으로 향했다.

"저희는 커피점 탈레랑의 관계자인데요, 혹시 오늘 미호시 씨가 다녀갔습니까?"

노점주는 완만한 동작으로 자리에서 일어나 이쪽으로 다가왔다.

"미호시라면 오늘은 안 왔네. 며칠 전에 모카와 마타지 씨가 쓰러져서 한동안 임시휴업한다고 며칠 전에 전화 연락이 왔었어."

컬컬한 목소리에 느긋한 말투였다.

미호시 씨는 우리와는 다른 루트로 조사를 진행하는 모양이다. 그녀의 동향도 마음에 걸렸지만, 우리가 이곳에 온 목적은 다른 데 있었다.

"실은 탈레랑의 선대 부인에 관해 여쭤볼 게 있어서 찾아왔습니다."

"지에 씨 얘기? 당신들, 누구지?"

"저는 모카와 지에의 손녀예요. 이쪽은 저와 함께 온 미호시 언니의 남자 친구."

오하라가 앞으로 나서서 소개했다. 남자 친구라는 말은 정정할까 하고 생각했지만, 일단 그런 설정으로 해두는 게 네즈의 입이 열리기 쉬울 것 같아서 마음을 돌렸다.

"오, 자네가 미호시의 남자 친구야?"

품평하는 듯한 눈빛을 던져왔다. 나는 웃음으로 대충 얼버무리고, 질문으로 넘어갔다.

"미호시 씨가 오늘 아침부터 행방이 묘연해졌어요. 그게 선대 부인과 관련된 일 때문이라서, 저희도 부인에 대해 알아보는 중입니다."

"무슨 일인지는 모르지만, 뭐, 좋아. 그래서 지에 씨에 대해 뭘 알고 싶다는 건가?"

"네즈 씨는 부인과 젊은 시절부터 알고 지내셨다고 들었습니다만."

자연스럽게 내가 이야기의 주도권을 쥐는 모양새가 되었다.

"그랬지. 처음 우리 가게에 왔을 때, 지에 씨가 딱 스무 살이었어. 스스럼없이 얘기도 잘하고, 아주 재미있는 아가씨었지."

연장자다운 말이다.

"이곳에는 어떻게 찾아오게 되었지요?"

이 평범한 질문이 갑작스레 핵심을 찔렀다.

"어떤 남자를 따라왔어."

"어떤 사람인지, 기억하십니까?"

"화가 지망생 청년이었어. 두 사람은 당시에 연인 사이였고."

나는 오하라와 눈을 마주쳤다. 기대했던 그대로 얘기가 흘러가는 바람에 가슴이 두근거렸다.

"그 청년, 이름이 가게이였던가요?"

"응, 그렇다고 들었어."

"그러면 원래는 가게이 씨가 이 가게의 고객이었던 모양이지요?"

"그렇지. 서양화를 집중적으로 공부한다는, 아주 대단한 하이칼라였어. 지에 씨도 그런 점에 마음이 끌렸겠지. 분명 처음에는 같은 카페의 단골이었고 그래서 서로 친해졌다고 들었어."

커피 생두의 국내 수입이 자유화되면서 국산 인스턴트 커피가 발매되고 일반 가정에도 커피가 보급된 게 1960년대의 일이다. 캔 커피가 널리 퍼진 것은 1970년대 오사카 만국박람회가 계기였다. 일반 시민에게 커피가 서서히 친근한 것이 되어가던 60년대에 직접 로스터 가게를 찾아 원두를 사고 커피를 내려 마신 가게이는 하이칼라로 칭하기에 적합한 청년이었을 것이다.

그런 가게이도 자신의 집은 고향을 찾아 전통가옥으로 지었다. 커피보다 녹차가 더 잘 어울리는 그 집에서 그는 젊은 시절을 어떤 식으로 되돌아보았을까.

"가게이 씨와 함께 찾아온 이후로 지에 부인도 이곳에 자주 드나들었군요?"

"처음 1년쯤은 둘이 나란히 왔었지. 근데 어느 날인가, 지에 씨가 혼자 왔더라고. 항상 오던 그 친구는 어디 갔느냐고 물어봤더니 둘이 헤어졌다는 거야."

지에는 미소를 지으면서도 눈시울을 붉혔다고 한다.

"그렇게 다정해 보였는데 왜 헤어졌느냐고 캐묻고 싶었지. 하지만 그 무렵에는 단순히 손님과 가게 주인 사이였으니까 내가 괜히 개입해서 시시콜콜 물어볼 일이 아니라고 생각했어. 다만 지에 씨가 들려준 얘기로는, 그 친구가 예술 대학을 졸업하고 고향으로 돌아가야 해서 어쩔 수 없었다는 게야. 허 참, 그 친구 말투에 맞춰주느라 억지로 표준어로 얘기하던 모습이 지금도 눈에 선하네."

수십 년 전의 일을 세세하게 기억하고 있구나, 하고 감탄했다. 그럴 만큼 인상적인 에피소드였던 것이리라.

몇 년 전, 네즈가 범한 한 가지 실수가 소소한 사건으로 번진 적이 있어서 그때부터 나는 그에 대해 약간 치매기가 있는 할아버지라는 식의 인상이 있었다. 실제로도 그런지 어떤지는 모르지만, 적어도 옛날 기억은 선명한 것 같다.

"아마 지에 씨가 그날 나한테 이별을 보고하러 왔던 모양이야. 지에 씨는 연인이 알려준 커피 맛을 아주 마음에 들어했거든. 그래서 그 청년과 헤어진 뒤에도 우리 가게에 원두를 사러 왔지. 그런데 그 몇 년 뒤에 지에 씨가 사 가던 원두 가격이 바짝 급등한 적이 있었어. 대량으로 사지 않으면 우리도 도매점에서 받아올 수 없게 된 거야. 지에 씨에게 그런 사정을 얘기했더니, 뭐, 그렇다면 내가 가게를 열어야겠네요, 라고 하더라고. 그때는 그저 농담이라고 생각했지. 그런데 참말로 가게를 열어버렸으니 내가 눈이 휘둥그레질 수밖에."

자신이 좋아하는 원두를 계속 사려고 탈레랑을 개업했다는 것인가. 물론 그런 것도 있었겠지만, 꼭 그것만은 아닐 터였다. 실은 가게이와 함께했던 추억의 맛을 잃고 싶지 않았던 게 아닐까.

내가 이상적이라고 생각했던 커피 맛은 지에 씨의 씁싸래한 사랑의 맛이기도 했던 것이다. 그동안 수없이 마셔왔던 그 맛에서 이제는 안타까운 사랑이 묻어날 것 같다. 그러고 보니 탈레랑 백작도 말했었다. 좋은 커피는 사랑처럼 달콤하다, 라고.

"그나저나 지에 씨와 그 젊은 친구가 어쨌다는 거지?"

네즈가 정색하고 질문하는 바람에 나는 가장 중요한 목적을 설명했다.

"예술대학을 졸업한 뒤 고향 하마마쓰에 돌아가 화가로 활동하던 가게이 씨는 7년 전 1월, 40여 년 만에 지에 씨와 재회했고, 둘이 세 장으로 된 한 세트의 유작을 제작했습니다. 그런데 그중 한 장의 소재가 불분명한 상태예요. 저희는 그 그림을 찾고 있습니다."

"아, 그 친구가 참말로 화가가 되었구나……."

지에 씨는 그 뒤로 가게이에 관한 얘기는 전혀 안 했던 모양이다. 지에 씨가 가게이의 화가로서의 활동을 알지 못했을 리는 없다. 어쩌면 헤어진 연인 얘기를 더는 하고 싶지 않았는지도 모른다.

"저희는 유작의 모델이 되어준 지에 씨가 그 그림을 받아왔을 가능성이 높다고 보고 있어요. 혹시 그런 그림에 관해 지에 씨에게서 들은 얘기는 없습니까?"

안타깝게도 네즈는 고개를 가로저었다.

"7년 전이라면 지에 씨가 우리 가게에 자주 드나들던 때인데, 나한테 그런 얘기는 한마디도 안 했어."

"그렇군요……. 가게이 씨와의 인연을 잘 아시는 네즈 씨에게는 얘기했을지도 모른다고 생각했는데요."

"못 들은 건 못 들었다고 할 수밖에. 내가 나이 들어 잊어버린 게 아니야. 지에 씨를 우리 가게에 데려온 그 친구 얘기를 오랜만에 들었다면 내가 잊어버릴 리가 없지. 지에 씨는 나한테는 아무 말도 안 했어."

단언하는 네즈의 눈빛은 어딘가 섭섭해하는 것처럼 보였다.

더 이상 캐물어도 소용없겠다, 라는 것으로 오하라와 의견이 일치했다. 감사 인사 대신 커피 원두를 사고 우리는 네즈 로스터를 나왔다. 폐점 시간인 저녁 7시를 조금 지난 시간이었다.

네즈가 가게이를 알지도 모른다는 예상은 맞아떨어졌다. 생각지도 못했는데 커피 맛에 감춰진 에피소드도 들었다. 헛걸음이었다고는 생각되지 않았다. 하지만 재회한 두 사람에 대한 것과 한가운데 그림에 관한 정보는 아무것도 얻지 못했다.

"상식적으로, 부인이 자신의 비밀스러운 7일간의 일을, 설령 상대가 가게이 씨를 잘 아는 네즈 씨라고 해도 가볍게 털어놓을 수는 없었겠지."

네즈는 탈레랑 커피점의 거래처이고, 물론 모카와 씨와도 면식이 있는 것이다. 그러니 얘기가 새어나갈 우려가 단 1퍼센트라도 있는 한, 총명한 부인은 털어놓지 않았을 게 틀림없다.

벌써 별이 하나둘 떠오르는 밤하늘을 올려다보며 나는 한숨을 내쉬었다.

"이제 할 만큼 한 것 같다. 한가운데 그림은 도저히 우리끼리 찾아낼 수 없어."

"쳇, 난 아직 포기 안 했거든요? 반드시 그 그림을 찾아서 할머니와 가게이 할아버지의 관계를 밝혀낼 거예요."

"하지만 오하라, 너는 아직 그 유작 실물을 본 적도 없잖아."

"봤어요, 히라야마 미술관에서."

어라, 하고 생각했다. 그걸 봤다니, 이건 얘기의 앞뒤가 맞지 않는다.

"미술관에 가게이 씨의 사진은 없었어. 네가 가게이 씨의 집 근처에서 살고 있고 그래서 누군가 화가라고 알려준 거 아니었어?"

오하라는 시선이 잠시 허공에서 허우적거렸다.

"……뭐, 그랬을 수도 있죠. 근데 미술관에도 갔었어요."

"고작 반년 사이에? 유작을 전시한 것은 가게이 씨가 돌아가신 작년 여름 이후였어. 그 박물관은 어떻게 갔지?"

"남자 친구와 데이트 겸……. 아니, 그딴 건 상관없잖아요. 히라야마 미술관에 가본 적이 있었으니까 거기서 사진을 봤다고 착각했어요. 그게 뭐가 이상하죠?"

분명 맞는 말이다. 하지만 뭔가 영 마음에 걸렸다.

나보다 키가 작은 오하라의 얼굴을 내려다보며 다시 물었다.

"너, 혹시 뭔가 감추는 거 아니야?"

"느닷없이 무슨 말씀을?"

오하라는 웃으려고 했지만, 그 뺨이 팽팽히 굳은 것처럼 보였다.

"아니, 이상하잖아. 미리 미술관에서 유작을 봤다고 하고, 게다가 할아버지 병문안도 여태 안 갔고, 마치 처음부터 다른 목적이 있었던 거 같아."

"넘겨짚지 마시고요. 아니, 다른 목적이 대체 뭔데요?"

대답이 스르륵 내 입을 뚫고 나왔다.

"보상금 1천만 엔. 오하라가 한가운데 그림에 집착하는 이유는 그것밖에 없어."

에스미 란이 사라진 한가운데 그림에 보상금 1천만 엔을 지불하겠다고 명언한 것은 히라야마 미술관 측에서 발표한 바 있다. 하마마쓰 시내에 사는 오하라라면 그건 당연히 알고 있었을 것이다. 오하라는 1천만 엔의 보상금을 얻고자 히라야마 미술관에 갔고, 할아버지의 병환을 핑계로 교토에 온 것이다. 지에의 유품 등을 조사해 보기 위해.

하지만 그런 거라면 또 다른 의문이 생긴다. 오하라는 자기 할머니와 가게이의 관계를 이미 알고 있었던 것인가. 그러지 않고서는 일부러 교토에 와서 할머니의 유품을 조사해 본다는 계획은 짤 수 없다. 어쩌면 오하라는 단순히 가게이의 집 근처에서 사는 것만이 아니라 그와 개인적인 교류도 있었던 게 아닐까.

머릿속에서 의혹이 맴도는 나를 아랑곳하지 않고 오하라는 맥이 빠진다는 듯 후우 콧숨을 내쉬었다.

"미호시 언니가 예리하다는 건 알고 있었지만, 아오야마 씨까지……. 전혀 경계를 안 했지 뭐야."

"그럼 역시 보상금 1천만 엔 때문에?"

"그렇다고 하면 어쩌실래요?"

질문으로 되묻는 바람에 대답이 턱 막혔다. 나는 신중하게 말을 골랐다.

"교토에 와서 큰 비용을 써가며 그림을 찾고 보상금 1천만 엔을 받아내야 할 뭔가 절실한 이유가 있다면, 그걸 알려주기 전까지 나는 너와 함께할 수 없어. 1천만 엔의 큰돈을 어디에 쓸 생각인지도 모른 채 너와 함께했다가는 전혀 엉뚱한 일을 도와주는 결과가 될 수 있기 때문이야."

오하라는 말없이 나를 응시하고 있었다.

"모든 걸 솔직하게 털어놔. 지금 내가 할 수 있는 말은 그것뿐이야."

둘 사이에 눈싸움이 일 분 가까이 이어졌다. 이윽고 더 이상 견딜 수 없었는지 오하라가 입을 열었다.

"……하룻밤만 생각하게 해주세요. 오늘은 너무 지쳐서 머리가 돌아가지를 않네요."

"생각하게 해달라니, 나한테 뭘 얘기하고 뭘 얘기하지 않을지에 대해서?"

오하라가 고개를 꾸벅 끄덕였다.

"알았어. 오늘은 이만 돌아가자. 내일 연락해."

"교토 역 쪽으로 가려면 어디로 나가야 돼요?"

"이대로 기타오지를 서쪽으로 가다 보면 시영 지하철 가라스마선 기타오지 역이 나올 거야. 거기서 교토 역까지 환승 없이 갈 수 있어."

바래다주겠다는 내 제안을 오하라는 거절했다.

"됐어요, 별로 밤늦은 시간도 아니고. 오늘 함께 돌아다녀 줘서 고마워요."

오하라는 내게 등을 돌리고 걸음을 뗐다. 내가 그 뒷모습을 지켜보는 동안 한 번도 뒤돌아보지 않았다.

4

너무도 많은 일이 있었던 하루였다.

오늘 아침 눈을 떴을 때로부터 열두 시간밖에 지나지 않았다는 게 믿어지지 않을 정도였다. 미호시 씨의 부재를 알았고, 아마노하시다테를 걸어서 건넜고, 교토 시내로 돌아와 병원에도 들렀다. 커피점 탈레랑 안을 살펴봤고, 네즈 로스터에 찾아가 얘기를 듣고, 이어서 오하라가 무엇을 감추고 있는지 추궁하기도 했다. 녹초가 된 채로 나는 평소보다 멍해진 의식 속에서 오늘 밤은 이대로 뻗어버릴 것 같다고 생각했다.

미호시 씨의 행방은 역시 마음에 걸렸다. 하지만 딱 하루, 별도로 행동했을 뿐이다. 우선은 미호시 씨의 뜻대로 조용히 지켜보는 게 좋다는 생각이 앞섰다. 그 대신 오늘 나와 오하라가 경험한 일들은 따로 보고하지 않기로 했다.

오하라가 내일 어떻게 나올지, 그것도 걱정스러웠다. 아무것도 털어놓지 않기로 결정한다면 나는 더 이상 함께 움직이지 않을 것이다. 하지만 정말로 그래도 괜찮을까. 도와줄 수는 없지만, 오하라가 혹시라도 그림을 찾아내 1천만 엔을 손에 넣고 어딘가 문제가 될 만한 곳에 써버린다면 어떻게 해야 할까. 그런 사태를 미리 제지할 수 있었던 나는 역시 후회하게 되지 않을까. 머릿속에 온갖 상상이 떠올랐지만, 어쨌든 지금은 아무 생각도 하고 싶지 않다, 내일 오하라의 태도를 본 뒤에 판단하자, 라는 게 솔직한 심정이었다. 그럴 만큼 나는 지쳐 있었다.

간단히 저녁 식사를 끝내고 목욕을 한 뒤에 두 다리를 주물러 풀어주고 침대에 들어간 게 밤 11시경이었다. 아직 오늘 하루가 끝나지 않았다는 것을, 그때는 예상조차 못 했다.

방의 불을 끄자 금세 졸음이 몰려왔다. 그 물결에 휩쓸릴까 말까 하는 경계선에서 밀치락달치락하고 있을 때였다.

스마트폰이 울렸다.

멱살을 잡힌 것처럼 내 의식은 억센 힘에 다시 현실로

끌려나왔다. 이렇게 늦은 시간에 전화할 사람 따위, 상식적으로 있을 리 없다. 하지만 충전기에 꽂아둔 스마트폰 화면을 보고 잠이 싹 달아났다.

미호시 씨에게서 온 것이었다.

왜 그런지 한순간 응답을 망설이며 먼저 베갯머리에 있는 리모컨으로 전등불부터 켰다. 그런 다음에 스마트폰을 터치해 전화를 받았다.

"미호시 씨?"

그녀의 목소리는 상상했던 것보다 훨씬 밝았다.

"아오야마 씨, 아침에 갑작스럽게 사라져서 미안해요."

일정한 박자로 흔들리는 느낌이 귀에 잡혔다. 자동차 소리도 들렸다. 어딘가 길을 걷고 있는 모양이었다.

"어젯밤에 잠깐이나마 얘기를 나누기를 잘했어요. 사라진 미호시 씨의 심정이 이해됐으니까요."

전화 너머에서 후훗 웃는 기척이 있었다.

"네, 그 시간이 없었다면 나는 지금도 망설이고 있겠죠. 아오야마 씨와 대화한 덕분에 결단을 내릴 수 있었어요."

"그렇다면 최소한 미리 알려주기라도 했으면 좋았잖아요."

"함께 가겠다고 나서면 뿌리치지 못할 것 같아서……."

"그래도 오하라는 포기하지 않더라고요. 한가운데 그림을 찾아내겠다고 애걸복걸하는 바람에 어쩔 수 없이 오늘 조사에 협력했어요. 적잖이 진전된 것도 있었고."

이런 정도는 얘기해도 상관없을 것이다. 다만 오하라가 뭔가 감추고 있다는 것은 덮어두기로 했다.

"그랬나요? 나도 오하라가 쉽게 물러설 거라고는 생각하지 않았어요."

나무라는 듯한 느낌은 없었다. 이런 여유는 어젯밤에는 없었다.

"미호시 씨는 오늘 뭐 했어요? 지금 어디죠?"

"교토 시내예요. 이제 곧 집에 도착할 거예요."

생각 외로 가까이에 있는 것에 안도했다. 아니, 샤를을 돌봐주러 탈레랑에 들른 흔적이 있었으니까 전혀 예상치 못했던 것은 아니다. 하지만 여관 탁자에 남겨진 편지를 읽고, 나도 모르게 미호시 씨가 어딘가 먼 곳으로 가버린 듯한 상실감을 느꼈던 모양이다.

"밤늦게까지, 고생했어요."

"맞아요, 너무 밤늦은 시간이라서 미안하긴 한데, 실은 그래서 아오야마 씨에게 전화했어요. 수상한 사람에 대한 견제구라고 할까, 내 몸을 지켜보려고……. 물론 말없이 사라진 것을 한시바삐 사과하고 안심시켜 드리자는 생각도 있었고."

그녀의 말투에 스스럼이 없어서 나는 흐뭇했다. 얼마든지 나를 이용해도 상관없다. 그녀의 안전이 훨씬 더 중요하니까.

그건 그렇고, 나는 놀라서 물었다.

"나를 안심시키다니, 그건 무슨 말이에요? 단순히 무사히 돌아왔다고 알려주려는 건 아닌 것 같은데."

"와아, 예리하시네요. 오늘 아침에 여관을 나올 때는 내가 원하는 걸 알아낼 때까지 아오야마 씨나 오하라에게 연락하지 않을 작정이었어요. 그러지 않고서는 편지를 남겨두고 사라진 의미가 없잖아요."

진상을 파악하고 그걸 털어놓을지 아니면 비밀로 할지, 판단이 내려질 때까지 나나 오하라와는 접촉을 끊고 싶었던 것이다. 그렇다면······.

"혹시 오늘 하루 사이에 뭔가 알아냈어요?"

이야기의 흐름으로 보면 그렇게 된다. 미호시 씨의 대답은 기대를 저버리지 않았다.

"네, 알아냈어요. 사라진 한가운데 그림이 어떻게 되었는지······."

그런데 그 직후.

미호시 씨의 목소리가 사라지고 스마트폰에 충격음이 울려 퍼졌다. 나는 깜짝 놀라 소리쳤다.

"미호시 씨!"

반응이 없었다. 뭔가 이상하다. 나는 거듭해서 전화에 대고 외쳤다.

"미호시 씨, 무슨 일이에요? 미호시 씨!"

발소리가 들렸다. 아스팔트를 박차고 뛰어가는 소리다.

점점 작아지더니 이윽고 전화 너머가 조용해졌다.

머릿속이 혼란에 빠져버렸다. 미호시 씨에게 무슨 일이 일어났는지 짐작도 가지 않았다. 실은 전혀 큰일이 아니라고 믿어보려는 헛된 희망이 있었다. 하지만 뒤를 이어 희미하게 들려온 한마디가 그 희망조차 산산이 깨부쉈다.

"아오야마 씨…… 사, 살려주세요…….'

트레이닝복 차림으로 방을 뛰쳐나와 미호시 씨의 집 근처를 향해 자전거를 내달렸다.

스마트폰은 연결된 채였다. 잠시 망설이다가 일단 끊고 경찰에 신고했다. 집에 가는 길에 통화하던 여성과의 대화가 뚝 끊기고 살려달라는 신음이 들렸다고 말했더니 찾아보겠다는 답변이 돌아왔다. 하지만 그들에게 맡겨두고 마냥 기다릴 생각은 없었다.

기타시라카와의 내 집에서 미호시 씨의 집 근처까지는 대부분 내리막길이어서 온 힘을 다해 내달렸더니 십여 분 만에 도착했다. 그 근처를 샅샅이 돌아봤지만, 미호시 씨의 모습은 발견되지 않았다. 시시각각 초조감이 쌓여갔다.

다시 한번 돌아보는 중에 저쪽 길모퉁이에서 붉은 불빛이 보였다. 급히 그쪽으로 달려갔다. 젊은 남성 경찰관이 순찰차 창문 너머로 무선기를 꺼내 뭔가 얘기하고 있었다.

"혹시 여기에 여성이 쓰러져 있지 않았습니까?"

자전거에 올라탄 채 숨을 헉헉거리며 물어보자 경찰관

은 신중하게 접근하듯 되물었다.

"누구시죠?"

"아까 신고했던 사람이에요. 통화 상대가 갑자기 목소리가 끊기고 살려달라고 하고……."

제대로 말을 고를 여유가 없어서 지리멸렬하게 주워섬겼다. 다행히 경찰관은 내 얘기를 알아들어 주었다.

"보고를 받던 중이었어요. 통화했던 그 여성의 이름은?"

"기리마 미호시. 키는 약 152센티미터, 검은 머리에 보브 커트예요."

경찰관은 무선으로 다시 대화를 나누며 대응해 주었다.

"그쪽의 신고를 받고 경찰이 출동하려는 참에, 이 자리에 여성이 쓰러져 있다는 119 신고가 행인에게서 들어왔다는군요. 이미 구급차로 병원에 이송했습니다."

벌써 미호시 씨를 발견한 것이다. 하지만 아직 안도할 수는 없었다.

"무, 무사합니까?"

"완전히 무사한 건 아니고, 후두부를 구타당한 흔적이 있었어요. 호흡은 있었지만, 의식이 없는 상태였어요. 소지품이 전혀 없었던 걸 보면 강도 사건으로 보입니다."

끔찍한 현실에 얻어맞은 것처럼 한순간 눈앞이 캄캄해졌다. 미호시 씨는 심야의 길거리에서 강도의 습격을 당한 것이다.

통화하면서도 그녀를 지켜주지 못했다. 분함이 치밀어 올랐다. 나는 경찰관에게 캐물었다.

"어느 병원으로 갔습니까?"

경찰관이 병원 이름을 알려주었다. 기묘하게도 모카와 씨가 입원한 그 대학병원이었다.

"고맙습니다."

다시 자전거 페달을 밟으려는 나를 경찰관이 불러 세웠다.

"범인 체포에 협조 부탁합니다. 잠깐 얘기 좀 해도 되겠습니까."

"그녀가 지금 어떤 상태인지 너무 걱정됩니다. 조사는 나중에 해주시면 안 될까요?"

경찰관이 다시 무선으로 뭔가 상의했다. 그리고 나를 돌아보았다.

"알았어요. 이름과 연락처만 알려주시죠."

나는 이름과 전화번호를 밝혔다. 경찰관이 수첩에 메모했다.

"수사, 잘 부탁드립니다."

그런 부탁을 남기고, 전속력으로 자전거 페달을 밟았다.

대학병원까지 채 오 분도 걸리지 않았다. 자전거를 던져두고 야간 접수창구를 찾아 안으로 뛰어들었다.

"조금 전에 구급차로 이송된 여성의 지인이에요."

숨이 끊어질 듯 헉헉거리며 말하자 접수처 여직원이 "환자 이름은?"이라고 물었다. 다시 한번 미호시 씨의 이름을 말했다. 여직원은 전화기로 누군가와 연락을 취했고, 잠시 뒤에 병원 안쪽에서 간호사 한 명이 나타났다. 통통한 몸매의 중년 여성이었다.

"기리마 미호시 씨의 친족이신가요?"

그 질문에 고개를 젓자, 간호사는 난감해하는 표정을 지었다. 나는 말을 덧붙였다.

"저는 친한 지인일 뿐이지만, 지금 친척이 이 병원에 입원 중입니다. 모카와 마타지라는 분이 미호시 씨의 작은할아버지예요."

"그렇습니까······. 몇 가지 수속이 필요한데, 친족일 경우에는 금세 처리되거든요."

물론 나는 그런 권한은 없다. 답답한 마음으로 나는 재우쳐 물었다.

"그보다 미호시 씨의 용태는 어떻습니까?"

"의식은 돌아왔어요. 현재 뇌에 이상이 없는지 검사 중이고, 그 결과가 나올 때까지 확실한 건 말할 수 없어요."

"그러면 검사 끝날 때까지 여기서 기다리겠습니다."

"이제부터 다른 치료도 받아야 하고, 아무래도 면회는 어려울 것 같은데 그래도 괜찮겠어요?"

"괜찮습니다. 그녀가 무사하다는 걸 알기 전에는 돌아

갈 수 없어요."

"알았어요. 그러면 이쪽으로 따라오세요."

간호사의 안내를 받아 이미 조명이 대부분 꺼진 복도 안으로 들어갔다. 역시 어둠침침한 대기실에서 기다리라는 지시에 따라 나는 사십여 분을 불안 속에서 보냈다.

이윽고 조금 전의 간호사가 돌아왔다. 자리에서 벌떡 일어서는 내게 간호사는 말했다.

"검사 결과, 뇌의 이상은 발견되지 않았어요."

"그러면 생명에 지장은 없는 거지요?"

"네, 생명에는 지장이 없습니다. 면회는 내일 오후 2시부터 가능하고, 이대로 별일 없다면 그때는 퇴원도 가능할 거예요."

"아, 다행이다. 그러면 오늘은 이만 돌아갈게요. 그녀를 잘 부탁드립니다."

깊숙이 머리를 숙이자 간호사도 마주 인사해 주었다.

병원 밖으로 나와서야 한숨을 돌렸다. 밤하늘에 무수한 별이 반짝이고 있었다. 아름답다, 라고 생각했다. 하늘을 올려다볼 여유 따위, 조금 전까지는 없었다. 미호시 씨가 일단은 무사하다는 사실이 온몸에 스멀스멀 스며들면서 문득 깨닫고 보니 나는 눈물을 글썽거리고 있었다.

마치 그때를 노린 것처럼 호주머니에 넣어둔 스마트폰이 진동했다. 이런 시간에 낯선 번호가 찍혀 있어서 부쩍 의심이 들었지만, 받아보니 경찰이었다. 어디 있느냐는 질문에 아직 대학병원에 있다고 알렸다.

이윽고 병원에 찾아온 경찰관의 조사를 받았다. 조사라고 해도 나는 미호시 씨와 통화를 한 것뿐이어서 별다른 얘깃거리도 없었지만, 경찰관에게서 풀려났을 때는 새벽 1시를 넘어선 시각이었다. 너무도 많은 일을 겪는 바람에 나는 반쯤 휘청거리며 자전거를 타고 돌아왔다. 이마데가와의 비탈길은 자전거로 올라갈 힘이 남아 있지 않아서 끌고 걸었다. 집에 도착해 침대에 들어가자 가까스로 미호시 씨의 스마트폰에 '무사해서 다행이에요. 안정되면 전화해 줘요'라는 메시지를 송신했다. 그다음은 깊은 바다 밑으로 끌려가듯이 잠에 떨어졌다.

제4장 밝혀지고 모든 것이

1

눈을 떠 보니 미호시 씨에게서 새벽녘에 메시지가 와 있었다.

'걱정을 끼쳐서 미안해요. 정오쯤 퇴원하기로 했습니다. 데리러 와주세요.'

이런 식으로 그녀가 부탁하는 건 드문 일이다. 나는 서둘러 답신을 보냈다.

'물론이죠. 게다가 미호시 씨가 사과할 일이 아니에요.'

시계는 오전 10시를 가리키고 있었다. 늦잠을 자버렸지만, 그런 하루를 보냈으니 어쩔 수 없다. 복근에 힘을 넣고 침대에서 벌떡 일어났다.

4월 5일. 모카와 씨의 수술이 이틀 뒤로 바짝 다가왔다. 이제 일각의 유예도 없는 상황이었다. 미호시 씨가 끔찍한 사건에 휘말렸으니, 조사고 뭐고 돌아볼 겨를이 없기도 했다.

―네, 알아냈어요. 사라진 한가운데 그림이 어떻게 되었는지…….

어젯밤, 습격당하기 직전에 미호시 씨가 했던 말이 귓가에 되살아났다. 그 뒤의 급박한 상황 때문에 깜빡 잊고 있었지만, 그녀는 그림의 소재지를 알아낸 모양이다. 그쪽 조사는 다 끝난 것일까. 마음에 걸렸지만, 지금은 무엇보다 미호시 씨의 용태가 중요하다.

커튼을 열었다. 오늘도 바깥은 상쾌한 날씨였다. 잠시 멍하니 서 있으려니 스마트폰이 착신을 알렸다.

"아오야마 씨, 좋은 아침!"

전화를 받자마자 건강한 목소리가 귓속에 날아들었다. 오하라였다.

"응, 안녕? 유난히 힘이 넘치네, 어제 그런 식으로 헤어졌는데도."

"그 뒤에 내가 이래저래 고민해 봤거든요. 그랬더니 속이 후련해졌어요. 더 이상 아무것도 감추지 않으려고요. 아오야마 씨에게 모두 다 얘기할게요. 근데 얘기하자면 길어질 테니까 일단 어딘가 카페에서 만나서……."

"잠깐, 잠깐."

나는 오하라의 말을 가로막았다.

"오하라가 그렇게 결정해 줘서 흐뭇하네. 근데 그 얘기는 나중에 들어야겠다. 진짜 큰일이 일어났어."

"무슨 일인데요?"

나는 어젯밤의 사건을 오하라에게 들려주었다. 아직 어디서도 소식을 듣지 못했는지, 오하라는 전화 너머에서 놀랐다가 슬퍼했다가 안도했다가 여간 바쁜 게 아니었다.

"어떻게 그런 일이……."

"나는 지금 병원에 미호시 씨를 데리러 갈 거야."

"나도 미호시 언니 보러 갈래요."

"보고 싶겠지. 근데 병원에 우르르 몰려가면 폐가 될 테니까 오늘은 좀 기다려줘. 내가 꼭 연락할 테니까."

알았어요, 라는 대답이 들리고 전화는 끊겼다.

준비를 마치자, 버스를 타고 병원으로 향했다. 미호시 씨를 부축할 것을 생각하면 자전거는 도움이 안 된다.

접수창구에서 병원에 온 목적을 말하자 어제처럼 대기실에서 기다리라고 했다. 십 분쯤 지난 뒤, 머리에 망을 쓴 미호시 씨가 나타났다.

"미호시 씨!"

그래서는 안 될 장소라는 건 잘 알지만 나도 모르게 다다다 뛰어갔다. 미호시 씨는 수줍은 미소를 지으며 말했다.

"아오야마 씨, 오랜만이에요."

꽉 끌어안아 버릴까 했다.

병원 안에서 떠들어서는 안 되기 때문에 일단 건물 밖으로 나왔다. 더는 기다릴 수 없어서 나는 물었다.

"이제 정말 괜찮아요?"

미호시 씨는 머리의 망에 손을 얹었다.

"이거, 너무 과장스럽죠? 두피가 찢어져서 꼭 씌워야 한다던데……. 하지만 정말로 이제 아무렇지도 않아요. 검사 결과도 문제없다고 나왔어요."

"습격을 받고 의식을 잃었다면서요."

"근데 머리 부상도 그리 심하지는 않았어요. 골절도 없었고. 아니, 절대로 꾹꾹 참는 게 아니에요. 지금은 아프거나 불편한 게 전혀 없어요."

그렇게 말해주니 믿을 수밖에 없다. 우선 그녀가 건강해 보여서 한결 마음이 놓였다.

"어젯밤에는 정말 잘못되는 거 아닌가 하고 걱정했어요."

"나를 찾아 자전거로 사방을 돌아다녔다면서요? 경찰관에게서 얘기 들었어요."

"행인이 발견해 신고해 준 게 천만다행이었죠. 나는 별 도움도 안 됐어요."

"그건 결과론이죠. 아오야마 씨에게 진심으로 감사한걸요."

겸연쩍었다. 자신을 지키려고 일부러 전화해 줬는데 결국 지켜주지 못했으니 더욱더.

"밤늦은 시간에는 제발 조심해요."

"설마 내가 이런 일을 당할 줄은 몰랐어요. 가방을 빼앗겨서 지갑이니 뭐니 다 잃어버렸어요. 다시 찾을 수 있을지 모르겠네."

아, 그래서 데리러 와달라고 했구나. 그나마 스마트폰은 통화를 하며 손에 들고 있었던 덕분에 빼앗기지 않았다.

"범인이 빨리 잡혀야 할 텐데."

진심으로 위로의 말을 건네는 내게 미호시 씨는 뜻밖의 사실을 알렸다.

"그게요, 범인이 이미 잡혔대요."

"엇, 정말요?"

우리나라 경찰은 우수하다고 생각하지 않을 수 없었다.

"오전에 경찰이 병실로 찾아와 피해자 조사를 했어요. 그때 들었는데, 어제 밤늦게 또 한 건, 내가 공격받은 현장에서 그리 멀지 않은 곳에서 소매치기 범죄가 발생했대요. 마침, 범행을 목격한 경찰관이 추적해서 현행범으로 체포했다고 하더라고요."

"그 범인, 연달아 범죄를 저질렀어요? 자신의 범행으로 시내 곳곳에 경찰이 출동했다는 걸 예상도 못했었나? 정말 어리석은 자네요."

"나는 그런 것도 몰랐는데, 요즘 교토 시내에 그 비슷한 범죄, 즉 심야에 길을 가는 여성들을 노리는 소매치기 사건이 여러 건 일어났대요. 경찰에서도 드디어 범인을 잡았다고 기뻐했어요."

그 얘기를 듣고 보니 뉴스에서 봤던 게 생각났다. 하지만 나에게도 얼마든지 닥칠 수 있는 일이라고 실감한다는 게 쉽지 않다. 게다가 미호시 씨에게 조심하라고 신신당부했더라도 아마 이번 범행을 피하기는 어려웠을 것이다.

"아직까지 범인이 여죄를 부인하나 봐요. 내 가방도 갖고 있지 않았다고 하네요."

"그야 지갑을 뒤져 현금만 빼내고 나머지는 어딘가에 버렸겠지요. 그다음 범행에 방해가 될 테니까."

"경찰도 같은 생각이었어요. 그래서 나한테 물어본 것도 주로 범인의 특징에 대해 기억나는 대로 말해달라는 거였죠. 근데 갑작스럽게 뒤에서 습격을 당했고, 그대로 의식을 잃었기 때문에 범인을 전혀 못 봤어요. 남자인지 여자인지도 모르는 상황이라 유익한 증언을 해줄 수 없어서 안타까웠어요."

그건 어쩔 수 없다. 미호시 씨는 어디까지나 피해자다. 게다가 범인이 이미 체포된 이상, 미호시 씨의 증언이 아니더라도 조만간 범행은 밝혀질 것이다. 범인이 그리 멀지 않은 곳에서 잡혔다니까 미호시 씨의 가방도 이제 곧 발견될 터였다.

이미 일어난 일은 돌이킬 수 없지만, 사건은 일단락되었다. 나는 그제야 어깨 힘이 스르르 빠져서 어젯밤부터 바짝 긴장했다는 것을 비로소 깨달았다.

"모카와 씨에게는 이번 사건을……."

"간호사들에게 이번 일은 알리지 말아달라고 부탁했어요. 수술 전에 심장에 부담이 가는 얘기는 피해야죠."

어젯밤에 간호사에게 모카와 씨가 친족이라고 알려준 것은 실수였는지도 모른다. 다만 한밤중이었으니까 곧바로 모카와 씨에게 전달되지는 않았을 것이다. 미호시 씨의 부탁을 우선시했을 거라고 믿고 싶었다.

"아차, 이렇게 선 채로 얘기하면 안 되는데. 이 근처 카페에라도 갈까요?"

내 제안에 미호시 씨가 응했다.

"걸어도 괜찮은지 확인해 보고 싶어요. 조금 떨어진 카페도 괜찮아요. 사실은 탈레랑에 가고 싶은데 강도가 가방과 함께 열쇠까지······."

"아, 탈레랑 열쇠라면 내가 갖고 있어요."

의아해하는 미호시 씨에게 가죽 열쇠지갑을 가방에서 꺼내 보여주었다.

"샤를을 돌봐줘야 한다고 말씀드리고 모카와 씨에게 받아왔어요."

"와아, 잘하셨어요. 그러면 탈레랑까지 걸어가요."

"좋죠. 하지만 조금이라도 힘들면 꼭 말해야 해요."

미호시 씨는 머리를 감싸며 고개를 끄덕였다.

"오하라도 지금 걱정하고 있을 텐데, 탈레랑으로 오라고 할까요?"

"네, 그러죠. 그 아이에게 할 얘기도 있으니까."

그 말에는 어딘가 지금까지의 대화와는 결이 다른 느낌이 있었다. 뭔지 궁금했지만, 오하라가 오면 알게 될 일이라서 그대로 넘어갔다.

우선 호주머니에서 스마트폰을 꺼내 오하라에게 연락했다. 지금 탈레랑으로 나오라고 했더니 금방 가겠다는 답이 돌아왔다.

가는 길에는 주로 사후 처리에 관해 얘기했다. 신용카드

223

등은 병원에서 이용 정지 신청을 해두었다고 한다. 문제는 열쇠인데, 미호시 씨의 빼앗긴 가방에 집 열쇠도 있었고, 또 하나의 복사 열쇠는 모카와 씨의 집에 있었다. 하지만 모카와 씨의 집 열쇠도 그 가방 속에 있었기 때문에 지금 당장 복사한 열쇠를 가져올 수 없는 상황이었다. 그렇다면 열쇠 가게나 관리 회사를 부르는 게 좋겠다고 제안했지만, 미호시 씨는 집에서 가까운 탈레랑에 도착한 뒤에 하겠다고 했다.

당장 현금이 없는 미호시 씨에게 나는 지난번 여관 숙박비를 정산해 돌려주었다. 급이 높은 여관이어서 1박 2식에 2만 5천 엔이 넘는 금액이다. 이걸로 당분간 미호시 씨는 돈 때문에 난처할 일은 없을 것이다. 이따가 오하라를 만나면 그녀의 숙박비도 정산할 수 있다.

탈레랑에 도착해 문을 열었다. 샤를이 미호시 씨의 다리를 휘감으며 맞아주었다. 나는 앞장서서 들어가 샤를의 밥과 물부터 챙겨주었다.

"그러고 보니 미호시 씨도 어제 여기에 다녀갔었지요? 나도 샤를을 돌봐주러 왔는데, 그럴 필요도 없었더라고요."

"아마노하시다테에서 돌아온 길에 잠깐 들렀어요. 내내 혼자 가게만 지키게 하고, 샤를에게 너무 미안해서."

샤를이 야옹 하고 울었다. 내 걱정은 말라고 하는 것 같았다.

오하라를 기다리며 테이블 자리에서 이십 분쯤 이야기

를 나눴다. 얘기해야 할 게 정말 많았는데도 왠지 이런 때는 그저 그런 사소한 얘기만 하게 된다. 그게 우리의 관계를 원래대로 되돌리기 위한 회복의 과정일 것이다. 어딘가 먼 곳으로 떠나간 것처럼 느껴졌던 미호시 씨가 가까이에 있는 것을 확인하기 위한.

이윽고 딸랑, 종이 울리면서 문이 열리고 오하라가 나타났다. 어깻숨을 몰아쉬고 있었다. 전차를 탔는지 아니면 버스를 탔는지, 아무튼 서둘러 달려온 모양이다.

"미호시 언니, 괜찮아?"

보자마자 던진 그 질문에 미호시 씨는 미소로 응했다.

"응, 걱정해 줘서 고마워."

"아, 다행이다……. 이런 때에 강도까지 당하다니."

오하라도 테이블 자리에 앉았다. 어쩌다 보니 여관에서 식사할 때와 똑같은 배치로, 나와 미호시 씨가 마주 앉고 내 옆에는 오하라가 앉게 되었다.

"그래서 범인은 잡혔어?"

"또 다른 건으로 현행범 체포됐어. 지금 여죄를 추궁하고 있대."

"어휴, 그렇구나. 다행이네."

언제 또 강도를 만날지 모른다고 두려워하며 외출하지 않아도 되는 건 분명 좋은 일이다.

"강도를 만난 게 어젯밤, 집에 돌아오는 도중이었다고 했지? 어제 미호시 언니는 어디에 갔었어?"

오하라가 즉각 본론에 들어갔다.

"그 질문에 대답하려면 내가 어제 어떤 마음으로 여기저기 찾아다녔는지부터 얘기해야 할 거 같아."

"아, 미호시 씨, 한가운데 그림을 찾았다면서요? 강도를 당하기 직전에 전화로 그런 얘기를 했었는데."

"와아, 진짜?"

오하라가 몸을 쓱 내밀었다. 이미 보상금 1천만 엔을 받을 권리는 날아갔다, 라는 얘기라서 잠자코 기다릴 수 없었던 것이리라. 다만 미호시 씨의 반응은 약간 복잡했다.

"그림을 찾았다, 라고 하면 어폐가 있는데……. 아무튼 순서대로 얘기해 볼게요."

나와 오하라는 귀를 바짝 세우고 한마디도 놓치지 않을 태세를 취했다.

"애초에 내가 유작 중의 사라진 한가운데 그림을 찾고 있었던 이유는 무엇이었을까요?"

보상금 1천만 엔을 차지하려고, 라는 건 결코 아니다.

"지에 부인과 가게이 씨가 함께 보낸 일주일 동안, 서로 관계를 가졌는지 확인하기 위해서?"

"네, 맞아요. 한가운데 그림에 무엇이 그려져 있었는가. 다시 말해 두 사람이 천소모 창을 잡고 있었는가, 아니면 또 다른 뭔가가 그려져 있었는가. 그게 밝혀지면 두 사람의 관계를 짐작할 근거가 되겠죠. 그래서 나는 그 그림을 찾아내려고 했던 거예요."

결과적으로는 오하라에게 조종당한 꼴이 됐지만, 나도 그 생각에 동조할 마음으로 미호시 씨와 헤어진 뒤에도 조사에 뛰어들었고, 로스터 네즈의 얘기를 들으러 가기도 했다.

"세 장 한 세트의 연작 중 한 장이 다른 두 장과 같은 자리에 없었던 걸 보면 가게이 씨가 명확한 의도에 따라 한가운데 그림을 누군가에게 건네주었다는 건 분명해요. 그러면 대체 누구에게 건넸는가. 가장 가능성이 높은 건 지에 부인에게 내줬다는 설이겠죠. 오히려 처음부터 그러려고 유작을 세 장으로 나눠서 제작했다고 볼 수도 있어요."

모델로 협력한 지에 부인에게 유작의 일부를 건네기 위해 연작으로 만들었다는 얘기다.

"혹시 부인이 받아왔더라도 그리 쉽게 찾아낼 만한 곳에 그림을 보관했을 리는 없어요. 그곳에 무엇이 그려져 있었든, 모카와 씨에게는 감추려고 했던 가게이 씨와의 관계를 들켜버릴 수 있는 물건이니까요. 그림을 찾아내는 건 몹시 어려울 것이라고 나는 예상했어요."

하지만 반드시 지에 부인이 그림을 받았다고 단정할 수는 없다.

"다른 사람이 그림을 받아갔다면? 혹은 가게이 씨 자신이 한가운데 그림만 다른 곳에 보관했다면? 하지만 그렇게 생각하면 점점 더 뜬구름을 잡는 듯한 얘기가 돼요. 란 씨는 엄청난 보상금으로 다시 사들이겠다고 공언하셨으니까 머지않아 소유자나 발견자가 나타날 수도 있겠죠. 하지만 그 시점에서 내가 할 수 있는 일은 없었어요."

실제로 우리는 아무런 단서도 얻지 못했다. 나 같은 경우에는 오하라의 조사에 합세하면서도 그림을 찾아내는 것은 '만에 하나의 가능성'이라고 생각했을 정도다.

"결론적으로 그 여관에서 하룻밤을 보내고 그다음 날 아침, 나는 그림을 찾아보자는 계획이 암초에 부딪혔다고 인정할 수밖에 없었어요. 다시 처음부터 생각해 볼 수밖에 없었던 거예요."

한가운데 그림을 찾아내는 것 이외에 지에 부인과 가게이의 관계를 알아낼 방법은 없을까. 그 점에 대해 미호시 씨는 이미 답을 내리고 있었다.

"내 목적을 이루기 위해서는 반드시 실제 그림을 찾아낼 필요는 없었어요. 사진이든 전언이든 한가운데 그림에 무엇이 그려졌는지, 그것만 알아내면 될 일이었죠."

그 여관에서 미호시 씨는 여주인 미우라에게 이런 질문을 했었다.

—미우라 씨는 가게이 샤토의 그림을 보셨던가요?

그때 미우라에게서 그림의 내용을 들을 수 있었다면 미호시 씨의 조사는 거기서 끝났을 터였다.

"유감스럽게도 유작을 실제로 봤던 분들은 이미 고인이 되었고, 그 그림의 내용을 아는 다른 사람도 찾지 못했어요. 그리고 유작을 찍어둔 사진도 발견되지 않았죠."

그런가, 하고 깨달았다. 오하라가 그림 자체를 찾는 일에 집착하는 바람에 사진이 존재했을 가능성은 미처 생각하지 못했다. 그만큼 수많은 사진을 찍었던 가게이라면 자신의 유작을 사진에 담아두었을지도 모른다. 하지만 미호시 씨가 그의 저택에서 빌려온 포켓 앨범에 유작 사진은 한 장도 없었다.

"그런데 거기서 포기한다면 반드시 실제 그림을 찾아야 한다는 원래의 계획으로 다시 돌아가게 돼요. 그래서 나는 다시 생각해 봤어요. 정말로 유작 사진이 없는 걸까, 하고."

"없는 걸까가 아니라 실제로 사진은 없었잖아? 없는 것을 있었을지도 모른다는 식으로 고민해 봤자 아무것도 해결되지 않아. 혹시 사진이 있었다고 해도 내버렸다면 없는 거나 마찬가지야."

오하라의 반론에는 짜증이 섞여 있었다. 오하라의 입장에서는 실제 그림을 찾아내지 않고서는 아무 의미도 없기 때문에 미호시 씨의 생각이 거기서 자꾸만 벗어나는 것에 답답함이 느껴졌을 것이다.

그런 오하라에게 미호시 씨는 딱하다는 듯한 미소를 보였다.

"너희 세대라면 그렇게 생각하는 것도 무리는 아니야. 하지만 가게이 씨가 사용했던 것은 너희한테 익숙한 디지털카메라가 아니라 필름 카메라였어. 그리고 필름 카메라로 찍은 사진은 '내버리면 없는 거나 마찬가지'가 아니야."

"뭔 소리래? 스마트폰으로 찍었다면 어딘가에 데이터가 남았을 수도 있지만, 필름은 인화한 사진이 없으면 어디에도 없는 거 아니야?"

오하라는 필름 카메라를 사용해 본 적이 없으니 선뜻 감이 오지 않는 것이다. 한편, 사진관의 포켓 앨범이 낯익을 만큼은 필름 카메라의 기억이 있는 나는 미호시 씨가 무슨 말을 하려는 것인지 알 수 있었다.

"**네거필름**이군요."

미호시 씨는 딱 맞혔다는 듯이 고개를 끄덕였다.

"나도 필름 카메라로 찍은 사진을 접해본 게 너무 오랜만이었기 때문에 그쪽으로 생각해 보는 게 너무 늦어졌어요. 가게이 씨의 저택에 사진만이 아니라 네거필름도 남겨져 있다면, 분명 유작을 찍은 필름도 있을 거라고 생각한 거예요."

말을 듣고 보니 그 점을 여태 생각하지 못했던 게 이상할 정도였다. 아, 그렇구나, 하고 나는 무릎을 쳤다. 하지만 한편으로 또 다른 의문이 생겼다.

"그 저택에 네거필름이 남아 있다면 란 씨와 그 아드님이 이미 알지 않았을까요?"

"잊으셨어요? 란 씨는 내가 빌려온 포켓 앨범의 중요성조차 알지 못하셨어요."

―한가운데 그림을 찾으려고 이 방을 구석구석 찾아봤는데 역시나 그 작은 앨범들은 펼쳐보지 않았네요. 오라버니가 세상 떠나고 아직 반년쯤 된 참이라서 거기까지는 손을 대지 못했어요.

란은 그렇게 말했었다. 앨범을 펼쳐보지도 않았다면 더구나 네거필름은 찾아볼 생각도 못 했을 것이다.

"미호시 씨가 네거필름을 생각해 낸 것은 이해가 되네요. 하지만 그러려면 하마마쓰의 가게이 씨 저택에 또다시 가야 하는데 그건 시간과 비용과 노력이 들잖아요. 그걸 감수할 만큼 승산이 있었어요?"

"승산이라면?"

"앨범에 없으면 사진은 없다, 라고 생각하는 게 일반적이지요. 그런데도 유작 사진의 필름이 분명 존재한다고 믿을 만한 근거, 그렇게 기대할 만한 희망 같은 게 있었느냐는 뜻이에요."

"네, 있었어요." 미호시 씨가 자신 있게 답했다. "우리가 빌려온 포켓 앨범에 사진 한 장이 빠진 자리가 있었지요? 거기에 유작 사진이 들어 있었다고 생각했거든요."

"거기에는 오하라가 찾아낸 둘이 같이 찍은 사진이 들어 있었을 거라고 하지 않았던가요?"

"아니죠. 그렇다고 하기에는 날짜가 맞지 않아요."

말을 듣고 보니 그랬다. 포켓 앨범의 사진은 날짜별로 정리되었고, 사진을 빼낸 빈자리는 거의 마지막 장이었다. 한편, 둘이 같이 찍은 사진의 날짜는 1월 22일, 즉 부인이 가출하고 이틀째 되는 날이었다. 포켓 앨범의 빈자리에 둘이 함께 찍은 사진이 들어 있었다고 보기 어려운 것이다.

"가게이 씨 저택의 책상 위에 사진 액자가 있었던 거, 생각나요?"

생각났다. 아무것도 없는 빈 액자였다.

"부인과의 사진은 그 액자에 넣었던 거였어요. 그 액자를 살펴봤더니 표면에 남은 양면테이프의 잘린 위치가 사진의 뒷면 네 귀퉁이에 붙어 있던 테이프 흔적과 일치했어요."

액자에 테이프가 남았다는 것은 알지 못했다. 생각해 보니 포켓 앨범에 들어 있던 사진이라면 뒷면에 양면테이프 흔적이 남았을 리 없다. 그렇다면 가게이는 일단 그 액자에 넣어 장식해 두었던 사진을 나중에 지에 부인에게 보냈다는 것인가.

"그러니까 내가 말했잖아, 앨범의 빈자리는 다른 사진이었을 거라고."

오하라가 옆에서 끼어들었다. 결과적으로는 맞는 말이지만, 난처한 나머지 둘러댄 말이 우연히 맞아떨어진 것뿐이잖아, 하고 마음속으로 생각했다.

"액자에 그 사진을 넣었다면 여동생 란 씨도 본 적이 있지 않을까요?"

"란 씨가 그러셨죠, 그 방에는 발을 들인 적이 없다고."

―오라버니가 병원에 입원하고 돌아가시기 직전까지 나는 이 방에 한 걸음도 못 들어오게 했답니다.

그렇다. 병원에 입원할 때, 사진은 이미 가게이의 손을 떠난 뒤였을 것이다.

"물론 꼭 그렇다고 확신했던 것은 아니에요. 그래도 그 밖에 다른 단서가 없는 이상, 네거필름을 확인해 볼 가치는 있다고 생각했어요. 잘못 짚었다면 그때는 다시 다른 방법을 생각해 보면 되니까요."

나는 고개를 끄덕이며 그다음 이야기에 귀를 기울였다.

"지금도 네거필름이 남아 있을 만한 곳이라면 하마마쓰의 가게이 씨 저택밖에 없어요. 그래서 어제 일단 교토 집에 돌아왔다가 곧장 하마마쓰로 출발했어요."

그럴 거라고 예상은 했다. 하지만 아마노하시다테에서 돌아오자마자 다시 하마마쓰의 밋카비로 달려갔다는 말에는 역시 놀람을 금할 수 없었다.

미호시 씨의 말투에도 피로의 실감이 담겨 있었다.

"아오야마 씨는 한 번 가봤기 때문에 아시겠지만, 신칸센에서 재래선, 덴하마센을 연달아 갈아타면서 도착했을 때는 벌써 해가 저물고 있었어요. 가게이 씨 저택을 찾아가자 란 씨 혼자 집에 계시더군요. 나는 사정을 설명하고 네거필름을 찾게 해달라고 부탁했어요. 란 씨는 얼마든지 찾아보라면서 허락해 주셨죠."

그로부터 미호시 씨는 온 집 안을 찾아다녔다. 그러자 서재가 아닌 침실 서랍장 구석의 이불 뒤에 숨겨둔 상자에서 대량의 네거필름이 나왔다.

"가게이 씨는 사진만이 아니라 네거필름도 보관했었군요."

"네, 그런 분이시라서 정말 다행이었지요."

작품 제작을 위해 사진을 찍었기 때문에 네거필름도 빠짐없이 챙겨둘 필요가 있었던 것이리라.

"나는 란 씨의 도움을 받아가며 네거필름을 하나하나 살펴봤어요. 그랬더니 눈에 익은 아마노하시다테의 사진들이 찍힌 네거필름 한 줄이 나온 거예요. 네거필름 그대로는 알아보기 어려웠지만 그 안의 모습을 한 장 한 장 시선을 집중해서 확인해 봤거든요."

나도 오하라도 잔뜩 긴장한 채 결과를 기다렸다.

미호시 씨가 빙긋이 웃었다.

"있더라구요, 우리가 묵었던 그 '설화 방'에서 유작 세 장을 나란히 놓고 찍은 사진이."

나도 모르게 벌떡 일어나 박수를 치고 싶었다. 하지만 사진을 발견한 것 자체가 종점은 아니다. 가장 중요한 건 그곳에 무엇이 그려져 있느냐는 점이다.

잔뜩 긴장한 나와 오하라와는 대조적으로 미호시 씨는 느긋한 태도여서 뒤를 이어 나온 말은 마치 골탕을 먹이려는 것처럼 보였다.

"안타깝게도 네거필름이 너무 작아서 한가운데 그림에 무엇이 그려졌는지, 그것까지는 분명하게 보이지 않았어요."

안타깝기는 했지만, 그도 그럴 것이다. 네거필름의 한 칸은 가로세로 겨우 수 센티미터의 작은 크기다.

"그래서 란 씨의 허락을 얻어 네거필름을 들고 가게이 씨 저택을 나와 전차로 하마마쓰 역으로 돌아갔어요. 그리고 근처 사진관에 달려가 필름을 인화해 달라고 했죠. 정말 오랜만의 체험이었지만, 인화 작업이란 게 정말 빠르더군요. 단 삼십여 분 만에 사진으로 인화해 줬어요."

"그러면 봤겠네요, 그 유작 사진을?"

내가 재우쳐 확인하자 미호시 씨의 표정이 단정해졌다.

"네, 봤습니다."

그렇다면 그 사진을 우리에게도 보여줘야 할 터였다. 하지만 미호시 씨에게는 그럴 수 없는 사정이 있었다.

"그렇게 나는 신칸센을 타고 교토에 돌아왔어요. 밤늦은 시간이 된 것은 하마마쓰에서 돌아온 길이었기 때문이었어요. 교토 역에서 지하철로 이동해 역을 나온 참에 아오야마 씨에게 전화했고, 그리고 그 골목에서 강도를 당했던 거예요. 범인은 내 가방도 가져가 버렸죠. 네거필름과 인화한 사진이 든 가방을."

사진은 현재는 미호시 씨의 손에 없고 우리는 그걸 볼 수가 없다. 하지만 일이 이렇게 됐으니, 그건 일단 미뤄두기로 하자. 미호시 씨가 이미 사진을 봤던 것이다. 그 증언만 있으면 충분하지 않을까.

"그래서 한가운데 그림에는 어떤 것이?"

나는 핵심에 다가가려고 했다. 그때였다.

"아니, 그보다……."

오하라가 내 말을 가로막더니 엉뚱한 얘기를 꺼냈다.

"미호시 언니를 습격한 사람, 정말로 그 소매치기였어?"

미호시 씨의 얼굴에 쓴웃음이 떠올랐다.

"그건 무슨 말이지?"

"아니, 범인은 가방 속의 지갑이 아니라 그 사진이며 네거필름을 가로채려고 했던 거 아니냐고."

"그런 걸 가져가서 뭐 하려고?"

"란 씨가 그 그림에 보상금 1천만 엔을 주겠다고 했잖아. 쩨쩨한 도둑질과는 비교가 안 될 만큼 큰돈이야. 그 단서가 되는 물건을 범인이 가로채려고 했다고 해도 이상할 게 없어. 범인은 한가운데 그림을 찾아내려고 한 거야."

나는 오하라가 이런 주장을 하고 나선 이유를 짐작할 수 있었다. 그녀는 그림에 그려진 게 무엇인지 따위, 아무 관심도 없다. 어디까지나 실제 그림을 손에 넣어야 하고, 누군가 먼저 가로채 가는 건 참을 수 없는 것이다.

"그 사진과 네거필름은 그림의 소재지를 알려줄 만한 것이 아니었어."

"그딴 거, 아직 사진을 못 본 범인이 알 턱이 없잖아. 미호시 언니가 결정적인 단서를 잡았다고 지레짐작하고 공격했을 가능성이 있어."

"범인이 어떻게 내가 유작 사진을 손에 넣은 것을 알았지?"

"미호시 언니가 단서를 찾고 다닌다는 걸 어디선가 전해 들었을 수도 있어. 그래서 내내 감시했겠지."

"나를 습격한 범인은 이미 체포됐어. 또 다른 건의 소매치기로."

"여죄를 인정하지 않았다고 했잖아. 언니 가방도 못 찾았어. 진범은 따로 있는 거 아냐?"

어느샌가 미호시 씨의 얼굴에서 웃음기가 사라졌다.

"나한테서 빼앗은 사진을 단서로 삼아 범인이 한가운데 그림을 찾아냈다고 치자. 그럴 경우, 사진을 가로챘다는 것을 내가 알고 있어. 나중에 누군가 그림을 들고 란 씨 앞에 나타난다면 그 인물이 나를 습격한 범인이라는 게 당장 밝혀지는 거야. 즉 범인은 그 그림을 찾아내더라도 보상금을 받으러 나타날 수 없다는 얘기야."

"네, 그렇죠, 당연히."

만일 1천만 엔이 그 그림의 시장가격이라면 얘기는 달라질 것이다. 흔히 얘기하는 암시장 등에서 팔아 치울 방법이 있을지도 모른다. 하지만 가게이의 유작에 1천만 엔을 지불해줄 사람은 란 씨뿐이다. 그녀에게 그림을 가져가지 않는 한, 돈은 손에 들어오지 않는다. 강탈해 간 단서를 통해 그림을 찾아내 봤자 결국 환금할 때 범행이 발각되고 마는 것이다.

"범인 역시 그런 결과를 예상할 수 있었어. 그렇다면 강도짓이라는 무리한 방법으로 나한테서 사진을 빼앗는 건 이상하잖아? 아무리 결정적인 단서를 잡았다고 지레짐작하고 다급해졌다고 해도 그건 아니지."

"그런가……."

오하라는 수긍한 것인지 못한 것인지 알 수 없는 표정이었다. 미호시 씨는 어떤가 하면, 자신이 이끌어낸 결론에 안도하는 것처럼 보였다.

"실제로는 그 사진과 네거필름은 아무 단서도 안 되는 물건이라서 그 범인이 갖고 있더라도 란 씨를 찾아갈 일은 없어. 하지만 나는 역시 근처에서 체포했다는 소매치기가 나를 공격한 범인이었다고……."

부자연스러운 곳에서 말이 뚝 끊겼다. 나는 흠칫 놀라서, 왜 그러느냐고 물었다.

미호시 씨는 바짝 굳어 있었다.

"미호시 언니?"

오하라가 의아해하며 불렀는데도 반응을 보이지 않았다.

나는 지금까지 미호시 씨가 한 얘기가 옳다고 믿었다. 범인이 그림을 찾기 위해 필름과 사진을 빼앗아 갔다고 강변하는 오하라의 말에는, 미스터리 드라마를 너무 많이 본 모양이라고 어이없는 기분까지 들었다.

그래서 긴 침묵 끝에 미호시 씨가 오하라를 지그시 바라보며 다음과 같이 말했을 때, 다시금 화들짝 놀랄 수밖에 없었다.

"아, 그래, 네 말이 맞는지도 모르겠다."

그 직후, 미호시 씨가 자리에서 벌떡 일어섰다. 머리의 부상에 악영향이 미치지 않을지 걱정스러울 만큼 기민한 동작이었다.

"왜 그러십니까, 미호시 씨."

"확인해 볼 게 있어요. 서둘러야겠네."

"서두르다니, 그 몸으로 어디를?"

미호시 씨는 나를 돌아보며 망설임 없이 말했다.

"하마마쓰에."

2

급작스러운 하마마쓰행에 이번에는 오하라도 따라왔다.

"이제 슬슬 집에 들어갈 생각이기도 했고, 마침 좋은 타이밍이에요."

"할아버지 병문안은 안 해도 돼?"

"뭐, 별수 없죠. 이미 봄방학도 끝나버렸는데."

고교생의 본분으로서 학교에 가는 건 중요하다. 결국 모카와 씨의 병문안은 못 하고 끝나버렸지만, 일이 이렇게 다급하게 전개되고 있으니 어쩔 수 없다. 오하라가 그동안 감춰온 게 무엇인지도 유야무야되었지만, 그건 다시 나중에 정식으로 얘기를 들으면 된다.

셋이서 교토 역으로 나가, 오하라가 호텔에서 체크아웃하고 나오기를 기다렸다. 역까지 마구 내달려 오하라가 도착했을 때, 여행 캐리어 외에 큼직한 종이 가방을 들고 있었던 것은 교토에서 옷 등을 사들였기 때문이었다.

그렇게 우리는 신칸센에 올라타고 하마마쓰로 향했다. 미호시 씨의 차비는 내가 조금 전에 돌려준 여관 숙박비로 충분했다.

"미호시 씨, 괜찮아요?"

3열 좌석의 가운데 자리에 앉은 나는 우선 창가의 미호시 씨를 보살폈다. 부상을 걱정한다고 생각했는지 그녀는 머리에 씌워진 망을 손끝으로 매만졌다.

"아무렇지도 않아요. 평소와 전혀 다를 게 없는데요."

"하마마쓰에는 이틀 연달아 가는 거잖아요. 그전에는 아마노하시다테, 그리고 오늘 또 하마마쓰…… 이렇게 강행군 하면 건강할 때라도 피곤이 쌓이게 돼요. 제발 부탁이니까 너무 무리하지 말아요."

"신경 써줘서 고마워요. 근데 이게 진짜 마지막 여정이 될 거예요."

옆얼굴에서 긴장이 엿보였다. 그녀가 무슨 생각을 하고 무엇을 위해 하마마쓰로 향하는 것인지, 나는 알지 못했다.

"그러고 보니 어제 둘이 여기저기 조사하러 다녔다고 했지요? 진전된 것도 있다고 들었는데."

미호시 씨가 강도를 당하기 직전의 통화에서 내가 그런 얘기를 했었다.

"괜찮으시면 하마마쓰에 도착할 때까지, 어제 얘기 좀 해 주실래요?"

기꺼이 말씀드리겠다고 답하면서 나는 통로 측 좌석에 앉은 오하라의 눈치도 봐가며 어제 일을 순서대로 풀어냈다. 아마노하시다테를 오하라와 걸어서 건넜다. 교토 시내에 돌아와 모카와 씨에게서 열쇠를 받아 탈레랑에 갔다. 커피를 내리다가 로스터의 존재가 퍼뜩 생각났다…….

"그래서 기타오지의 네즈 로스터로 찾아간 거예요."

"아, 네즈 씨에게……. 그건 난 생각도 못 했네요."

"참고로, 네즈 씨에게서 부인 이야기는 들은 적이 없었어요? 부인이 처음에 어떻게 네즈 로스터를 드나들게 되었는가 하는 얘기."

"아뇨, 부인에게서 그 로스터의 원두가 마음에 들어 탈레랑을 열기로 했다는 얘기는 들었죠. 그밖에 다른 얘기는 전혀 없었는데?"

"결론부터 말하면, 우리가 네즈 씨를 찾아간 건 대성공이었어요. 부인을 처음 네즈 로스터에 데려온 사람이 다름 아닌 가게이 씨였다는 걸 알았으니까요."

나는 네즈에게서 들은 이야기를 미호시 씨에게 전했다. 젊은 지에 씨와 가게이의 사랑, 추억의 커피 맛을 지키기 위해 탈레랑을 개업했다는 것 등을 미호시 씨는 황홀한 듯한 표정으로 듣고 있었다.

"그런 일이 있었다니, 나는 전혀 몰랐어요. 알려주셔서 고마워요."

"아뇨, 결국 그림의 행방은 네즈 씨도 모른다고 했던 게 아쉬울 따름이죠."

네즈 로스터를 나온 뒤에 오하라의 미심쩍은 구석을 발견했던 것도 얘기해야 할지, 나는 망설였다. 하지만 그 전에 미호시 씨가 이제 충분하다는 듯이 고개를 끄덕였다.

"이제 확신이 생겼어요. 실은 아직도 해명되지 않은 게 있었거든요. 방금 해주신 얘기가 내가 찾던 커피 원두의 마지막 한 알이 됐어요."

"그러면……."

미호시 씨가 빙긋이 미소를 지었다.

"네에, 깨진 커피잔에서 시작된 일련의 수수께끼, 아주 잘 갈아졌습니다!"

신칸센이 하마마쓰 역에 도착하자 재래선, 덴류하마나코 철도선으로 연달아 갈아탔다. 가게이의 저택으로 향한다는 건 알았지만 그 목적은 아직 듣지 못했다.

"우리 집이 자꾸자꾸 가까워지네."

오하라가 창밖으로 시선을 던지며 말했다. 그 집에 도착하기 전에 오하라가 그동안 감춰온 것이 무엇인지 얘기를 듣기는 어려울 것 같았다.

밋카비 역에서 내려 가게이의 저택을 향해 걸음을 옮겼다. 그제야 미호시 씨는 하마마쓰에 온 목적을 설명해 주었다.

"나를 습격한 자가 경찰이 이미 체포한 그 소매치기범일 가능성은 아직 남아 있어요. 그 경우에는 경찰에서 범인의 자백을 받아내고 내 가방도 찾아주기를 바랄 수밖에 없겠죠."

그건 부정할 수 없는 일이었기에 그대로 받아들였다.

"한편으로, 범인이 1천만 엔으로 환금할 수 있는 유작을 가로채기 위해 나를 습격했다는 설이 있었어요. 나는 그건 논리적으로 맞지 않다고 생각했어요. 단서를 빼앗아 나보다 먼저 유작을 손에 넣어봤자 란 씨를 찾아가 보상금을 받으려고 하면 나를 습격한 범인이라는 게 드러나고 말 테니까요. 결국 범인은 1천만 엔을 손에 넣을 수 없으니까 그런 어리석은 방법으로 단서를 빼앗아 갔을 리는 없다, 라는 것이었죠."

"네, 수긍할 수 있는 논리였어요."

"하지만 그 뒤에 번쩍 떠오른 게 있었어요. **유작을 환금하지 않고서도 1천만 엔의 이익을 누릴 수 있는 자가 있다**는 거."

그 말에 나는 어려운 수수께끼를 받은 것처럼 혼란에 빠졌지만, 오하라는 즉각 10대다운 뇌의 유연성을 발휘했다.

"아, 그래, 맞다, 란 씨! 자기가 직접 유작을 찾아내면 보상금 1천만 엔은 내주지 않아도 되잖아."

그런 거라면 우리가 지금 가게이 씨의 저택으로 가고 있는 목적과도 일치한다.

하지만 미호시 씨는 고개를 저었다.

"뭐, 그럴싸한 답이야. 근데 란 씨가 1천만 엔을 내놓기 싫었다면 보상금을 주겠다는 발표를 철회하기만 하면 돼. 애초에 그 일에 꼭 돈을 내야 할 의무는 없었어."

"유작이 이제 곧 발견될 듯한 단계에서 갑작스럽게 보상금 지급을 철회하면 내 돈 아깝다고 억지 부리는 꼴이 되잖아. 그래서야 유작을 발견한 사람도 순순히 그림을 내놓지 않지."

그렇다면 란 씨는 유작이 시장가격에 적합한 금액으로 거래될 때까지 기다렸다가 그때 사들이면 되지 않을까 싶기도 했다. 하지만 미호시 씨는 오하라의 주장을 인정했다.

"응, 맞는 말이야. 다만 란 씨는 범인이 아니라고 단정할 만한 근거가 그 밖에도 또 있어. 아오야마 씨, 내가 습격당했을 때 통화했던 기억을 다시 떠올려보세요. 나한테서 가방을 빼앗은 뒤에 범인이 어떻게 했지요?"

내가 직접 본 게 아니라서 모른다, 라고 대답하려고 했다. 하지만 미호시 씨의 말대로 그때의 기억을 떠올려봤더니 한 가지 뜻밖의 사실이 떠올랐다.

"범인이 뛰어서 도망쳤어요. 그 발소리를 내가 들었어요."

미호시 씨가 고맙다는 듯이 미소를 지었다.

"나도 의식을 잃는 순간에 똑같은 소리를 들었어요. 즉 범인은 뛰어서 도망칠 수 있는 자였다는 것이죠. 그런데 란 씨는 저택을 방문한 우리에게 거듭해서 '다리가 불편하다'라고 했었어요."

실제로 란은 집 안에서의 짧은 이동조차 힘들어했다. 그게 뛰어서 도망칠 수 있다는 것을 감추기 위한 연기일 리는 없다. 미호시 씨를 습격한 것은 그 범인에게 우발적인 일이었기 때문이다.

"그게 아니더라도 란 씨는 60대 여성이에요. 가볍게 뛰어서 도망치기 어려운 나이라는 얘기죠. 따라서 란 씨는 범인이 아니에요."

"그래도 그밖에 또 누가 있어? 유작을 환금하지 않고 이익을 누릴 수 있는 사람이라니?"

"범인이 나를 습격한 것은 내가 유작의 소재지에 대한 단서를 잡았다고 지레짐작했기 때문이었어. 그렇게 지레짐작할 수 있는 경우라면, 내가 네거필름을 찾아냈을 때나 사진 인화를 맡겼을 때, 즉 하마마쓰에서 한창 돌아다닐 때였다고 생각할 수 있겠지. 범인은 그 사진에 결정적인 단서가 찍혔을 거라고 지레짐작하고, 내 뒤를 밟아 교토까지 따라왔다가 아오야마 씨와의 통화를 엿들은 거야."

―네, 알아냈어요. 사라진 한가운데 그림이 어떻게 되었는지…….

그 말을 듣고 범인은 미호시 씨가 유작의 소재지를 알아냈다고 믿어버렸다. 그리고 그게 결정타가 되어 그 직후에 미호시 씨를 습격했다.

"즉 범인은 하마마쓰에서 나에게 접근할 수 있었고, 또한 유작을 환금하지 않아도 이익을 누릴 수 있는 사람이야. 물론 뛰어서 도망치는 것도 가능해야겠지. 그런 사람이라면 내가 보기에는 단 한 명뿐이야."

얘기하는 사이에 가게이 저택 앞에 도착했다. 미호시 씨가 인터폰을 눌렀다.

"네에, 누구세요."

인터폰 너머로 들려온 목소리는 란의 것이었다. 미호시

씨는 공손하게 인사를 건넸다.

"기리마 미호시예요. 번거롭게 해드려서 죄송합니다. 실은 조금 더 찾아볼 게 있어서요. 지금 잠깐, 괜찮을까요?"

"아, 미호시 씨, 괜찮고말고요. 어서 들어와요."

인터폰이 끊겼다. 그 순간, 미호시 씨가 아주 작은 소리로 죄송해요, 라고 중얼거렸다.

대문을 건너 안으로 들어갔다. 현관 미닫이문을 열어준 것은 란 씨 본인이었다.

"어서 와요. 저런, 웬일인가요, 그 머리는?"

"네, 일이 좀 있어서요. 그리 크게 다친 건 아니에요."

"아휴, 그렇다면 다행이지만……. 그나저나 오늘은 혼자가 아니군요. 어라, 저 여학생은……."

"갑작스럽게 우르르 몰려와 죄송합니다. 실례하겠습니다."

란 씨의 말을 가로막으며 인사를 하자마자 미호시 씨는 구두를 벗고 안으로 들어갔다. 나와 오하라도 급히 뒤따라갔다. 미호시 씨는 복도를 직진해 한 방 앞에 멈춰서더니 장지문을 잡았다. 란 씨가 제지하려고 했다.

"아니, 어제도 내가 말했지만, 그쪽 방은……."

하지만 미호시 씨는 망설임 없이 그 문을 활짝 열었다.

그녀가 다시 입을 열기까지 몇 초의 공백이 있었다. 그 사이에 나는 미호시 씨 옆에 다가가 방 안을 들여다보고는 말문이 턱 막혔다.

"역시…… 범인은 당신이었군요."

미호시 씨의 날카로운 목소리가 이쪽에 등을 돌린 채 양반다리를 하고 앉은 그 방의 주인을 쿡 찌르는 것 같았다.

"어떻게 여기에……?"

에스미 다이가 이쪽을 돌아보며 경악한 표정으로 중얼거렸다.

그의 손 밑에는 미호시 씨의 가방이 떨어져 있었다.

3

"어떻게, 라고 물으신다면 대답해 드릴게요."

미호시 씨는 방 안으로 들어섰다.

"나를 습격해 단서를 빼앗고 유작을 가로채 봤자 란 씨에게 들고 왔을 때 범행이 발각되는 것으로 끝이 나겠지요. 그런데 범인은 그런 결말도 두려워하지 않고 나를 습격했어요. 유작이 목적이었다면 범인은 그 유작을 환금하지 않더라도 이익을 누릴 수 있는 인물이어야 하는 거예요."

에스미 다이는 허리를 틀어 이쪽을 향한 채 바짝 굳어 있었다. 찬찬히 보니 손에 사진을 들고 있었다.

"과연 그 인물은 누구인가. 조금만 생각해도 알 수 있는 일이에요. 나를 포함한 누군가가 정당한 수단으로 유작을 찾아내고 란 씨에게서 보상금을 받아간다면, 란 씨의 재산은 1천만 엔, 정확하게는 거기에서 유작의 시장가치를 뺀 만큼 줄어듭니다. 그 유작에는 1천만 엔의 시장가치는 없으니까요."

그래서 오하라는 조금 전에 란을 의심한 것이다.

"이건 어디까지나 란 씨 본인의 재산에 관한 얘기예요. 그런데 거기에 또 한 사람, 이해관계자가 있었어요. 에스미 다이 씨, 당신은 란 씨가 사망하실 경우, 가장 많은 유산을 상속받을 수 있는 사람이지요? 란 씨에게는 아드님이 한 분뿐이라고 했으니까요."

―고향에 뼈를 묻는 것도 괜찮겠다 싶어서 외아들 다이와 함께 이쪽으로 이사했답니다.

처음 만났을 때 란은 그렇게 말했다. 그녀가 원한다면 다른 사람에게 얼마간 유산이 건너갈 수도 있겠지만, 남편이 이미 세상을 떠났으니 그녀의 유산―가게이 샤토에게서의 상속분을 포함한―은 대부분 외아들 다이가 상속하게 된다.

"당신은 란 씨가 1천만 엔의 거액을 유작의 보상금으로 내주면 자신의 상속분이 그만큼 줄어든다고 생각했겠지요. 아니면 이미 란 씨의 재산을 당신 마음대로 유용했던 건가요? 그러니 나를 습격해 네거필름과 사진을 빼앗아 갔겠죠. 한 발 앞서 그림을 찾아내 어딘가에 감춰두거나 처분할 계획이었나요? 란 씨가 자칫 그 그림을 보기라도 하면 입수 경위를 설명해야 할 테니까요."

어제 미호시 씨가 이곳에 왔을 때, 란은 혼자 있었다고 들었다. 다이는 나중에 집에 돌아와 몰래 숨어 지켜보다가 미호시 씨가 뭔가 단서를 잡았다고 지레짐작하고 뒤를 밟은 것이다. 미호시 씨가 사진관에서 사진을 인화하는 모습을 목격하고 불안에 휩싸여 교토까지 따라왔고, 나와 통화하는 것을 엿듣고는 급기야 사진을 강탈할 수밖에 없다고 생각해 선을 넘는 짓을 하고 말았다.

"그 사진에 유작의 소재지를 알려주는 단서 따위는 없었어요."

미호시 씨가 다이의 손 밑을 가리키며 말했다. 그가 들고 있는 사진은 어제 미호시 씨가 인화한 것이었다.

"나는 이제 사라진 한가운데 그림이 어떻게 됐는지 알고 있어요. 하지만 그건 사진을 통해 얻은 정보만으로는 결코 알아낼 수 없어요. 다양한 의미에서 당신이 나를 습격한 것은 전혀 아무 의미도 없는 짓이었어요."

자신도 사진을 봤기 때문에 그 말이 단순한 허풍이 아니라는 건 잘 알았을 것이다. 다이는 어깨를 부르르 떨었다. 미호시 씨의 말은 상당히 도발적으로 들렸다. 혹시라도 다이가 덤벼들지 모른다는 느낌이 들어, 나는 한 걸음 앞으로 나섰다.

"이제 내 가방은 돌려주시죠. 자진해서 경찰에 출두하신다면 제가 지금 신고해서 경찰에 넘기지는 않도록 해드릴게요."

 미호시 씨는 진심으로 화가 나 있었다. 그러면서도 그녀는 최대한 에스미 다이에게 양보해 준 것이다. 체념할 수밖에 없는 장면이었지만, 다이는 미동조차 하지 않았다.

 미호시 씨가 가방을 되찾으려고 팔을 내밀었을 때였다.

 "에잇, 제기랄!"

 다이가 벌떡 일어나 사진을 내던지고 미호시 씨를 홱 밀쳤다. 순간적인 행동이어서 나는 다이의 폭력을 막지 못했지만 그래도 미호시 씨 바로 뒤에 있었기 때문에 그녀를 받아 안을 수 있었다.

 처음 만났을 때의 온화한 모습으로는 도저히 상상도 할 수 없는 에스미 다이의 분노한 형상에 오하라가 겁에 질려 뒤로 주춤 물러섰다. 그러면서 생겨난 빈틈을 파고들어 다이는 잽싸게 방 밖으로 뛰쳐나갔다.

 "미호시 씨, 괜찮아요?"

 나는 우선 그녀의 머리가 걱정되었다.

 "아오야마 씨 덕분에 무사해요. 그보다 빨리 저 사람을 잡아야 해요."

 나는 발길을 돌려 복도를 뛰어갔다.

 다이는 현관에서 지저분한 스니커즈를 발에 꿰어 신고 있었다. 놓치겠다, 라고 생각했다.

 하지만 그가 거기서 딱 멈췄다.

"어머니……."

현관 미닫이문 앞을 란이 가로막고 서 있었다.

"얘기는 다 들었다. 자수해라."

란이 엄격한 어조로 말했다. 그 두 눈은 빨갛게 충혈되어 있었다.

"어머니, 비켜요!"

다이가 란에게 다가들었다. 하지만 란은 그 자리에서 꿈쩍도 하지 않았다.

"도망치려거든 나를 밀쳐내고 가거라. 단 그때부터 모자 간의 인연은 딱 끊길 줄 알아."

"됐으니까, 비켜요!"

"죄를 갚을 마음만 있다면 나는 너를 포기하지 않아. 내가 1천만 엔을 내겠다고 했기 때문에 네가 죄를 범해버렸어. 네 죄는 나도 함께 갚을 거야."

숨이 멎을 듯한 침묵이 흘렀다. 곧바로 뒤따라온 미호시 씨와 오하라도 대치 중인 어머니와 아들을 마른침을 삼키며 지켜보았다.

이윽고 다이가 무릎을 꿇고 무너졌다.

"……못 가요, 어머니를 밀쳐내고는 못 갑니다."

란이 아들의 어깨에 손을 얹었다. 옆을 보니 미호시 씨는 기진맥진한 얼굴을 하고 있었다.

다이는 움직일 힘조차 잃어버린 사람처럼 현관 마루 끝에 주저앉았지만, 그래도 스스로 경찰에 전화했다. 잠시 뒤 경찰이 달려왔고, 다이를 경찰차 안으로 연행했다. 그 모습을 정원에서 배웅하며 미호시 씨는 란에게 깊숙이 머리를 숙였다.

"일이 이렇게 되어서 어떤 말씀을 드려야 할지 모르겠습니다. 이번 일에 협력해 주신 것은 모두 란 씨의 후의였는데 결과적으로 아드님을 범죄자로 만들고 말았어요."

란은 고개를 저었다.

"미호시 씨에게 그런 험한 짓을 하다니, 정말로 미안해요. 잘못한 건 미호시 씨가 아니라 내 아들이지요."

"그래도……."

"내가 심사숙고도 없이 유작에 어울리지 않는 거금을 보상금으로 내걸었던 게 잘못이었어요. 이제 그만 머리를 들어요."

미호시 씨는 여전히 침울한 얼굴이었지만 더 이상 반론은 하지 않았다. 그걸로 됐다, 라고 나는 생각했다. 미호시 씨는 순수하게 피해자인 것이다. 범죄의 원인을 만든 측면이 전혀 없지는 않을지도 모르지만, 그렇게 따지기 시작하면 한이 없다.

"어떻게 현관 앞에 서 있으셨어요, 정말로 밀쳐내기라도 했으면 큰일 났을 텐데."

미호시 씨는 란의 용기를 짚었다. 다리까지 불편한 분

이라서 다이의 행동 여하에 따라서는 어떤 사태가 벌어졌을지, 상상하기도 싫었다.

하지만 란은 이런 때에도 미소를 보였다.

"저런 아들이라도 나한테는 참 착했어요. 저 아이 덕분에 익숙지 않은 이 집에서 큰 고생 없이 지낼 수 있었네요."

그 아들도 집행유예가 붙지 않는 한, 한동안 이 집에 돌아올 수 없다. 란이 고생할 것을 생각하면 안타까운 마음을 금할 수 없었지만, 그것 또한 그녀가 아들과 함께 죄를 갚는 과정일 것이다.

경찰이 집 안에 들어와 증거품을 압수하고 있었다. 미호시 씨의 가방을 돌려주기까지는 시간이 걸릴 거라고 한다. 압수품을 차에 싣고 떠나려는 경찰관을 미호시 씨가 불러 세웠다.

"잠깐만요."

미호시 씨는 경찰관과 뭔가 상의한 뒤, 사진 한 장과 네거필름을 받아 들고 돌아왔다.

"압수해 가기 전에 보여드리고 싶어서요."

"혹시 그 사진이?" 내가 물었다.

"네, 가게이 씨의 유작을 찍은 사진이에요."

란, 나, 오하라 사이에 긴장감이 내달렸다.

미호시 씨는 우선 사진의 뒷면을 내밀었다. 우리는 빙 둘러섰다. 바로 눈앞에서 사진이 돌려졌다.

"이건……."

세 장 한 세트의 유작은 마침내 그 전모를 드러냈다.

얘기로 들었던 대로 장소는 '설화 방'이었다. 도코노마에 세 장의 그림이 나란히 놓여 있었다.

좌측 그림에는 모카와 지에가 서 있다. 우측 그림에는 가게이 샤토가 서 있고, 그 두 사람은 서로를 향해 팔을 내밀었다. 히라야마 미술관에서 본 것과 똑같은 그림이다.

그리고 한가운데 그림에는 좌우 양측 그림에서 튀어나온 그들의 양손이 그려져 있었다.

〈국생〉 그림과 같은 천소모 창이 아니다.

손을 맞잡은 것도 아니다.

"……어째서?"

나도 모르게 입에서 그런 중얼거림이 흘러나왔다.

두 사람은 파란 무늬의 커피잔을 얹은 소서를 잡고 있었다.

"어젯밤에 내가 아오야마 씨에게 전화한 것은 이 사진을 봤기 때문이었어요."

미호시 씨가 내 쪽을 보며 말했다.

"지난번 여관을 떠나면서 남겨둔 편지에도 적었듯이 나는 돌아가신 부인의 행동을 파헤치는 것에 망설임이 있었어요. 그래서 혹시라도 부인이 문제의 일주일 동안 가게이 씨와 남녀 관계를 맺었다는 게 밝혀질 경우, 누구에게도 발설

하지 말자고 결심했죠. 한가운데 그림에 천소모 창이 그려져 있었다면 아마 나는 평생 내 가슴속에만 담아뒀을 거예요."

하지만 실제로 그려져 있는 것은 천소모 창이 아니라 커피잔이었다.

"실은 어젯밤까지만 해도 가게이 씨가 무슨 생각으로 커피잔을 그렸는지, 이해하지 못했어요. 어떻든 두 사람이 맞잡은 게 천소모 창이 아니라는 걸 알게 된 시점에 그들은 남녀 관계를 맺지 않았다는 결론에 이르렀죠."

〈40년 후〉라는 제목의 유작은 예전의 〈국생〉과 똑같은 구도로 해야만 비로소 그 의미가 전달된다. 그렇다면 두 사람의 나이 든 모습뿐만 아니라 둘이 잡고 있는 물건까지 바뀐 것에는 명확한 이유가 있을 터였다. 두 사람이 남녀 관계를 맺었다면 가게이는 역시 천소모 창을 그렸을 게 틀림없다.

"그래서 이번 일을 도와준 아오야마 씨에게 말해도 별문제 없다고 판단한 거예요. 부인은 남편을 배신하지 않았어요. 가게이 씨와 일주일을 함께 보낸 것은 사실이고, 그건 그녀가 무덤까지 가져간 비밀이었지만, 그래도 불륜에는 이르지 않았으니까요."

오히려 그런 사실을 전하는 것은 고인의 명예 회복으로 이어지는 일이었기 때문에 미호시 씨는 한시바삐 얘기해 주고 싶었다. 그래서 밤늦은 시간인데도 내게 전화한 것이다.

"문제의 일주일 동안 두 사람이 서로 남녀 관계를 가진 일이 없었고, 그래서 가게이 씨는 천소모 창이 아닌 다른 것을 그렸다, 라는 점은 이제 알겠군요. 하지만 어째서 커피잔이지요?"

내가 고개를 갸우뚱하자 미호시 씨는 빙긋이 웃었다.

"그건 나보다 두 분이 더 잘 아실 텐데요?"

"우리가?"

뭘까, 하고 생각해 보았다. 그때였다.

"아니, 이건 진짜 말도 안 돼."

돌연 낮고 거친 목소리가 들려서 나는 그쪽을 돌아보았다.

오하라였다. 고개를 숙인 채 이를 악물고 두 주먹을 부르쥐고 있었다.

"이상하잖아, 이건 분명 뭔가 잘못됐어. 두 사람은 천소모 창을 잡았어야 한다고!"

"오하라, 왜 그래?"

내가 말을 건넸지만, 그녀는 멈추지 않았다.

"너무 가엾잖아. 서로 사랑하지도 못했다니, 할아버지가 너무 가엾단 말이야!"

천소모 창을 잡고 있었다면 모카와 씨가 딱하다고 하는 것이라면 이해가 된다. 하지만 이 그림을 보고 '할아버지가 가엾다'라니, 이건 대체 무슨 말인가.

내가 혼란스러워하고 있으려니 다시 다른 쪽에서 목소

리가 들려왔다.

"내내 위화감은 있었어."

미호시 씨였다.

"할아버지 집에서는 네가 사진을 찾아냈고, 가게이 씨의 얼굴을 보고는 미술 관계자라고 알려주기도 했고, 너는 번번이 우리를 정확하게 진실로 이끌어줬어. 이상하다고는 생각했지만, 설마 의심까지는 못 했어. 나는 이런저런 일로 머릿속이 가득 차서 그런 생각을 할 겨를이 없었으니까."

갑작스럽게 무슨 말인가. 오하라가 크게 활약한 장면은 있었지만, 그렇다고 왜 그녀를 의심하지 않으면 안 된다는 것인가.

"눈치채는 게 너무 늦었지? 어제, 이 저택에서 네거필름을 발견했을 때, 비로소 알았어. 네가 여태까지 거짓말을 했다는 거."

"거짓말이라고요?"

나는 되물었다. 그건 내가 오하라에게 아직 묻지 못했던 그 비밀과 관계가 있는 것일까.

"이 네거필름을 보세요."

미호시 씨가 경찰관에게서 받아온 네거필름을 내밀었다. 그 포켓 앨범에 들어 있던 아마노하시다테에서 찍은 사진 필름이었다. 차례대로 살펴봤지만 딱히 이상한 점은 없었다. 여관에서의 사진, 바닷가에서 함께 찍은 사진, 유작 사진 등은 골똘히 시선을 집중하면 알아볼 수 있었다.

마지막 사진까지 갔을 때, 나는 엇 하고 생각했다.

"부인의 묘지 사진이네요?"

네거필름의 마지막 한 장은 포켓 앨범의 마지막 한 장과 똑같이 '모카와 가의 묘'라고 새겨진 묘지 사진이었다.

"가게이 씨가 아마노하시다테에서 촬영에 사용했던 그 필름으로 지에 씨 묘지 사진을 찍었군요. 역시 사진을 정리하는 데는 관심이 없어서 인화한 사진을 기계적으로 앨범에 넣어두기만 했던 모양이네요. 근데 그게 왜요?"

"모르시겠어요, 그게 명백히 이상하다는 것을?"

"아마노하시다테에 갔던 게 7년 전이고, 부인이 돌아가신 건 5년 전이니까 2년 동안이나 그 필름을 그대로 묵혀뒀다는 게 좀 이상하지만…… 그래도 가게이 씨가 실제로 그렇게 했던 거잖아요. 유작의 제작을 마쳤으니 더 이상 사진을 찍을 일도 없었던 거 아니에요?"

"이 네거필름이 의미하는 것은 2년여 동안 가게이 씨가 필름을 카메라에 넣어둔 채 사진을 찍지 않았다, 라는 것만이 아니에요. 사진을 찍지도 않았고 인화도 하지 않았다, 라는 사실이죠."

"그런 얘기가 되겠지요……. 어라?"

뭔가 이상하다. 미호시 씨는 내 머릿속에 있는 응어리를 언어로 바꿔주었다.

"가게이 씨는 부인의 사후에 성묘하고 사진을 찍은 뒤에야 비로소 이 필름을 인화했어요. 아마도 부인을 그리워하는 마음 때문이었겠지요."

"네, 나도 그렇게 생각되네요."

"그렇다면 부인의 생전에는 이 필름을 인화한 적이 없었다, **즉 부인이 그 바닷가에서 찍은 사진을 손에 넣었을 리 없다는 뜻이에요.**"

소름이 돋았다.

부인의 사후에야 인화한 사진이 어째서 부인의 유품 속에서 발견된 것인가.

"모카와 씨가 사진을 받아서 부인의 유품과 함께 보관했다든가……."

나는 어떻게든 합리적인 설명을 시도해 봤지만, 미호시 씨는 단박에 부정했다.

"그럼 가게이 씨가 부인의 사후에 그 사진을 모카와 아저씨에게 보냈다는 건가요?"

"이상한 일이기는 하지만, 그랬을 가능성도 있지 않겠느냐는……."

"그렇다면 모카와 아저씨는 그 사진을 봤다는 얘기예요. 오른쪽 아래에 찍힌 날짜를 통해 부인이 가출했던 그 일주일 사이에 찍은 사진이라는 것도 알았겠지요. 이번 일을 부탁하면서 모카와 아저씨가 그 점을 밝히지 않은 건 부자연스러운 일이잖아요."

그것도 그렇다. 하지만 그렇다면 어째서 그 사진이 모카와 씨의 자택에서 발견된 것인가.

미호시 씨가 내놓은 대답은 허를 찌르는 것이었다.

"그 사진, 사실은 부인의 유품 속에 있었던 게 아니었어요."

"그, 그건 무슨 말이에요?"

미호시 씨는 그제야 오하라를 돌아보며 말했다.

"어제 이 저택을 떠날 때, 기차 시간까지 여유가 있어서 잠시 오하라의 집에 들렀거든요."

오하라는 여전히 고개를 푹 숙이고 있었다. 그 뺨이 파랗게 질린 것처럼 보였다.

"인터폰을 눌렀더니 오하라의 어머님이 나오시더군요. 오하라가 집에 있느냐고 물었더니 잠깐 기다리라고 하셨어요. 그러고는 일 분쯤 지나서 현관에 나타났죠, **진짜 오하라**가."

"예에?"

나는 너무도 당황스러웠다. 미호시 씨가 무슨 말을 하는지 선뜻 이해할 수 없었기 때문이다.

미호시 씨는 눈앞의 소녀에게 날카로운 시선을 던졌다. 그러고는 물었다.

"너, 대체 누구야?"

제5장

가득한 사랑 커피잔

1

그녀의 이름은 도이 도코라고 했다.

모카와 오하라와는 한동네에 사는 어릴 적부터의 친구였다. 친우라고 손꼽을 만큼 사이가 좋았고, 키와 얼굴 생김새까지 어딘지 모르게 서로 닮아서 이따금 쌍둥이 같다는 말을 들으며 자랐다.

초등학교 3학년 때의 어느 날, 도코는 학교에서 스케치를 해오라는 숙제를 받았다. 그려보고 싶은 주제를 찾아 근처를 산책하다가 발견한 곳이 가게이의 저택이었다. 정원에 핀 꽃이 예뻐서 저도 모르게 산울타리를 헤치고 그 정원 안으로 들어갔던 것이다.

저택 주인 가게이 샤토는 그런 도코를 따스하게 맞아주고, 그림을 못 그린다고 끙끙거리는 도코에게 스케치하는 방법을 가르쳐주었다. 도코는 가게이와 그의 저택이 마음에 들어 그 뒤에도 정기적으로 놀러 가곤 했다. 가족이 없는 가게이는 도코를 친손녀처럼 귀여워해 주었고 도코 또한 멀리서 사는 할아버지 대신 가게이를 '할아버지'라고 부르며 잘 따랐다.

도코도 나중에야 들었지만, 그 무렵에 이미 가게이는 자신의 불치병을 알고 있었다. 고독하게 살아온 노화가가 낯선 이웃 소녀에게 마음을 열어준 것은 의사에게서 죽음의 선고를 받은 시기였기 때문인지도 모른다.

도코는 가게이와 다양한 이야기를 나누었다. 이를테면 이런 얘기였다.

"할아버지는 결혼 안 했어?"

아직 어렸던 도코는 할아버지 할머니는 모두 둘이 함께 살고, 당연히 손자 손녀가 있어야 한다고 생각했다.

"아, 나는 아내를 얻지 않았어."

"왜?"

"글쎄 왜 그랬을까. 옛날에 정말 좋아했는데 헤어지고만 사람이 있었어. 그 사람보다 더 마음에 드는 상대를 만나지 못했기 때문인가."

그렇게 말하는 가게이의 눈빛은 쓸쓸한 이야기를 하면서도 무척 다정해 보였다고 한다.

어느 날, 도코는 가게이에게 친구 오하라 얘기를 했다.

"내 베스트 프렌드는 모카와 오하라라는 아이인데……."

그 순간, 온화했던 가게이의 눈빛이 날카롭게 빛나는 것을 도코는 보았다.

"모카와? 혹시 그 아이의 친척 중에 지에라는 이름의 할머니가 계시지 않니?"

가게이가 내보인 이변에 당황하면서도 도코는 오하라에게 물어보겠다고 대답하고 그날은 집에 돌아왔다.

다음 날, 도코는 학교에서 오하라에게 확인해 보았다. 정말로 모카와 지에는 오하라의 할머니였고, 교토 시내에서 탈레랑이라는 이름의 커피점을 운영한다고 했다. 당장 그날로 가게이에게 그런 얘기를 전하자, 그는 정원 가에서 눈을 감고 하늘을 우러러보며 심호흡을 한 뒤, 처음으로 도코를 꽉 끌어안았다.

"고맙다. 이건 하느님이 내려주신 기적이야."

그 한마디가 도코는 지금도 이따금 귓가에 되살아난다고 했다.

그 이후 가게이와 지에 사이에 무슨 일이 있었는지, 도코는 아무 얘기도 듣지 못했다. 초등학생에게 할 얘기가 아니라고 판단했던 것이리라. 도코는 여전히 가게이의 저택에 드나들었지만, 학년이 올라갈수록 차츰 그 빈도는 줄어들었다.

가게이의 병은 의사도 놀랄 만큼 완만하게 진행되었지만, 그래도 작년에 마침내 입원하지 않을 수 없었다. 고등학생이 된 도코는 병문안을 위해 몇 번이나 병원을 찾았다. 가게이는 항상 병실에 홀로 누워 있었다. 여동생과 조카가 있다는 얘기는 들었지만, 도코가 얼굴을 마주한 적은 없었다.

마지막 병문안 때, 침대에 누운 가게이는 이런 말을 했다.

"도코, 너한테 부탁이 있어."

이미 말을 하기도 힘들 만큼 초췌해져 있었다.

"무슨 부탁인데요?"

"저기 저 서랍을 열어봐."

병실에 설치된 선반의 서랍을 열어보니, 안에 갈색 봉투와 사진 한 장이 들어 있었다. 가게이와 함께 낯선 할머니가 찍혀 있었다.

봉투 쪽을 열어보고 도코는 깜짝 놀랐다. 100만 엔의 돈다발이 들어 있었기 때문이다.

"그건 네 거야."

"안 돼, 할아버지, 이런 큰돈은 받을 수 없어요."

"그냥 주겠다는 게 아니야. 지금부터 잠깐 내 얘기를 들어볼래?"

그렇게 가게이는 이야기하기 시작했다.

옛날에 모카와 지에라는 사랑하는 여자가 있었다. 그녀와 이별을 선택할 수밖에 없었고, 그 한참 뒤에는 그녀가 결혼했다는 소식을 풍문으로 들었다. 다른 여자들과 몇 번 사귀어봤지만 지에를 잊을 수 없어 결혼에까지 이르지 못했다. 암이 발견되고 살날이 얼마 남지 않았다는 말을 들은 무렵, 어린 도코를 만났다. 그리고 도코에게서 모카와 지에의 소식을 전해 듣고, 유작을 제작한다는 핑계로 가게이는 여관을 예약하고 둘이 일주일을 보냈다. 그 유작은 일부러 세 장을 한 세트로 만들어 그중 한 장은 지에에게 건넸다. 그런데 그 2년 뒤에 자신보다 오히려 지에가 먼저 세상을 떠나버렸……

"그 사진에 나온 할머니가 지에야. 나와 마지막 일주일을 보냈을 때 찍은 거야."

가게이의 말을 듣고 도코는 새삼 사진에 시선을 던졌다. 다정해 보이는 할머니였다.

"부탁이라는 건 지에에게 맡겼던 그 유작 한 장을 되찾아 달라는 거야."

"되찾다니, 왜요?"

"그건 기념으로 건네준 것이었어. 설마 지에가 나보다 먼저 세상을 떠나버릴 줄은 생각도 못 하고……. 이제 나도 죽을 날이 코앞에 닥쳤어. 아무도 봐주지 않은 채 방치되어 있을 게 틀림없는 그 그림이 자꾸 나 자신과 겹쳐. 참 쓸쓸하겠구나 하고."

할아버지, 죽으면 안 돼.

도코는 그렇게 생각했지만, 허망한 말처럼 느껴져서 차마 입 밖에 내지 못했다.

"이런 걸 부탁할 데는 너밖에 없어. 그 그림을 찾아 우리 집에 가져다줬으면 좋겠구나. 그 100만 엔은 이래저래 경비가 들 테니까 그럴 때 쓰면 돼. 남은 건 심부름 값이야. 도저히 그림을 찾을 수 없을 것 같으면 그때는 포기해도 괜찮아."

아직 고등학생인 도코에게는 너무도 막중한 일이었다. 도코는 그렇게 느끼면서도 오래도록 친하게 지내왔고 이제 영원한 작별을 앞둔 노인의 부탁을 저버릴 수는 없었다.

"알았어요, 해볼게요. 이 사진은 내가 가져가도 돼요?"

"응, 그렇게 해."

도코는 봉투와 사진을 가슴에 안고 병실을 나왔다. 며칠 뒤, 가게이는 숨을 거두었다. 유작에 무엇이 그려졌는지, 최애의 사람을 만나 서로 사랑을 나눴는지, 그때 물어봤더라면 좋았을 텐데 하고 생각했지만, 이미 이루어질 수 없는 바람이었다.

얼마 후에 가게이의 유작 중 두 장이 히라야마 미술관에 전시되자 도코는 직접 찾아가 실물 그림을 보았다. 그러고는 여동생 란 씨가 이사 온 가게이의 저택을 찾아가 유작과 〈국생〉의 연관성에 대해서도 물어보았다. 도코는 가게이에게서 100만 엔을 받았다는 것을 란에게 털어놓기가 망설여져서, 보상금 1천만 엔을 위해 찾아간 척했다. 도코 외에도 비슷한 이유로 가게이의 저택을 찾아온 사람들이 꽤 있었는지, 수상하게 여기지는 않는 것 같았다.

거기까지는 조사가 순조로웠다. 하지만 고등학생인 도코가 할 수 있는 일에는 한계가 있었다. 그녀는 이내 벽에 부딪히고 말았다. 지에의 남편 모카와 마타지를 찾아가 당당하게 그림을 돌려달라고 부탁할까 하는 생각도 해봤다. 하지만 가게이와 지에가 불륜 관계였을 수도 있는 상황을 설명해야 할 텐데, 그 남편이 흔쾌히 협조해 줄 것 같지 않았다.

가게이와의 약속은 한시도 잊지 않았지만, 어떻게 손쓸 방법이 없는 채 반년여가 흘러갔다. 그러던 참에 지난 3월 31일, 친구 오하라에게서 한 가지 소식을 들었다.

"우리 할아버지가 쓰러지셨어. 일주일 뒤에 수술을 받기로 정해졌나봐. 내일 아빠가 교토에 가기로 했어."

도코는 오하라에게서 그런 정보를 듣고, 모카와 마타지의 입원으로 혼란스러운 지금이 지에가 가지고 있다는 유작을 찾을 수 있는 절호의 기회라고 직감했다.

도코는 부모님에게, 오하라가 같이 놀러 가자고 한다, 교토에 있는 오하라 할아버지네 집에서 일주일쯤 지내고 오겠다, 라고 둘러대서 허락을 받았다. 혼자서 교토에 도착하자 우선 지에가 운영했다는 탈레랑 커피점을 찾아갔다. 거기서 나와 미호시 씨를 만나, 마치 자신이 오하라인 척 연기를 했다. 그러는 게 지에의 유품에 접근하기 쉬울 거라고 예상했기 때문이다.

오하라를 통해서 미호시 씨와는 오랫동안 못 만났다는 얘기도 들었고, 게다가 오하라와 꼭 닮은 얼굴이니까 당분간 들키지는 않을 거라고 판단했다. 유작을 찾기만 하면 그 뒤에는 정체를 들키더라도 아무 문제도 없다. 그때 모카와 마타지 씨의 부탁에 따라 미호시 씨도 지에의 일주일간의 가출에 관해 조사하기 시작한 것은, 고인이 된 가게이의 말대로 '하느님이 내려주신 기적'이라고나 할 만큼 우연한 일이었다.

그렇게 도코는 우리와 함께 모카와의 자택에도 갔고, 그때그때의 진행 상황에 따라 가게이에게서 받은 사진 등을 힌트로 내주면서 미호시 씨를 이끌어갔다. 정체를 들킬 우려가 있어서 하마마쓰에는 따라가지 못했지만, 그림을 찾아낼 단서를 얻으려고 아마노하시다테에도 동행했다. 미호시 씨가 사라진 뒤에도 가게이와의 약속을 지키려고 조사를 속행했다. 숙박했던 교토 역 근처 호텔에는 스무 살이라고 거짓 나이를 밝혔다고 한다. 그리고 오하라와 빈번하게 연락을 주고받으며 그녀의 아버지 게이치의 동향 등을 파악했다.

도코는 가게이와 지에가 재회한 그 일주일 동안에 서로 마음껏 사랑했기를 진심으로 기도했다. 한가운데 그림에 그려진 것이 천소모 창이기를.

그래서 마침내 유작 사진을 보게 되었을 때, 도저히 현실을 받아들일 수 없었다. 서로 사랑하지도 못했다니, 가게이 할아버지가 너무 가엾다…….

거센 슬픔이 아직 어린 그녀의 마음속을 꿰뚫었다.

2

도코의 긴 고백을 들으면서 나는 지난 온갖 일들을 되짚어 보았다.

어젯밤에 내가 추궁했을 때, 그녀가 내내 감춰온 일이라고 했던 게 바로 이것이었다. 그녀는 한가운데 그림을 찾기 위해 진즉에 히라야마 미술관에 갔었고, 모카와 씨의 병문안을 하지 않았던 건 말할 것도 없이 진짜 손녀가 아니었기 때문이다. 다만 보상금 1천만 엔에 눈이 어두워졌다, 라는 내 추리는 한참 빗나간 것이었다. 그녀는 가게이 씨의 부탁에 따라 그림 자체를 되찾으려 했던 것이다.

미호시 씨가 '그 아이에게 할 말이 있다'고 했던 것도 도코의 정체에 대한 것이었다. 가만 생각해 보니 오늘 미호시 씨는 그녀를 한 번도 '오하라'라는 이름으로 부른 적이 없었다.

도코가 모카와 씨의 자택 책상 서랍에서 바닷가 사진을 찾았다고 했던 것은 내가 마침 앨범을 펼쳐보던 타이밍이었다. 도코가 그 사진을 내민 것은 우리에게 힌트를 주기 위한 목적만이 아니었다. 가족 앨범 속에서 성장한 오하라의 사진을 보게 되면 자신이 오하라가 아니라는 게 드러나기 때문에 가게이와 지에가 함께 찍힌 사진 쪽으로 주의를 끌었던 것이다. 다시 떠올려보니 앨범 속 사진에 찍힌 아기 오하라는 오른손으로 숟가락을 들고 있었다. 여관에서 식사할 때, 스스로 말했던 대로 도코는 왼손잡이다.

그 바닷가 사진은 도코가 가게이에게서 직접 받은 것이었다. 모카와 씨가 부인의 책상 서랍을 살펴보지 않은 게 아니라, 가게이는 애초에 그 사진을 지에에게 보낸 적이 없었다. 가게이가 마지막으로 입원할 때 액자에서 그 사진을 꺼내 병실로 가져갔기 때문에 란 씨도 그 사진은 본 적이 없었다. 아마노하시다테를 걸어서 건너가는 중에 도코가 사진에 대해 나와 논쟁을 했던 것은 자신이 사진을 가져온 걸 들키지 않기 위해서였다.

어제 아침, 어깨를 흔드는 내게 도코는 "나, 오하라 아닌데요"라고 말했다. 그때는 잠에 취해 머리가 멍해진 상태에서 사실대로 말한 것에 지나지 않았다.

오하라가 아니었기 때문에 게이치와 함께 모카와 씨의 자택에서 지낼 수는 없었다. 앱을 사용하지 않는다고 말했던 것도 그렇다. 계정 이름을 통해 오하라가 아니라는 걸 들켜버리기 때문에 전화번호 외에는 알려줄 수 없었던 것이다.

생각하면 할수록 그녀가 오하라가 아니라는 것을 보여주는 근거가 줄줄이 떠올랐다. 그래도 그녀의 정체를 간파하기는 어려웠을 것이다. 스스로 오하라라고 이름을 밝혔고 미호시 씨가 그걸 인정했기 때문이다. 나로서는 의심할 여지가 없었다.

―거짓말을 눈치채지 못한다고?

―딩동댕!

그런 말이 오고 간 적도 있었다. 그야말로 나는 도코의 거짓말을 눈치채지 못했다.

어느샌가 주위는 어둑어둑해졌다. 란은 경찰서에 불려가 보이지 않고, 가게이의 저택 정원에는 나와 미호시 씨, 그리고 도코까지 세 명만 남아 있었다.

"할아버지에게 지에 씨는 가장 사랑하는 사람이었어."

도코는 이를 악물고 말했다. 얼굴이 빨개진 것은 눈물을 꾹 참고 있기 때문이었다.

"그 유작은 두 사람이 사랑했다는 증거였어. 한가운데 그림에 그려진 게 커피잔 같은 것일 리가 없어. 두 사람은 다시 만나 서로 사랑했어야 해. 두 사람이 잡은 것은 천소모 창이었어야 한다고!"

"너도 네즈 씨가 해준 얘기를 들었잖아."

나는 그녀를 타이르려고 했다.

"지에 씨는 연인이 가르쳐준 커피 맛을 세상 떠날 때까지 지켜왔어. 그게 친애의 깊이를 가장 잘 보여주는 게 아닐까?"

내가 한 말이지만, 이제야 이해가 되었다. 커피잔이 그려진 이유에 대해 미호시 씨가 아까 "그건 나보다 두 분이 더 잘 아실 텐데요"라고 말했던 게 그런 의미였구나 하고.

네즈가 해준 이야기가 그 이유를 일러주었다. 가게이와 지에가 40년 세월이 지나 서로 사랑을 나눈 사실이 없었더라도, 지에가 가게이에게서 물려받은 커피 맛이 두 사람의 사랑을 그 세월 속에 새겨놓았다. 그리고 가게이는 그걸 유작의 주제로 선택했다. 그래서 미호시 씨는 나한테서 네즈의 얘기를 전해 들은 순간, 모든 수수께끼를 풀 수 있었던 것이다.

"가게이 씨는 거짓으로 천소모 창을 그리는 것보다는 실재했던 사랑의 형태로서 커피잔을 그리는 걸 선택했어. 그러니까 너도 진실을 거부하는 건 이제 그만하자. 가게이 씨의 결단을 존중해 드려야지."

미호시 씨가 다정하게 말을 건네자, 도코는 주먹을 부르쥔 채 입술을 깨물었다. 잠시 뒤에는 땅바닥을 응시하면서 중얼거렸다.

"……지에와 다시 한번 사랑을 나누고 싶다는 할아버지의 바람이 끝내 이루어지지 않았다면, 최소한 마지막 부탁만이라도 들어드려야 해. 내가 약속했어, 가운데 그림을 찾아준다고."

그러자 왠지 미호시 씨가 울먹거리는 얼굴이 되었다.

"안타깝지만, 그 부탁을 들어드릴 수 없을 것 같아."

"왜? 미호시 언니는 한가운데 그림이 어떻게 됐는지 알고 있잖아. 제발 어디 있는지 알려줘."

도코가 미호시 씨에게 매달렸다. 하지만 미호시 씨는 거듭 도코의 희망을 잘라버렸다.

"그 그림은 이제 찾을 수 없어."

"어디 있는지 알아낸 거 아니었어?"

"부인의 일기에 적혀 있었던 거, 기억나?"

그 말이 너무 갑작스러웠는지 도코는 긴장한 기색이었다.

"일기라니……"

"부인이 아마노하시다테에서 집에 돌아와 정확히 일주일 뒤의 일기야. 너도 봤지? 이런 한 문장이었어."

미호시 씨는 그 문장을 조용히 읊었다.

커피잔은 물에 흘려보냈다.

도코의 표정이 바짝 굳어버렸다.

"처음 그 일기를 봤을 때는, 아저씨가 커피잔을 깨뜨린 일은 물에 흘려보냈다, 즉 더 이상 탓하지 않고 용서하기로 했다는 뜻으로 해석했어. 부인이 집에 돌아왔을 때, 눈물을 흘리며 사과했는데도 일주일이 지난 후에야 '물에 흘려보냈다'라는 표현을 쓴 데 대한 위화감을 지적했는데도 나는 그 해석을 바꾸지 못했어."

그걸 지적했던 나 역시 미호시 씨가 말하는 대로 '가출했던 것을 사과하는 것과 커피잔을 깨뜨리는 것을 용서하느냐 마느냐는 다른 문제'로서 받아들였다.

"하지만 그게 아니었어. 한가운데 그림에 커피잔이 그려진 것을 알았을 때 비로소 제대로 이해했어, 부인이 문자 그대로 '물에 흘려보냈다'고."

"물에 흘려보내다니…… 설마!"

도코가 경악한 표정을 보였다.

미호시 씨는 깊이 숨을 들이쉬더니 천천히 말했다.

"받아온 그림을 강이나 바다에 흘려보낸 거야. 일기의 기록은 그걸 글로 남겨둔 것이었어."

그러니 더 이상 그 그림을 찾아내는 건 어렵다. 기적이 일어나 물에 떠내려간 그림을 누군가 건져 올리기라도 하지 않는 한.

미호시 씨의 결론을 도코는 멍하니 듣고 있었다.

"아니, 잠깐만요. 미호시 씨가 얘기했잖아요, 부인은 예술의 가치를 이해하는 분이었다, 그림을 폐기했다고는 생각되지 않는다, 라고."

나는 반론에 나섰다. 하지만 미호시 씨는 동요하지 않았다.

"그때는 진심으로 그렇게 말했었죠. 하지만 그 일기의 글을 다시 떠올렸을 때, 부인이 실제로 그림을 물에 흘려보냈다고 해석할 수밖에 없었어요. 가능한 한 예술 작품의 가치를 손상하지 않고, 또한 가게이 씨 본인은 결코 알지 못하게 그 그림을 내 손에서 떠나보내는 방법을 고민한 결과, 엄중하게 꽁꽁 싸매 물에 흘려보낸다는 것밖에 떠오르지 않았던 거예요."

소각한다든가 해서 작품의 숨통을 끊는 건 도저히 견딜 수 없었기 때문에 작품의 상세나 배경을 전혀 알지 못하는 상태로 누군가 건져 올려줄 거라고 굳게 믿고 물에 흘려보낸 것이다. 어쩌면 그 행동에는 논리로는 설명할 수 없는 감상적인 의미가 다분히 포함되었던 게 아닐까. 바닷가 그림이었고 바다 근처 여관에서 가게이와 함께 보냈던 일이 물을 연상시켰던 것인지도 모른다.

"설마……. 너무해. 지에 씨는 대체 왜 그런 짓을!"

가게이를 생각하며 분노를 억누르지 못하는 도코에게 미호시 씨는 타이르듯이 말했다.

"부인은 모카와 씨를 속이고 다른 남자와 일주일을 보낸 데 대한 죄책감을 떠안은 채 교토 집으로 돌아왔어. 모카와 씨는 부인의 귀가를 학수고대하고 있었지. 아내가 왜 그렇게 화가 났는지도 모른 채, 자신이 깨뜨린 커피잔을 두 번 다시 쓸 수 없을 텐데도 접착제로 수리해 놓고."

눈앞에 선하게 떠오르는 것 같았다. 평소 실없는 장난만 치지만 마음 약한 구석이 있는 모카와 영감님이 아내의 가출에 당황하면서 허둥지둥 커피잔의 파편을 긁어모아 원래대로 붙여보려고 진땀을 흘리는 모습.

"부인은 그제야 모카와 씨가 가진 애정의 깊이를 알았어. 수리한 커피잔을 본 순간, 그곳에 담긴 모카와 씨의 속마음이 귀에 들린 거야."

─아껴왔던 잔을 깨버려서 참말로 미안하구먼.

─나 좀 용서해 주겠소?

─나는 지금도 당신을 좋아한다니까.

"그러니 부인이 눈물을 흘리며 사과한 것은 자연스러운 일이었어. 남편을 속이고 가게이 씨를 만나러 간 자신을 진심으로 반성했을 거야."

가게이와 남녀 관계를 맺은 건 아니었으니까 나는 부인을 비난할 마음은 없었다. 진실을 감추고 가게이를 만나러 간 것은 모카와 씨를 공연히 괴롭게 하지 않기 위해서였을 것이다. 그래도 부인은 남편을 속인 것을 크나큰 잘못이라고 자책했다.

"그래서 부인은 가져와 버린 그림을 자신이 간직할 수는 없다고 분명하게 느꼈어. 그곳에 그려진 게 커피잔이었다고 해도 그 그림을 곁에 두는 한, 남편을 계속 배신하는 일이 된다고 생각했을 테니까."

예술 작품의 가치, 나아가 불치병에 걸린 가게이의 마지막 바람을 저울에 올려놓고, 결국 그림을 떠나보내는 쪽으로 결단을 내렸다. 그게 바로 남편이 기울여 준 애정에 대한 부인의 성의였다.

약속을 지킬 수 없다고 깨달았기 때문인지 도코는 넋이 나간 표정으로 원망의 말을 내뱉었다.

"진짜로 소중한 유작인데! 그런 식으로 내버리느니, 차라리 할아버지에게 돌려줬으면 좋았잖아!"

"가게이 씨가 자신의 마지막 그림을 부인이 소중히 간직하고 있다고 굳게 믿으면서 눈감으시기를 바랐을 거야. 그것 또한 부인이 나름대로 보여준 애정이었어."

"아무리 그래도 이건 아니지! 할아버지는 한가운데 그림을 되찾아 유작 세 장 세트가 맞춰졌으면 했어. 그런 얘기를 나 혼자 직접 들었다고. 근데 이제 진짜 이루어질 수 없는 일이 되어버렸잖아."

도코가 분개하는 것도 당연하다. 하지만 이미 일어나 버린 일은 돌이킬 수 없다.

미호시 씨는 한참 동안 잠자코 있다가 이윽고 이런 질문을 던졌다.

"가게이 씨는 어째서 유작 사진을 처분했을까?"

갑작스러운 말에 도코는 어리둥절한 표정이었다.

"네거필름으로 인화한 사진을 보면 알겠지만, 가게이 씨는 유작을 카메라로 촬영했었어. 그런데도 그 포켓 앨범에서는 유작 사진만 없어지고 한 장분의 빈자리가 있었어. 의도적으로 처분했다고 생각할 수밖에 없어. 왜 그랬을까?"

"그건 왜 그랬지……."

도코가 생각에 잠겼다.

"혹시 조카 다이가 처분했던 거 아닐까요? 그 사람은 유작이 발견되지 않기를 바랐으니까."

내가 얼핏 생각난 것을 말해보았다.

"그렇다고 한다면 그는 사진에 무엇이 찍혀 있는지 알고 있었다는 얘기가 돼요. 즉, 나를 습격해 네거필름이나 사진을 빼앗아 갈 이유도 없었겠죠."

미호시 씨의 빈틈없는 반론에 나는 잠자코 물러섰다.

"란 씨는 사진의 존재 자체를 알지 못했으니까 그녀가 처분한 것도 아니에요. 결국 그 사진은 가게이 씨가 처분했다고 생각할 수밖에 없어요."

"그가 왜 유작 사진을 처분했는지, 미호시 씨는 알고 있는 거예요?"

미호시 씨는 신중하려는 듯이 잠시 뜸을 들인 뒤에 대답했다.

"고인의 마음은 상상해 보는 수밖에 없어요. 그러니 확증이 있는 건 아니죠. 하지만 나는 가게이 씨가 그 유작을 아무에게도 보여주고 싶지 않았던 거라고 생각했어요."

"화가가 마음먹고 유작을 완성했는데, 아무에게도 보여주고 싶지 않았다고요?"

"사진을 처분한 이유라면 그것밖에 짚이지 않아요. 일단 포켓 앨범에 넣었지만, 나중에 일부러 한 장만 없앴다는 건 남들에게 보여주고 싶지 않다는 의사 표시로 느껴져요."

"그럴지도 모르지만…… 어째서 가게이 씨는 그 유작을 남들에게 보여주고 싶지 않았을까요?"

"〈40년 후〉라는 제목의 유작이 지나치게 사적인 감정에 쏠렸기 때문이 아닐까요? 〈국생〉 쪽은 무엇을 어떤 의도에서 그렸는지, 대략 이해가 돼요. 하지만 그것조차 가게이 씨는 극히 사적인 작품이라서 세상에 발표해 평가받을 일은 없다고 말했어요. 더구나 그 작품을 바탕으로 그린 〈40년 후〉는 커피잔을 잡는다는, 남들이 보기에는 이해하기 어려운 그림이에요. 실제로 네즈 씨에게서 저간 사정을 듣지 못했다면 나는 지금도 그 의도를 파악하지 못했을 거예요."

즉, 그 그림은 가게이와 지에, 거기에 네즈를 포함한 극소수의 사람 외에는 진의를 짐작할 수 없는 작품이었다.

"〈40년 후〉가 남의 눈에 띄면 커피잔이라는 소재가 의미 불명이라는 등의 비판을 받을 우려가 있겠지요. 가게이 씨는 그런 건 바라지 않았어요. 〈국생〉과 마찬가지로, 아니, 그 이상으로 사적이었고, 어떤 누구의 이해도 받지 못할 작품을 세상에 발표하고 싶지 않았던 거예요. 그래서 그는 유작의 완전한 형태가 기록된 유일한 증거인 사진을 처분했습니다. 네거 필름까지는 미처 생각을 못 했거나 아니면 그밖에 다른 사진들까지 인화할 수 없게 되니까 처분하지 못했던 것이겠죠."

"그건 이상하지."

미호시 씨의 말에 도코가 정면으로 반박에 나섰다.

"할아버지는 나한테 한가운데 그림을 찾아달라고 부탁했어. 그러면 결국 내가 그 유작을 보게 될 거잖아. 나 역시 커피잔의 의미 같은 거, 그림만 봐서는 알 수 없었어."

도코와 란처럼 가까운 사람들은 예외였던 게 아닐까, 하고 나는 생각했다. 하지만 미호시 씨는 다른 각도에서 반론을 펼쳤다.

"가게이 씨는 너에게 부탁할 때조차 그림에 무엇이 그려졌는지 알려주지 않았지? 그 부자연스러운 사실은, 너한테도 그림의 내용이 알려지기를 원치 않았다는 걸 말해주고 있어."

"그거야 내가 한가운데 그림을 찾아내면 어차피 알게 될 일이잖아. 게다가 내가 유작을 세 장으로 맞춰놓으면 머지않아 다른 사람들도 모두 보게 돼."

"가게이 씨는 네가 한가운데 그림을 되찾지 못한다고 예상했던 거 아닐까? 부인이 그림을 물에 흘려보낸 걸 가게이 씨가 알았을 리는 없지만, 부인의 유품 중에 그림이라고는 없었다는 것쯤은 알았을 수도 있어."

"그게 말이 돼? 그러면 할아버지가 나한테 그림을 찾아달라고 부탁한 건 대체 뭐야? 그러려고 할아버지는 100만 엔이라는 큰돈까지 미리 준비했는데……."

부르짖듯이 말하던 도코가 문득 입을 다물었다.

미호시 씨가 빙긋이 미소를 건넸기 때문이다.

"바로 그게 목적이었던 거 아닐까?"

"……무슨 말이야?"

도코는 동요하고 있었다.

미호시 씨는 저만치의 호수를 내려다보며 다시 입을 열었다.

"가게이 씨는 너에게 깊이 감사하고 있었어. 인생의 종반에 훌쩍 나타나 친손녀처럼 마음을 나누고, 게다가 가장 사랑했던 사람과의 재회를 선물해 준 도코에게. 그래서 자기 죽음이 머지않았다고 느꼈을 때, 가게이 씨는 너에게 은혜를 갚으려고 했던 거야."

"그, 그런……."

도코의 눈이 휘둥그레졌다.

"그 무렵 이미 약해질 대로 약해진 가게이 씨는 자신이 할 수 있는 일이라고는 너에게 돈을 건네주는 것 정도밖에 생각나지 않았겠지. 하지만 아무리 친했다고 해도 전혀 타인인 도코가 순순히 그 돈을 받아줄 리 없어. 그래서 가게이 씨는 한 가지 꾀를 냈어. 그게 그림을 찾는 데 드는 비용으로 100만 엔을 준다는 것이었어."

─도저히 그림을 찾을 수 없을 것 같으면 그때는 포기해도 괜찮아.

가게이는 그림을 찾지 못할 상황에 대해서도 분명하게 말을 남겼다. 그러면서도 남은 돈을 돌려달라는 지시는 일절 없었다.

"그런 큰돈을 그냥 주겠다고 하면 결코 받지 않았겠지만, 그림을 찾는다는 명목이 있었기 때문에 받았지? 그리고 그 순간, 가게이 씨의 바람은 이루어졌어. 그 돈이 도코의 인생에 도움이 되도록 쓰이는 것만으로도 그는 만족했던 거야."

도코가 고개를 떨궜다.

그 뺨에 눈물이 주르륵 흘렀다.

"돈 같은 건 필요 없어. 나는 그냥 할아버지가 좀 더 오래 살아줬으면 했어. 그냥 그거면 됐는데."

"가게이 씨는 행복하셨을 거야. 너를 만나서."

미호시 씨가 도코의 등을 쓰다듬었다. 도코는 소리 내어

울기 시작했다. 지금까지 내내 억눌러 왔던, 고인을 잃은 슬픔을 드디어 풀어내는 듯한 울음이었다.

호수 쪽에서 시원한 바람이 불어왔다. 하늘은 보랏빛으로 아름답게 물들고, 서쪽에서는 누군가 거기 있는 것처럼 초저녁 금성이 반짝 빛났다.

그렇게 우리의 조사는 끝이 났다.
그리고 한 여고생의 모험도 그 막을 내렸다.

3

다음 날인 4월 6일 오후, 미호시 씨와 나는 대학병원을 찾았다. 이미 머리의 망을 풀어버린 미호시 씨는 모카와 씨에게 모든 것을 털어놓기로 마음먹은 모양이었다.

"부인은 결국 아저씨를 배신하지 않았어요. 나는 그걸 당당하게 전할 생각이에요."

병상의 모카와 씨는 여전히 패기가 없었다. 그래도 미호시 씨가 조사 결과를 보고하러 왔다는 걸 알고는 느닷없이 눈을 반짝였다. 미호시 씨는 천천히 입을 열었다.

부인이 가게이를 만나기 위해 모카와 씨에게 크게 화가 난 척했다, 아마노하시다테에 가서 유작의 제작에는 협력했으나 두 사람이 남녀 관계를 맺은 사실은 없는 것으로 보인다, 그 유작에는 커피 맛을 이어나간 것을 보여주는 커피잔이 그려져 있었다. 부인은 남편의 깊은 정을 깨닫고 가져왔던 그림을 물에 흘려보냈다…….

그런 얘기를, 어떻게 조사를 했는지까지 포함해 순서대로 풀어나갔다.

미호시 씨의 말에 모카와 영감님은 상체를 일으키고 조용히 귀를 기울였다. 이야기가 일단락되자 그는 이불에 덮인 자신의 배 근처를 응시하며 중얼거렸다.

"이제야 생각이 나네, 그자가 우리 가게에 찾아왔을 때가."

우리는 깜짝 놀랐다.

"가게이 씨가 탈레랑에?"

"미호시는 그때 재료를 사러 나가고 가게에 없었어. 그자가 가게에 사람이 적은 때를 노렸던 모양이지."

"가게이 씨가 무슨 일로?"

"지에 씨의 옛날 친구입니다, 라고 하더라고. 돌아가셨다는 소식을 듣고 성묘나마 하고자 한다고 했어."

역시 가게이는 어디선가 지에의 작고 소식을 들었던 것이다.

"그런 사람이 그자 외에도 여러 명이었어. 그러니 그것뿐이었다면 아마 인상에 남지 않았겠지."

"그렇다면 그 밖에도 뭔가 특별한 말을 했군요?"

"그자는 커피 한 잔을 청하는 일도 없이 내가 묘소를 알려주자마자 나가려고 했어. 근데 마지막에 이런 질문을 하는 거여."

―지에 씨의 유품 중에 커피잔 그림은 없었습니까?

"그런 그림은 없었다고 했더니 뭔가 후련한 듯한 얼굴을 하더라고. 그림이 어떻다는 거냐고 물어봐도 그런 그림이 없다면 됐습니다, 라고만 하니 무슨 영문인지를 모르겠더라고. 아주 여우에 홀린 듯한 기분이었어. 마음에 걸리기는 했는데, 그냥 그때뿐이었어. 벌써 몇 년째 다시 떠올린 적도 없었네."

단지 그것뿐인 대화에서 가게이의 정체를 간파한다는 건 불가능하다. 모카와 씨가 그 일을 부인의 행동과 연결 짓지 못했던 것도 당연하다.

어쨌든 모카와 씨의 그 증언에 의해 가게이가 지에의 묘소를 알고 있었던 이유가 밝혀졌다. 또한 도코가 한가운데 그림을 되찾아 오기를 가게이는 기대하지 않았다, 라는 미호시 씨의 추리에도 설득력이 더해졌다.

대화가 끊겼다. 모카와 영감님이 이제야 새롭게 알게 된 부인의 일면을 생각해 보고 있다는 건 옆에서 보기에도 짐작할 수 있었다. 한참이나 기다려준 뒤, 미호시 씨는 싸움질을 한 제자를 달래는 선생님 같은 말투로 물었다.

"부인을 용서해 주실 수 있어요?"

수염에 에워싸인 모카와 영감님의 입이 열렸다.

"상관없어, 그녀에게 아주 중요한 일이었잖아."

미호시 씨의 어깨 힘이 스르륵 빠지는 게 느껴졌다. 나는 그런 그녀를 향해, 수고했어요, 라는 말을 건네고 싶었다.

"고맙구먼. 이제는 죽어도 여한이 없어. 내일 수술도 무섭지 않네."

모카와 영감님의 그 말에는 약간의 허세도 섞였을 것이다. 하지만 미호시 씨는 그냥 흘려듣지 않았다.

"그런 말 하면 안 돼. 심장 수술이야 당연히 무섭지. 그래도 아저씨는 수술받고, 이겨내고, 건강해질 거야. 아저씨는 아직 한참 더 살 거라고."

그 힘찬 기세에 모카와 씨는 약간 당황한 듯한 표정을 보였다.

"……그렇지? 응, 그래, 살아야지."

이윽고 그렇게 말하고는 껄껄 웃었다.

4

기리마 미호시 님께

생뚱맞은 서론이지만, 앞으로도 그냥 미호시 언니라고 할게요. 전혀 타인인 내가 언니라고 할 자격은 없겠지만, 이미 익숙해져 버렸거든요.

4월 5일 밤에는 완전히 넋이 나가서 집에 도착할 때까지의 기억이 애매한 데다, 미호시 언니는 경찰서에 갔기 때문에 제대로 작별 인사도 못 했어요. 그래서 이렇게 편지를 쓰기로 했죠. 결국 내가 쓰는 앱의 계정을 알려주지 못해서 장문의 메시지를 보내기도 귀찮고.

미호시 언니, 그때는 속여서 정말 미안해요.

오하라에게서 미호시 언니 얘기를 자주 들었기 때문에 처음 딱 본 순간에 알았어요. 하지만 내가 오하라인 척하는 그런 무모한 짓을, 순간적인 판단이었다지만 참 잘도 해냈다고 나 스스로도 생각해요. 그랬는데 미호시 언니도 가게이 할아버지와 관련된 것을 조사 중이었다니, 아무리 생각해도 너무 잘 짜인 각본이었죠? 하지만 뭐랄까, 가게이 할아버지한테는 그런 신기한 일을 일으키는 능력이 있었다고 생각해요. 나를 처음 만난 것도 그렇고.

그때 교토에서 보낸 5일 동안은, 이런 말을 해도 될지 모르겠지만, 엄청 즐겁고 반짝반짝한 추억이 됐어요. 혼자 호텔에서 숙박도 해보고, 탈레랑에서 커피도 마셔보고, 아마노하시다테에도 가보고. 그거 알아요? 아오야마 씨가 '가랑이 사이 보기'를 했다니까요? 미호시 언니도 조심하는 게 좋을걸요. 아무튼 나는 그림을 되찾는다는 목적을 잊었던 것은 아니지만, 이따금 이래도 되는 건가 하고 다시 마음을 다잡아야 할 만큼 즐겁게 시간을 보냈어요. 지금 생각하면 그것도 가게이 할아버지가 주신 선물이었어요.

그래서 나흘째 밤에 아오야마 씨가 나를 미심쩍어했을 때, 내심 망설이면서도 이제는 사실대로 털어놓아도 괜찮지 않을까 생각했죠. 아오야마 씨도 미호시 언니도 좋은 사람들이라서 계속 속이기도 너무 힘들었고, 두 사람이라면 내 목적을 이해해 줄 것 같기도 했고. 원래 처음에는 지에 할머니의 유품을 내가 직접 뒤져보려고 오하라인 척했던 거고, 중간부터는 그럴 필요도 거의 없어졌는데 그냥 사실을 털어놓을 수 없었던 것뿐이에요. 오히려 너무 힘들어서 바보 같은 거짓말을 했구나, 나 혼자 한숨을 내쉰 적도 있었죠.

결국 현명한 미호시 언니가 내 거짓말을 다 간파해 버렸어요. 어차피 곧 들킬 운명이었으니까 뭐, 그건 됐어요. 하지만 그 뒤에 해준 말에 대해서는 아직도 계속 생각 중이에요.

처음에는 그 100만 엔이 가게이 할아버지가 주신 선물이었다는 얘기, 도저히 믿을 수 없었죠. 근데 요즘은 정말 그럴지도 모른다는 생각이 들어요. 할아버지는 주스며 과자며, 뭐든 인심 좋게 팍팍 내주셨지만, 아이를 키워본 경험이 없어서 내가 어떤 걸 좋아할지 모르는 것 같았거든요. 나도 아직 어렸으니까 좋은 건 좋다, 싫은 건 싫다고 비교적 확실하게 말했었는데, 좋다고 말하면 할아버지는 그때마다 너무 기뻐하곤 했어요. 그래서 나한테 뭐든 다 주셨을 것 같은데, 형태 있는 물건이 아니라 돈으로 준 거, 그 서투른 점이 정말 할아버지답다는 느낌이 들어요.

어쨌든 가게이 할아버지는 그림을 가져간 지에 씨를 먼저 떠나보내고, 나한테는 100만 엔을 주고, 그렇게 세상을 떠나셨어요. 그런 식으로 인생의 막을 내리는 건 어땠을까. 미호시 언니는 어떻게 생각해요? 할아버지, 행복하셨을까요?

다시 만난 지에 씨와 서로 사랑을 나누지 못한 거, 지에 씨의 남편께는 미안하지만, 나는 지금도 가엾다고 생각해요. 지에 씨한테 말해주고 싶어요. 남편을 속이면서까지 만나러 와줬으면 조금쯤은 할아버지를 받아줬어야 하는 거 아니냐고. 할아버지는 이제 곧 죽을 때였는데…… 라고 했지만, 실제로는 지에 씨가 먼저 세상을 떠났으니, 뭐가 뭔지 모르겠네.

나는 역시 가게이 할아버지가 좋았어요. 할아버지가 행복하게 눈을 감으셨으면 했어요. 가장 사랑했던 사람에게 할아버지 역시 사랑받았다면 훨씬 더 행복하게 눈감을 수 있었을 텐데. 그런 아쉬움이 너무 커요. 이런 말을 하면 또 아오야마 씨한테 설교를 듣겠지만.

이미 일어난 일은 돌이킬 수 없죠. 할아버지는 돌아가셨고, 내 손에는 5일간의 교토 체재로 부쩍 줄었지만, 할아버지가 주신 돈이 남았어요. 어디에 쓸지는 아직 정하지 않았어요. 하지만 미호시 언니가 '인생에 도움이 되도록'이라고 했으니까 나도 그럴 생각이에요. 신중하게 고민해서 소중하게 쓰려고요.

이제 내가 집에 돌아온 뒤의 일에 대해 몇 가지.

아빠 엄마에게는 따끔하게 혼이 났어요. 왜냐하면 마침 닷새째 저녁때 엄마가 우연히 밋카비 역에서 오하라를 딱 마주쳤다지 뭐예요. 우리 집과 오하라네가 같은 동네라는 의미에서는 가깝지만, 그렇게까지 바로 옆인 것도 아니니까 일주일쯤은 얼굴 마주칠 일이 없을 거라고 예상했는데.

엄마가 아주 패닉 상태가 되어서 "도코와 함께 교토에 가 있는 거 아니었어?"하고 오하라를 추궁했다는데 물론 오하라는 무슨 얘기인지 전혀 알지 못했죠. 교토에서 내가 이따금 엄마에게 사진을 보내주곤 했으니까 내가 무사하다는 건 알았지만, 그래도 집에 돌아와 경찰에 신고할까 하고 망설이는 참에 내가 훌쩍 돌아온 거예요. 결국 하나에서 열까지 낱낱이 털어놓아야 했지만, 그때 엄마 얼굴이 얼마나 무서웠는지. 지금까지 본 엄마 모습 중에서 가장 무서웠던 거 같아.

뭐, 혼이 나는 건 어쩔 수 없지만, 그래도 우리 아빠 엄마는 상식이라는 게 없다니까요. 오하라네라든가 그 할아버지 댁에 감사 인사 연락이라도 했더라면 내 거짓말은 당장 들통이 났을 텐데, "감사 선물은 내가 챙겨갈 거니까 신경 쓰지 마"라고 한마디 했더니만 그걸로 안심하고 딸을 내내 맡겨뒀잖아요. 기억나요? 첫날 탈레랑에서 얘기했을 때, 내가 "재워주는 쪽에서 보면 그게 상식이잖아"라고 했던 거. 실은 그거, 우리 엄마 아빠가 문득 생각나서 했던 말이에요. 남을 자기 집에 재워주는 쪽에서도, 남의 집에 재워달라고 맡긴 보호자도 상대에게 일단 연락하는 게 상식 아니냐는 뜻이었어요. 하긴 엄마 아빠를 속이고 나온 내가 이런 말을 하는 것도 좀 이상하지만.

어쨌든 나도 반성해야 할 상황이라서 당분간 멀리 나가지 않겠다고 엄마 아빠 앞에서 맹세했어요. 실은 이번 경험으로 좀 더 다양한 곳을 돌아보고 싶은 마음이 굴뚝같은데 뭐, 한동안 꾹꾹 참아야죠.

란 할머니와는 그 뒤로 많이 친해졌어요. 댁에 찾아가 수다를 떨었거든요. 란 할머니도 손녀가 없어서 다정하게 대해주더라고요. 오라버니 얘기를 해달라고 자꾸 졸라대고. 란 할머니도 혼자 남아서 한동안 적적할 테니까 내가 시간 나는 대로 놀러 가야겠다고 생각하는 참이에요.

오하라에게는 이번 일을 대충 얘기했어요. 걔가 뭐라고 한 줄 알아요?

"미리 말했으면 내가 대신 그 그림을 찾으러 갔을 거 아냐!"

그제야 생각나더라고요. 아, 그런 방법도 있었구나.

……얘기하자면 한이 없으니까 이 정도로 끝낼게요. 아차. 마지막으로 한 가지만 더.

나, 미호시 언니하고 좀 더 많은 얘기를 나누고 싶었어요. 다음에 또 탈레랑에 놀러 가도 될까요? 지에 씨가 그토록 깊이 사랑했다는 그 남편분도 보고 싶고. 분명 엄청 멋지고 착한 분이겠죠?

이래저래 미안해요. 그리고 고마워요.

다시 만날 수 있기를 기대할게요. 그때까지 건강하게 잘 지내시기를.

밤길 조심하세요. 그리고 오랜만에 만나는 친척도!

P.S. 아오야마 씨에게 전해주세요. 남자 친구 하고 헤어졌다고.

도이 도코

도코가 보내준 긴 편지를 다 읽고, 이름도 모르는 캐릭터 그림이 점점이 박힌 팝한 편지지에 시선을 떨군 채 나는 말했다.

"이 편지, 언제 도착했어요?"

"오늘 아침이에요. 우리 가게 앞으로 왔던데요. 여기 주소밖에 몰랐던 모양이에요. 영리하게도 우체국 현금 우송 봉투를 이용해 아마노하시다테 여관 숙박비와 함께 편지를 보냈더라고요."

카운터 안쪽에서 미호시 씨는 백자 커피잔을 닦고 있었다.

"정식으로 사과하려고 일부러 편지를 쓰다니, 제법 착실한 친구였네?"

"그렇죠? 내가 생각했던 것보다 더 내 이야기에 귀를 기울여주고, 뭔가 느낀 점도 있었던 것 같아서 흐뭇해요. 나한테 중요한 충고도 해줬고."

"……아, 여기 이 '가랑이 사이 보기' 얘기는 완전 억울한 누명이에요."

미호시 씨가 큭큭큭 웃었다. 나는 카운터에 놓인 잔을 들고 커피를 마셨다.

모카와 씨의 수술이 끝나고 일주일이 지났다.

그간의 조사와 격려가 모카와 씨에게 어떤 영향을 끼쳤는지는 알 수 없다. 다만 결과부터 말하자면, 수술은 무사히 성공했다. 모카와 영감님이 마취에서 깨어난 순간, 미호시 씨는 안도의 눈물을 글썽였다. 내가 "아이고, 또 못 죽으셨네?"라고 말했더니 영감님은 "예쁜 여자들과 더 놀아야 해서 아직은 못 가"라고 냉큼 응수했다. 그 경박스럽기 짝이 없는 농담, 정말 오랜만에 들은 느낌이었다.

의사의 말에 따르면, 모카와 씨는 이제 곧 예전처럼 활동할 수 있을 거라고 한다. 하지만 한동안 안정을 취해야 하고, 가게에 나와 일하는 것도 건강 상태를 봐가면서 조절해야 한다. 복귀한 뒤에도 지금까지에 비해 무리 없는 범위에서, 라는 식이 될 것이다.

영감님의 수술이 끝나고 사흘 만에 미호시 씨는 탈레랑의 영업을 재개했다.

"너무 긴 휴업이었잖아요. 이제 슬슬 문을 열어야지, 안 그러면 다들 망했다고 생각할까 봐서."

영업 재개 첫날 밤, 상황을 알아보려고 전화한 나에게 미호시 씨는 그렇게 말하며 웃었다. 강한 사람이다, 라고 생각했다.

오늘, 그일 이후 처음으로 탈레랑에 와 봤더니 모카와 씨의 모습은 아직 없었다. 그가 없는 가게 안은 평소보다 어딘가 텅 빈 것처럼 허전했다. 임시 휴업이 끝났다는 사실이 아직 속속들이 스며들지 않았는지 오후 시간인데도 손님은 나뿐이었다. 교토 거리는 한창 벚꽃 철을 지나 명승지마다 넘쳐나던 꽃구경 손님들도 꽃잎처럼 흩어져 갈 무렵이다. 올봄에는 나도 미호시 씨도 벚꽃을 즐길 여유조차 없었다.

"실은 반신반의했던 게 있어요."

도코의 편지를 접으면서 나는 입을 열었다.

"100만 엔은 가게이 씨가 도코에게 건네준 선물이었다는 얘기. 이제는 그 얘기가 맞는다고 생각하죠. 어쨌든 가게이 씨는 부인의 유품 속에 커피잔 그림이 없는 걸 알고 있었으니까."

어떤 방식으로든 그 그림을 지에가 처분해 버려서 이제 없다는 걸 알게 된 시점에 이미 그림을 되찾기 어렵다고 짐작했을 터였다. 그런데도 가게이는 도코에게 그런 얘기를 하지 않았다. 그림을 찾아달라는 게 진심이었다면 그걸 밝혔어야 한다. 그러지 않은 걸 보면 가게이는 도코가 그림을 실제로 찾아올 거라고 기대하지 않았다. 그건 맞는 말이다.

"하지만 그건 이번 일이 다 끝나고 모카와 씨에게 보고한 뒤에야 알게 된 것이죠. 도코에게 그런 얘기를 해준 시점에는 미호시 씨의 가설은 근거가 희박하다는 느낌이었어요. 가게이 씨가 유작을 찍어둔 사진을 없앤 것은 그 그림을 다른 사람들에게 보여주기 싫었기 때문이다. 그런데도 그림을 찾아달라고 한 것은 감사의 마음을 담아 100만 엔을 경비 명목으로 건네주기 위해서였다. 네, 그럴 가능성도 전혀 없지는 않죠. 하지만 좀 억지스럽지 않았나, 하는 생각이 들어요."

실제로 나는 그때 미호시 씨의 설에 공감을 표하지 않았다. 반론까지는 꺼내지 않았지만, 그건 말하자면 분위기를 깨지 않기 위해서였을 뿐, 머릿속에서는 의문이 맴돌았다.

"근데 미호시 씨는 단언하더군요. 가게이 씨는 그 그림을 누구에게도 보여주고 싶지 않았던 거라고. 100만 엔은 선물이었다고. 그건 왜 그랬어요? 혹시 그 밖에도 뭔가 확증이 있었던가요?"

미호시 씨는 조용히 귀를 기울였다. 이윽고 내가 입을 다물자, 그녀는 우선 내 추측을 부정했다.

"그밖에 다른 확증은 없었어요. 그러니 근거가 희박하다는 아오야마 씨의 지적은 맞는 말이에요."

그리고 뒤를 이어 미호시 씨는 생각지 못한 얘기를 털어놓았다.

"좀 더 말하자면, 그때는 나도 내 말이 옳다는 자신이 없었어요. 반신반의했던 건 나도 마찬가지였죠."

"그런데도 도코에게 그런 얘기를 했다고요? 그건 좀 무책임한 거 아닌가 싶은데."

반사적으로 그렇게 내뱉은 뒤에야 내 말투가 좀 지나쳤다고 반성했다. 다행히 미호시 씨는 기분이 상한 기색은 아니었다.

"무책임하다. 네, 그럴지도 모르죠. 그래도 나는 해야 한다고 생각했어요. **도코에게 꼭 그 얘기를 해야 한다고.**"

"꼭 그 얘기를 해야 한다. 왜요?"

"안 그러면 도코는 언제까지고 가게이 씨와의 약속을 못 지켰다는 부채감을 안고 살아가게 될 테니까."

앗, 하고 생각했다. 미호시 씨가 말을 이어갔다.

"어쩔 수 없었다고는 해도 그림을 되찾지 못하게 되자, 도코는 분노하고 슬퍼하고 부인을 원망하기까지 했어요. 가게이 씨에게서 받은 돈도 어떻게 해야 좋을지 당황스러웠겠죠. 아직 나이 어린 도코가 고인과의 약속 때문에 언제까지고 그런 슬픈 감정에 얽매여서는 안 되잖아요. 할 수만 있다면 도코를 해방시켜 주고 싶었어요. 그래서 근거가 희박하다는 걸 알면서도, 가게이 씨는 그림을 누구에게도 보여주고 싶지 않았다, 100만 엔은 가게이 씨의 감사의 선물이었다, 라고 강변했던 거예요."

그런 거였는가. 무책임하다는 말로 나는 도코를 한껏 배려해 줬다고 생각했는데, 실상 도코의 앞으로의 삶에 대해서는 전혀 고려하지 못했다. 그때 평소의 미호시 씨답지 않게 무리한 논리를 펼친 것은 도코를 향한 다정한 배려였던 것이다.

"이제야 알겠네. 경솔하게 비판해서 미안합니다. 역시 미호시 씨는 대단해요."

그러자 미호시 씨는 고개를 가로저으며 겸손하게 웃었다. 도코의 마음이 가벼워졌다는 건 편지를 읽으면서 충분히 알 수 있었다. 나는 접은 편지를 때 묻지 않도록 조심스럽게 봉투에 챙겨 넣었다.

"도코에게 남자 친구가 있었나 봐요." 미호시 씨가 말했다.

"네, 근데 잘 안 풀렸던 모양이에요."

"아오야마 씨가 뭔가 충고를 해주셨어요?"

"누군가를 사랑한다는 것에 대해 조금 더 진지하게 생각해 보라고 했어요."

새삼 반복해 보니 어쩐지 민망한 말이었다. 하지만 미호시 씨는 고개를 끄덕였다.

"네에, 무엇보다 중요한 일이죠. 이번 일로 도코도 좀 더 깊이 생각해 본 것 같네요."

"그렇지요? 이별을 선택한 게 도코의 인생에 도움이 되었으면 좋겠네요. 그 연애, 내가 갈라놓은 거나 마찬가지니까."

따듯한 햇살이 실내로 비춰들었다. 창가에서 샤를이 입을 크게 벌리고 하품했다. 손님은 찾아오지 않았다.

"탈레랑 영업, 혼자서도 괜찮겠어요?"

그렇게 화제를 돌렸다. 무심코 던진 얘기로 들렸을지 모르지만, 나로서는 큰 용기를 낸 것이었다.

"음식 쪽 메뉴를 줄이면 그럭저럭 꾸려갈 수 있을 텐데……. 애플파이와 나폴리탄은 도저히 아저씨가 해주시던 것과 같은 수준으로는 내드릴 수 없어서요."

조리를 담당하던 모카와 씨는 보기보다 요리를 잘해서 그가 해주는 애플파이와 나폴리탄 스파게티를 보고 찾아오는 손님이 적지 않았다.

"이번 일로 아저씨와 둘이 가게를 꾸려가는 이 시간이 영원히 계속되는 건 아니라고 실감했어요. 하지만 나 혼자가 되더라도 지에 부인의 유지를 이어받아 가게는 꼭 지켜나가고 싶어요."

미호시 씨는 이미 각오를 다진 것 같았다. 좋은 일이다. 하지만 그게 너무 절박해지면 자칫 그녀까지 무리를 하다가 쓰러질 수 있다.

커피로 목을 축인 것은 그다음 말을 매끄럽게 하기 위해서였다.

"나를 직원으로 써주시죠."

카운터 안에서 작업을 하던 미호시 씨의 손이 흠칫 멈췄다.

"방금 뭐라고 하셨는지……."

"모카와 씨가 복귀하더라도 예전처럼 일하기는 어렵잖아요. 완전히 회복될 때까지 조심하셔야 하니까."

"그건 그렇지만……."

"그러잖아도 탈레랑은 전에 비해 꽤 많이 알려져서 직원을 늘려야 할 상황이었어요. 재작년 여름에 미소라 씨를 알바로 고용했던 것처럼 말이죠. 게다가 모카와 씨가 일하는 시간이 줄어들면 그 빈자리를 메워줄 사람이 필요하잖아요."

"네, 그건 부정할 수 없네요."

"그래서 말인데, 나를 쓰시는 건 어떻습니까. 이 가게에 대해서는 미호시 씨와 모카와 씨 다음으로 잘 알고 있어요.

커피에 관해서라면 전문가라는 자부심도 있고, 무엇보다 커피 내리는 방법을 미호시 씨에게 직접 배운 사람이죠. 쓸 만한 인력이 될 겁니다."

"저기요, 아오야마 씨, 지금 진심으로 하시는 말씀이에요?"

"이런 일로 농담은 안 합니다. 아, 저라도 괜찮으시다면, 이라는 얘기인데……."

내 입으로 이런 말을 하기는 부끄럽지만, 당연히 쌍수를 들고 환영할 만한 제안이라고 생각했다. 그런데 미호시 씨가 왜 그런지 선뜻 받아주지 않아서 나는 그 기세가 주르륵 가라앉는 기분이었다.

"아오야마 씨는 언젠가 자신의 가게를 갖는다는 목표가 있잖아요."

"그걸 포기한 건 아니에요. 그건 여기 일을 하면서도 추진할 수 있어요."

"그래도……."

"보기가 딱해서 덮어놓고 이런 제안을 하는 게 아닙니다. 지난 일주일 동안 내 나름대로 깊이 고민한 끝에 내린 결론이에요. 나는 탈레랑에서 일하고 싶어요."

지금까지 나를 받아주고, 치유하고 위로하고 즐겁게 해주었던 커피점 탈레랑, 이제 그 보답을 하고 싶었다. 미호시 씨 곁에서 그녀를 돕고 싶었다. 어설픈 감정 따위가 아니라

진심으로 그렇게 생각했다.

침묵이 몹시도 길게 느껴졌다. 이윽고 미호시 씨가 빙긋이 웃음을 건네주었다.

"알겠습니다. 지금 당장 결론을 내리기는 어려우니 답변은 조금만 기다려주세요. 아저씨와도 상의해 봐야 하고요."

"네, 심사숙고해 주십쇼. 물론 거절하셔도 괜찮습니다. 그 정도로 우리의 관계가 바뀌지는 않을 테니까."

"저기, 아오야마 씨."

"네, 무슨 일이신지."

"고마워요, 그 마음이, 정말……."

문득 가슴이 두근두근 뛰었다.

"아, 아뇨, 천만에요."

겸연쩍은 기분을 감추려고 커피를 마셨다. 그대로 단숨에 잔을 비워버렸다.

텅 빈 잔을 응시하며 나는 생각했다. 이 잔을 가득 채웠던 커피는 예전에 지에와 가게이가 마음을 다해 주고받은 사랑의 증거였다. 지에는 그 맛을 지키고자 가게를 열었고, 이윽고 모카와와 결혼했다. 그런 세월 속에서도 가게이는 지에를 잊지 않았다. 40년이 지나 그토록 사랑했던 사람과 기적 같은 재회를 이룬 가게이는 자신의 애정을 그림에 쏟아부어 커피잔 그림을 완성했다. 그리고 집에 돌아온 지에도 얼기설기 붙여진 커피잔으로 남편의 깊은 정을 알았다…….

커피잔 가득히 사랑이 채워진다. 그 씁쓸함도 달콤함도 뜨거움도 모두 다 사람의 사랑에서 태어난 것이다.

얼마나 행복한 음료인가. 그래서 한 모금 마시면 행복해질 수 있었던 것이다.

"방금 우리의 관계가 바뀌지 않을 거라고 하셨지요?"

문득 미호시 씨가 입을 열었다.

"네, 그랬죠."

"저는 조금쯤 관계가 바뀌어도 좋을 것 같다, 라는 생각도 없지 않아 있는데요."

가만 보니 미호시 씨의 뺨이 붉어져 있었다.

―여러 사람의 사랑을 알았다. 가게이의 사랑, 지에의 사랑, 그리고 모카와의 사랑…….

결심했다. 나도 내 사랑을 관철하자.

"내가 아직 대답하지 않은 질문이 있었지요?"

"응? 뭐였더라……."

"아마노하시다테에서 보낸 그날 밤, 쏟아지는 비를 보며 내게 하셨던 그 질문."

―만일 아오야마 씨가 내가 알지 못하는 누군가와 결혼하고…….

―그렇게 세월이 흘러 한참 나이를 먹고, 내가 병들어 이제 곧 죽을 상황이 되었을 때, 아오야마 씨를 다시 만나고 싶다고 한다면, 그때도 나를 만나주실래요? 만나서 내가 해

달라는 대로 모두 다 들어주실래요?

"그 말은 잊어버리시라고 했었는데."

"그런 일은 결코 있을 수 없다는 의미에서는, 내 대답은 '아니오'예요."

미호시 씨의 얼굴에 한순간 낙담의 빛이 번졌다. 나는 서둘러 그다음 말을 덧붙였다.

"아니, 애초에 전제가 이상하잖아요. 내가 미호시 씨 아닌 다른 사람과 결혼할 일은 절대로 없어요. 실제로 일어날 리 없는 일을 가정하는 질문은 아무 의미도 없으니까 그 질문 자체를 부정합니다. 그게 내 대답이에요."

처음부터 이랬으면 되었다. 허황된 말이라고 해도 좋다. 번드르르한 말이라고 해도 상관없다. 이런 말을 나는 그녀에게 더 많이 건넸어야 했다.

"모카와 씨와 지에 부인처럼 멋진 두 사람이 되고 싶어요. 미호시 씨, 나와 정식으로 교제해 주시겠습니까?"

만난 지 어언 3년, 한 번도 확실하게 말하지 못했던 그 말을 나는 마침내 입에 올렸다.

미호시 씨는 뺨은 물론이고 귀까지 빨개졌다. 아마 나도 비슷한 모습일 것이다.

"대답하기 전에 한 가지, 확인할 게 있어요."

"무엇이지요?"

"술 드신 거, 아니죠?"

―술 취한 분의 고백은 받지 않는 게 제 원칙입니다!

그녀의 부르짖음이 되살아났다. 푸훗 웃음이 터졌다.

"네에, 여기는 원래 알코올은 제공하지 않는 커피 전문점이니까요."

미호시 씨는 처음 만난 그때와 다름없이 오늘도 빙긋이 미소를 지었다.

―나도 커피잔에 티 없이 순수한 사랑을 가득 채울 수 있기를.

화창한 봄날은 새로운 인생의 막을 올려줄 듯한 예감으로 흘러넘치고 있었다.

에필로그

그리고 사랑은 이어진다

모래사장에 하얀 파도가 밀려든다.
추운 듯 서로에게 기대고 걷는 젊은 남녀의 모습이 있다. 남자는 키가 커서 보폭이 넓고, 여자는 그만큼 빠르게 발을 움직이지 않으면 안 된다. 말수는 적지만 어색하지 않은, 느긋한 공기가 흐르고 있다. 여자의 긴 머리가 바닷바람에 날렸다.
"저기……."
여자가 멈춰 서서 파도가 밀려드는 물가를 가리켰다. 남자도 걸음을 멈춘다.
"응?"
"저거 봐, 뭔가 떨어져 있어."

20여 미터 앞의 젖은 모래사장에 네모난 검은 물체가 떨어져 있었다.

"뭐지?"

"궁금하네, 가보자."

두 사람은 총총걸음으로 그 물체 쪽으로 다가갔다. 나무판자 같고, 크기는 대학노트 정도였다. 검게 보인 것은 탄탄한 비닐로 몇 겹이나 꼭꼭 싸맸기 때문이다.

여자가 머뭇머뭇 물었다.

"펼쳐 볼까?"

"응, 여기 이대로 버려두면 분명 나중까지 마음에 걸릴 거야."

말을 마치자마자 남자는 그 물건을 집어 들고 비닐을 뜯기 시작했다.

포장은 단단했지만, 잠시 씨름하다 보니 안에서 뭔가가 나왔다.

그림이 그려진 캔버스였다.

"바닷가 풍경이야." 여자가 말한다.

"여기서 그린 건가?" 남자가 답했다.

"어디선가 떠내려온 것인지도."

"이거, 커피잔이지?"

바닷가를 배경으로 한 그림 한가운데 커피잔이 그려져 있었다. 잔은 받침에 올려졌고 그 잔을 양쪽에서 내민 네 개의 손이 잡고 있는 구도였다.

"신기한 그림이다."

"응, 근데 정말 잘 그렸어."

"당신, 미술에 대해 해박한 편이야?"

"아니, 전혀. 그래도 어쩐지 그렇게 느껴지네."

남자가 캔버스를 옆구리에 척 끼는 바람에 여자는 놀랐다.

"가져가려고?"

"차로 왔으니까 싣고 가는 데 문제는 없어."

"하지만 어디 사는 누가 왜 그렸는지도 모르는 그림이야."

"아무려면 어때? 난 이 그림이 마음에 들었어. 어쩌면 유명한 화가가 그렸을 수도 있어."

"그런 그림이 이런 곳에 굴러다닐 리가 없잖아."

"그야 모르지. 엄청난 가격이 매겨질 수도 있어."

"그래서 가져가려고?"

"아니야. 우리, 얼마 전에 이사해서 집 안이 살풍경하잖아. 벽에 걸어두면 조금쯤 화려해질 거 같아서."

그러자 여자가 미소를 지었다.

"응, 우리 방에 이 그림, 잘 어울릴 거 같다."

"그렇지? 좋아, 결정했어."

젖은 비닐 포장을 뜯어내느라 남자는 손이 꽁꽁 얼었다. 그 손을 녹여주려고 여자가 양손으로 감쌌다.

"집에 가면 커피 내려줄까?"

"좋지. 나도 이 그림을 보고, 마침 커피 마시고 싶던 참이야."

"그거 알아? 옛날에 어떤 유명한 사람이 커피는 지옥처럼 뜨겁다고 했대."

"지옥은 싫지만, 이런 추운 날에는 뜨거운 커피가 최고지."

손을 맞잡은 채 두 사람은 걸었다. 누구의 것인지도 모르는 그림을 들고.

두툼하게 드리워진 구름에서 희끗희끗 눈발이 날렸다. 모래사장에는 길게 이어진 발자국 두 줄기만 남아 예전 그곳에 서 있던 이들의 잔상을 언제까지나 그곳에 담고 있었다.

옮긴이의 말

태고로부터 연면히 전해져 온 사랑

커피점 탈레랑은 번잡한 교토 거리에서 한 발 물러난 고 즈넉한 골목 뒤편에 자리잡고 있다. 바리스타 미호시는 추리가 필요할 때마다 정신 집중을 위해 앤틱 핸드밀을 꺼내 원두를 드르르륵 갈기 시작한다. 그녀 곁에는 항상 단골손님 아오야마가 있지만, 그의 추리는 대부분 엉뚱한 방향으로 빗나간다. 친구인 듯 연인인 듯 밀고 당기는 두 사람의 티키타카가 스토리에 재미와 긴장감을 더해준다. 탈레랑의 오너 모카와 마타지는 은빛 수염을 기른 카리스마 넘치는 용모와는 딴판으로 젊은 여성 손님들과 수다 떨기를 좋아하고 시시때때로 농땡이를 부리거나 한구석 소파에서 낮잠을 즐긴다. 가게의 마스코트로 손님들의 귀여움을 독차지하는 샴고양이 샤를보다 그 가치가 떨어지는 게 아닌가 싶을 정도여서 항상 미호시에게 매섭게 타박을 받곤 한다.

그래도 모카와에게는 다른 어느 누구도 대신할 수 없는 한 방이 있다. 푸드 담당으로 주방에 설 때, 연륜의 깊은 맛을 빚어내는 것이다. 메뉴는 두 가지, 애플파이와 나폴리탄 스파게티이다. 적당히 단맛을 조절한 사과 필링의 애플파이는 커피와 곁들여 먹기에 안성맞춤이다. 나폴리탄은 푹 삶은 스파게티 면에 양파와 얇은 소시지 등을 넣고 토마토케첩으로 볶아낸 경양식으로, 전후에 미군을 통해 파스타 요리가 도입된 이래로 현지화하여 오래도록 이어져 온 맛이다. 요즘에는 파스타 요리도 다양해졌지만, 당시에는 귀했던 소시지와 햄을 얇게 썰어 넣은 간단한 스파게티 요리는 사람들에게 '서양식 별미'로 여겨졌다. 의외로 모카와 영감님의 이 그리운 옛 요리를 먹기 위해 탈레랑을 찾는 손님이 많다.

그런 모카와 씨가 협심증으로 갑작스럽게 쓰러져 수술을 받게 된다. 정말로 죽는 건가, 더럭 겁이 난 그는 오래도록 마음에 걸렸던 이야기를 꺼낸다. 4년 전에 세상을 떠난 아내 지에는 생전에 사소한 일로 격노하여 일주일을 가출한 적이 있었다. 커피 잔 하나 깨뜨렸다고 평소답지 않게 화를 내며 뛰쳐나간 이유를 도무지 알 수 없었으나 차일피일 묻지 못한 채 저세상에 보내고 말았다.

미호시는 그가 기운을 내서 수술을 받을 수 있게 지에

씨가 격노한 이유를 밝혀내겠다고 약속하고, 아오야마도 돕 겠다고 나선다. 마침 할아버지의 병문안을 위해 마쓰야마에 서 여고생 오하라가 교토에 찾아와 이 조사에 합류한다. 모 카와의 자택에서 지에의 유품을 살펴보던 중 오하라는 사진 한 장을 발견하는데, 지에가 낯선 노인과 함께 서 있는 모습 이었다. 이 노인은 과연 누구인가. 단서를 찾기 위해 세 사 람은 사진을 찍은 장소, 아마노하시다테에 찾아가는데…….

교토역에서 아마노하시다테 역까지는 기차로 약 두 시간 이 걸린다. 깊고 푸른 미야즈만을 가로지르는 기다란 외줄기 모래톱으로, 흰 모래사장과 소나무 숲길이 아름다운 명승지 다. 태초에 이자나키와 이자나미의 두 신이 '천소모'라는 창 을 바다에 꽂고 서로 사랑하여 육지를 만들었다는 '국생 신 화'와 함께 수많은 전설이 전해오는 지역이다. '바다의 교토' 이자 '일본의 원류'로서, 또한 일본 3경 중 하나로 손꼽힌다.

또 한 곳, 오하라가 현재 살고 있는 하마마쓰 밋카비 역 일대가 스토리의 중요한 무대로 등장한다. 역시 아름다운 관 광지로 알려진 하마나코 호수의 북단 지역이다. 하마마쓰는 교토를 중심으로 아마노하시다테와는 반대 방향인 태평양 연안에 자리하고 있다. 아마노하시다테는 교토부 내이기 때 문에 교토 역에서 거리상으로 멀지 않은데도 일반철도 노선 이라서 두 시간여가 걸리지만, 하마마쓰는 거리상으로 훨씬 먼 시즈오카현이라도 초고속열차 신칸센을 이용하면 한 시간 남짓밖에 걸리지 않는다.

윗세대인 지에의 아름다운 스무 살 때, 교토와 하마마쓰 사이가 너무도 멀어 사랑을 포기할 수밖에 없었다, 라는 안타까운 이별 이야기가 지금 세대에게는 마치 오랜 옛날의 전설처럼 여겨질지도 모른다. 태고 적에 이자나키와 이자나미 두 남녀 신이 천소모 창 주위를 좌로 돌고 우로 돌며 신중한 정사를 통해 한 나라의 땅을 만들어낸 신화처럼 어쩌면 이제 나이 든 부모님 세대가 젊은 시절에 마음을 다해 사랑하고 이별하고 또한 재회하며 그려나간 이야기는 먼 훗날 또 다른 전설이 될지도 모른다. 나아가 지금 젊은 세대의 서툴지만 진지한 사랑 또한 다시 작은 전설로 미래에로 연면히 이어져 가는 것이리라. 태고에서 미래에로, 세대에서 세대로, 커피잔 가득한 사랑은 그렇게 소중히 이어져 간다.

미호시는 지에 씨의 명예를 위해, 아오야마는 그런 미호시를 위해, 그리고 오하라는 가엾은 '할아버지'를 위해 깨진 커피잔의 수수께끼를 해명하고자 교토에서 아마노하시다테와 하마마쓰 사이를 오고가는 강행군 속에 마침내 진실을 밝혀내지만, 모카와 마타지는 고인이 된 아내의 격노 이유를 알고는 껄껄 웃으며 세월의 깊은 정이 담긴 사랑을 가르쳐준다. 이 영감님, 알고 보면 여간 다부진 분이 아니다.

"만일 아오야마 씨가 내가 알지 못하는 누군가와 결혼하고……, 그렇게 세월이 흘러 한참 나이를 먹고 내가 병들어 이제 곧 죽을 상황이 되었을 때, 아오야마 씨를 다시 만나고 싶다고 한다면, 그때도 나를 만나주실래요? 만나서 내가 해달라는 대로 모두 다 들어주실래요?"

아련하게 마음을 적시는 미호시의 말을 다시 적어본다. 사랑의 뜨겁고 순수하고 달콤한 정서가 가슴에 스며서 부디 이 커플의 커피잔에 한 가득, 결실이 채워지기를 저절로 응원하게 된다.

시리즈의 여섯 번째 책까지 차례차례 섭렵하다 보면 마치 실재하는 것처럼 하나의 세계가 기억의 방에 저장된다. 어느 순간, 이를테면 출퇴근길에 지하철 창밖을 멍하니 바라볼 때, 눈에 익은 동네 길모퉁이를 무심코 지나갈 때, 카페에서 따뜻한 커피잔을 손에 들었을 때 등, 저마다 가진 스위치가 켜지는 순간에 그 기억의 방은 열린다. 등장인물과 사건의 추억을 떠올리고 '그다음'을 상상하기도 한다. 좋은 스토리의 누적을 통해 나만의 가상 세계를 갖는다는 것은 커피 한 잔과 함께한 추억처럼 따듯한 기쁨을 안겨준다.

작가 오카자키 다쿠마는 자신이 대학 시절을 보낸 교토를 더할 수 없이 사랑해서 커피점 탈레랑이라는 작은 장치로 벌써 여덟 권 째까지 이 도읍지에 관련한 이야기를 일관되게 써내고 있다. 이번에 오하라가 안겨준 깜짝 반전을 통해 독자에게 잊을 수 없는 발랄하고도 발칙한 새로운 세대의 등장을 암시해서 역시 다음 책을 기대하기에 충분했다.

그의 작품의 특징은 참으로 진지하게 인간의 가장 선량한 지점을 추구한다는 것이다. 그래서 다 읽고 나면 한 뼘쯤 정화된 듯한 뿌듯함이 오래도록 남는다. 마음이 순해지는 추리소설 시리즈, 가득한 차 한 잔과 함께 즐겨주시기를 바라 마지않는다.

커피점 탈레랑의 사건 수첩 6
커피잔에 가득한 사랑

초판 1쇄 인쇄 2025년 11월 17일
초판 1쇄 발행 2025년 11월 26일

지은이	오카자키 다쿠마
옮긴이	양윤옥
책임편집	김혜영
디자인	mykc
책임마케팅	최혜령, 박지수, 도우리, 양지환
마케팅	콘텐츠IP사업본부
해외사업팀	한승빈, 박고은
경영지원	백선희, 권영환, 이기경, 최민선
제작	재영P&B
교정·교열	서은미
펴낸이	서현동
펴낸곳	㈜오팬하우스
출판등록	2024년 5월 16일 제2024-000141호
주소	서울특별시 강남구 테헤란로 419, 11층 (삼성동, 강남파이낸스플라자)
이메일	info@ofh.co.kr

* 이 책은 저작권법에 따라 보호받는 저작물이므로 무단전재와 무단복제를 금지하며, 이 책 내용의 전부 또는 일부를 이용하려면 반드시 저작권자와 ㈜오팬하우스의 서면동의를 받아야 합니다.

* 책값은 뒤표지에 표시되어 있습니다.

* 잘못된 책은 구입하신 서점에서 바꿔드립니다.

ⓒ오카자키 다쿠마
ISBN 979-11-94979-78-4 (04830)
ISBN 979-11-94979-72-2 (세트)

모모는 ㈜오팬하우스의 출판브랜드입니다.